Forbidden Witch-hunt

玫芮迪絲

綽號麻煩精，父不詳的她一出生就被母親丟給外公照顧。因為太漂亮了，宛如維納斯的化身，所以追求者趨之若鶩，養成她任性妄為、愛捉弄人的性格，尤其初生之犢不畏虎，玫兒擁有超乎尋常的正義感和有話直說的大嘴巴，使得她的際遇更增跌宕。玫芮迪絲這名字的意思是「海洋的守護者」，身為美人魚的後代，她可以在水中閉氣長達十分鐘，水下的視力和水上一樣好。美人魚忠於愛情，玫兒的母親希妲正是為愛瘋狂的典型例子，也因此讓玫兒成為其他童話傳人的公敵。

美人魚匕首

掀開深褐色的皮製刀鞘，便會露出匕首線條優雅的刀鋒，兩側刀面上則刻有浪花般的精巧飾紋。匕首的刀柄似是以鯨骨製成，外型雕刻成人魚尾巴的樣式，細緻的鱗片栩栩如生。覆蓋在刀面上的刀鞘材質則像是海豹皮革，散發出年代久遠卻依然鮮活的野性氣味。具備刺入敵人心窩連續兩次，就會讓敵人化作泡沫的強大暗殺者異能。美人魚家族更能夠利用它「變身」為真正的人魚……

Forbidden Witch-hunt

凱特琳

「白雪公主」的傳人，家族裡的每個女人都是絕世美女，勢利的母親想將她塑造為手段高明的交際花，凱特琳卻選擇步上孤獨的道路，她美得令人屏息，卻又帥得英姿勃發，生命的波折將她磨練得冷靜、明快，最終成為一名拳腳功夫了得的駭客。

法器「魔鏡」能讓主人幻化外表，卻無法恆久抹去她背上的燒傷，那是她在邪惡母親放火打算燒死她的戀人時，闖入屋內營救留下的瘡疤，唯有真愛的接納，方能令她面對自己醜陋的過往。

魔鏡

鬆開絨布袋口的抽繩，裡面是一柄橢圓形的化妝鏡，樣式古典的鏡台上鑲有晶亮的碎鑽，古銅色的鏡柄則略帶歲月磨損的痕跡。魔鏡能改變使用者的外觀，根據其意念，在各個年齡階段之間變化自如。也能當做防禦性武器，作為反彈之盾，連子彈都能完美抵禦。

禁獵童話

海德薇 著　幽零 繪

七法器守護者

III

目次

故事人物表 -族譜-

家族 Families	成員 Members
花衣魔笛手	梅蘭妮 > 阿娣麗娜
金斧頭	朱利安 > 尼可拉斯
糖果屋	李歐
傑克與豌豆	克勞德 > 潔絲敏
睡美人	卡莉 > 賽門
白雪公主	伊莎貝 > 海柔、凱特琳
美人魚	希妲 > 玫芮迪絲

人物關係圖

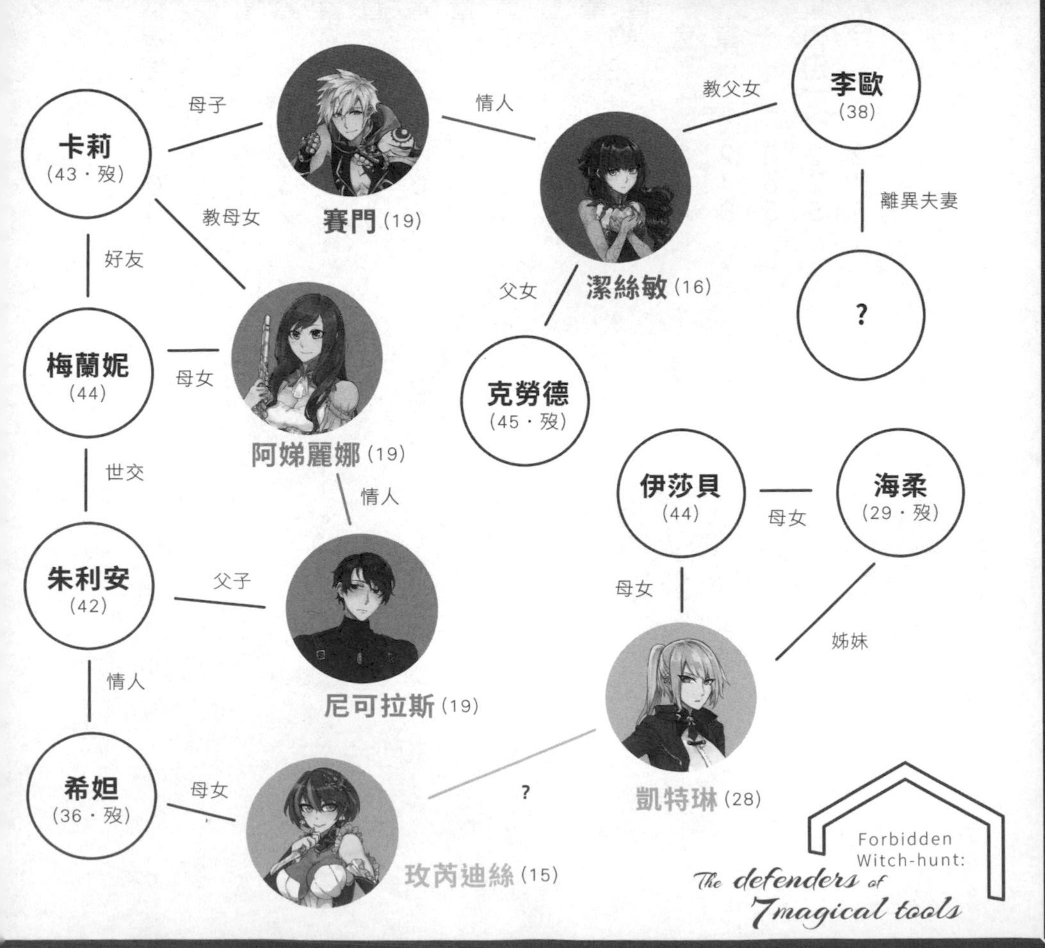

【前情提要】

兩年前在『獵巫』慘劇中痛失雙親與胞弟的十五歲少女潔絲敏，離開家鄉利物浦，封閉心靈與阿姨在台灣復興小鎮隱居。不料某日一向疼她的神父被毒殺暴斃、阿姨也遭誣陷入獄，僅留下一條掛著心型聞香瓶的項鍊給潔絲敏，瓶內裝有散發光彩的五顆『魔豆』……

潔絲敏從教父——當年參與過戰鬥的『糖果屋』傳人李歐那得知部分慘劇真相與自己『傑克與豌豆』的傳說身分，但李歐刻意隱瞞該主使者的情報也讓她無法信任對方。此時一名宣稱自己也是童話繼承者並掌握真實的駭客伊莎貝聯繫上她，欲聯合另一位慘劇遺孤——『睡美人』後代賽門，組成聯軍共商復仇大計。

在泰國清邁潑水節的混戰中甩開神祕紅衣騎士和詭異刺青人的追逐後，潔絲敏一行人順利抵達美國著名的女巫鎮塞林，尋找記載法器由來的『索亞之書』。賽門以就讀西點軍校時培養的冷酷軍事能力在命運之地佈下天羅地網，將以血制裁情報中的弒親仇敵——『金銀斧頭』家族尼可拉斯、『吹笛人』家族阿娣麗娜！

然而，當童話家族間法器亂舞戰至兩敗俱傷、氣力放盡時，『白雪公主』後人凱特琳和李歐突然現身，揭發了母親伊莎貝為了替海柔報仇，故意以魔鏡改變容貌年紀，製造原罪傳人的內鬥。

在旅途中逐漸學會結合植物學知識，善用魔豆製造藥草與煉毒輔助戰鬥的潔絲敏，在九死一生之際發揮繼承自父母調香師與園藝師的技能，決定放下仇恨，不被當作借刀殺人的工具，與大家共同制服了伊莎貝，卻也就此分道揚鑣。

楔子

美國　紐奧良

夜幕籠罩大地，早過了晚餐的時刻、睡前酒的時刻以及宵夜的時刻，世界像裹上了一條被褥似地蒙頭酣睡。

白天稍早時下了場雨，到了晚上，濕氣依舊徘徊不去，星星都闔上眼睛，氣象預報說今夜霧氣濃重，不是個觀察天象的好日子。即便如此，外頭仍有幾個苦守露台的好奇民眾，距離紐奧良市區十多公里遠的一處深林裡，還有兩名心事重重的女巫。

誰也沒料到，在敲響午夜十二道鐘聲後的一刻鐘，像是拽著裙擺的仙度瑞拉倉皇逃離舞會似的，轉瞬間風起雲湧，銀灰色的雲層快速消褪、深邃夜空豁然開朗，露出了一輪散逸鬼魅光芒的圓月。

血紅色的滿月。

兩道灰黑色人影在夜色掩護下疾步向前，只靠兩盞閃爍搖曳的燭光於幽暗的林中穿梭潛行，明滅之間有如飄忽鬼火。所幸附近人跡罕至，茂密枝葉與晦暗不清的視線能讓女巫的祕密如同她

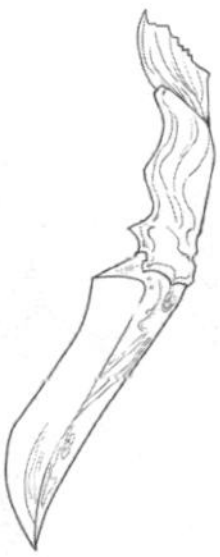

們的墨色斗篷般密不透風。

女巫的步履迅速而堅定，動作輕盈而敏捷，腳下踩斷樹枝的刮擦聲微弱地幾乎聽不見。倒是細長的燭芯不斷在風中掙扎，燭火時而幽杳時而猛烈，直到它們的主人深入森林中央，這才終於穩定下來。

「就是這裡了。」其中一個扯下帽兜，一頭濃密黑髮滾落腰窩。「娜芙蒂蒂，把準備好的東西拿出來。」

「這就是從前女巫進行血月儀式的祭壇？克麗奧，妳確定嗎？」另一個卸下斗篷內藏起的包袱，惴惴不安地四處張望。

「廢話。」克麗奧不悅地說：「前天我親自勘查過現場，就是這棵被斬斷的橡樹沒錯。妳看它的橫切面寬闊平整，像是仔細打磨過似的，這可不是伐木工人吃飽了沒事幹的精心傑作，絕對是古老的橡木祭壇。」

「好吧，妳說了算。」娜芙蒂蒂瑟縮在袍子裡，不停交換雙腳重心。「回程的時候能不能走慢一點？那些該死的樹根好幾次差點讓我滑倒，而且妳也不能太過勞累。」

「我好得很，這點兒路還要不了我的命。」克麗奧冷冷地說。

月光下的兩人有著相似的優美輪廓以及拿鐵色的肌膚，差別僅在於娜芙蒂蒂的膽識與她的辮子頭的豐厚程度恰恰相反，而克麗奧的氣燄就和她及腰的亮麗秀髮同樣囂張。

娜芙蒂蒂鬆開包袱袋口，將一條織有金色五芒星的黑色綿布平鋪於橡木上，嘟噥著說：「但願在古老祭壇的加持下，血月儀式真的能起作用。」

「這是當然，我會讓害死血腥瑪麗的兇手付出想都不敢想的代價。」克麗奧的嘴角勾起一抹冷酷微笑，朗聲道：「誦缽？」娜芙蒂蒂隨即遞上一只透明無瑕的水晶誦缽和一根缽棒，克麗奧將之擺放在祭壇左側，又道：「儀式刀？」

娜芙蒂蒂再次恭順地奉上一把未出鞘的短刀，克麗奧接過飾有精緻螺旋刻紋的刀柄，將儀式刀放在祭壇右側。接著是浸泡多時的魔法油、銅製大釜、銀質香爐、幾撮粗鹽、一瓶藥草酒和一支完整的毛蕊花燭芯黑色蠟燭，克麗奧將所有物品繞著中心點的五芒星圍成一圈。

娜芙蒂蒂最後拿出來的是只灰色淺碗，她苦著一張臉，以拇指和食指指尖拎著淺碗交給克麗奧時說：「非得要使用死人的頭蓋骨嗎？這可是大不敬，我怕亡魂會纏著我們不放。」

「就是得用頭蓋骨才有效！我警告妳，妳若是沒有老老實實按照配方準備材料，就會是我纏著妳不放！」克麗奧一把搶過灰碗，置於五芒星的中央點位置，然後自胸前掏出一包透明夾鏈袋，小心翼翼取出兩根棕色的髮絲。

棕髮落入淺碗，接著克麗奧拔起軟木塞，不多不少，倒入了半罐特製魔法油膏。猶如火山口中的岩漿翻騰滾動，仇家的髮絲迅速為碗內油膏所覆，女巫神色凜然，每個步驟都謹記於心。

克麗奧劃開火柴，點燃黑色蠟燭，又以蠟燭燃起香爐裡切碎的胡椒、肉桂及其他藥草，待一切就緒後，她自斗篷內的口袋裡抽出一根鑲有紅、橙、黃、綠、藍、靛、紫七色寶石的純銀魔杖，啜飲藥酒後開始喃喃念起咒文。

如詩篇的咒文聽來像是祈禱，克麗奧的神情卻毫無虔敬，她閃爍的目光因惡意而炯炯有神，舌尖儘是報復的快意，如歌詠的語調裡則潛藏深刻的憎恨。

咒語結束時，克麗奧朝她的夥伴使了個眼色，娜芙蒂蒂不敢有任何耽擱，她以柳條將燭火引至淺碗，剎時頭蓋骨中迸發金綠色的光華，浸於油膏中的纖細棕髮被熊熊火光大口吞噬，幾秒鐘後燒得乾乾淨淨，留下一股蓋過肉桂氣味的難聞焦味。

「如果儀式奏效了會怎麼樣？如果失效了又怎麼辦？」娜芙蒂蒂低聲問道。

「妳沒看見火焰有多猛烈嗎？那表示兇手本來就樹敵眾多，就算我們不親自動手，自然也會有人幫忙解決。所以，我們只要順水推舟以血月儀式幫點小忙就會達到目的。」克麗奧說。

月光穿透層層枝葉，讓祭壇上的物品全都覆上一層若隱若現的赭色黯影，克麗奧與娜芙蒂蒂並肩而立，彷若兩棵相依相存的老樹，燭淚如痛哭流涕般大把落下，靜謐的林間只聞伴隨燭火躍動時的微風呢喃，直到祭壇上的最後幾滴蠟油終於燃燒耗盡。

眨眼間四周暗了下來，兩道模糊的影子融入夜色，彷彿不曾來過。

第一章

澳洲　黃金海岸

717、718、719……

720秒！我大口吸氣，溫暖而帶有鹹味的空氣隨即湧入身體，我的肺葉舒展開來，如隨波逐流的海草般奔放搖曳。

閉氣十二分鐘，還不算是我最好的紀錄。

衝浪板於海面載浮載沉，彷彿有雙隱形的手推動搖籃，我隨著身下的板子上下起伏，只專注於當下。眼前，我正等候著海洋為我堆砌一道值得來回泅泳一趟的好浪，因為閒不下來，所以做閉氣練習打發時間。

顫動的粼粼波光交織出無數靛藍與銀白的曲線，我輕踢雙腳，水紋立刻如優雅的芭蕾舞者般伸展、踮腳、屈膝。雲朵飄忽不定，光線穿透雲層落入水中便形成乳白和墨綠的光束，而後雲層散開，太陽又替海面覆上一層閃爍金光。

「喂，麻煩精！」有人大叫。

我懶洋洋地閉起眼睛，真希望人類的聽力也有休眠模式。就一天，這些傢伙一天不來煩我，有那麼困難嗎？

「玫芮迪絲！喲呼！妳在打瞌睡嗎？」冒失鬼逐漸逼近，他把手圍成喇叭狀大喊道：「和男人爭奪浪頭很辛苦吧，已經累得沒辦法從板子上爬起來了吧？我看妳還是早點回家休息比較好。」他裝模作樣地把手放在耳後，歪著頭說：「妳說什麼？在等我爬上床一起睡？」

「嘿，吉姆，」我向他揮揮手，擠出一道刻意而明顯的假笑，道：「我已經回家睡過午覺了，還在街上遇見你親愛的媽咪呢，她提醒你別再吃不新鮮的牡蠣，免得嘴巴臭不可當，雙腳卻跟牡蠣一樣軟趴趴。」

吉姆頓時氣得臉色鐵青。他是海鮮餐廳老闆娘的寶貝么兒，也是我的手下敗將，除了一張嘴外也沒什麼長處。

除了本地的熟面孔，人們從世界各地湧入號稱「衝浪者天堂」的澳洲海灘，遊客有如聖誕島紅蟹般大舉過境，可惜天底下的男人全和吉姆差不多，將戰勝我的泳技與心防當做人生目標，我在心裡惦估了那列漫長隊伍，他大概排得上挑戰者五號吧。

吉姆太容易分心了，至於我左方幾公尺遠的大個子，姑且稱他為挑戰者六號吧，他穿著合身訂製的防磨衣，坐在繪有橘紅色火焰紋路的手工衝浪板上，一身所費不貲的行頭嶄新發亮。太新了，新得像是頭一次下水般引人發噱，而且這傢伙的膚色也太過蒼白，一眼就讓人看出不是經年累月在豔陽下曝曬的老手。

我在心裡竊笑六號的外行，身為專業逐浪客，就是要身穿輕薄透氣的白色比基尼，足踏千錘百鍊的破舊板子，像我這樣。

我瞭解這片海洋的潮汐變化如同自己的心跳，十五年來，我幾乎是泡在海水裡長大的。據說游泳是胎兒的本能，因為在母親滿是羊水的子宮中游了九個月。我想，當母親將我獨自留在黃金海岸外公家的門廊上時，我便自羊水直接移居至海水了，一點兒適應上的問題也沒有。

挑戰者五號沒再自討沒趣，六號則還在觀望。我端坐在衝浪板上，如靜守歲月的石雕。等待。遠處的浪花拍擊沙灘，白色的碎浪像是一層啤酒泡沫，這時，恆久的等待有了回報。

浪來了！而且是一道好浪！終於。

我彎下腰，低頭吻了一下我身經百戰的板子，蓄勢待發，準備迎風逐浪。眼尾餘光內，六號似乎也有意爭奪這個浪頭，好啊，大家各憑本事吧。

於是我側過身，朝他嫣然一笑。

我擁有一頭狂放不羈的紅銅色捲髮和一雙神祕難測的翠綠色眼眸，裹在白色比基尼裡的乳浪豐臀則比滔天巨浪更為懾人。不分男女，與我擦身而過的回頭率將近百分之百，女人眼中的敵意與男人眼底的慾念同樣猖狂。

我深知自己的本錢，也不介意善加利用這項天賦。

果不其然，六號早就忘了衝浪這碼子事，他的目光像是被膠水緊黏在我身上，嘴巴微張、一臉蠢相，彷彿見到的是蛇髮魔女梅杜莎。

趁著他尚未回神，我立刻趴下身去，雙腳合攏貼齊衝浪板，收起下巴、挺直胸膛，雙手輪流在海水裡快速划動，行雲流水的步驟一氣呵成。

爭浪也必須講究禮儀，原則上，誰最接近浪頭、浪就算誰的。我這麼有教養地露出微笑，六號也決定禮尚往來，遵循女士優先的基本禮貌，是淑女就該笑納別人的好意。其實我的手指與腳趾全數浸出海蝕溝般的皺皮，畢竟泡在海水裡已經好幾個小時了，正待最後一次完美的炫技，替這一天畫下精采的句點。

我奮力擺動雙臂追浪，海水輕柔地按摩著我不斷延展與繃緊的背肌與二頭肌，倒數五公尺，我的腳尖抵著衝浪板，感覺板尾稍稍抬高了，海洋的浮力正順勢將我推向浪頭。

倒數四公尺，起乘的時候到了，我以雙手撐起上身，瞬間一躍而起，右腳向前、左腳後收，展開雙手平穩地站在衝浪板上，宛如海神御風而行，巡視自己的領地。

一陣興奮的戰慄竄出胸口，我知道自己很有一套，誰教我的名字是玫芮迪絲呢，意思是海洋的守護者。母親不僅賜予我良好的基因，還替我取了個好名字，我深諳水性，普通人的閉氣時間大約是一分鐘，經過鍛鍊後可以延長三四倍，我隨隨便便就可以憋氣長達十分鐘，而且水下的視力和水面上的一樣好。

浪頭自我的右側開始崩潰，我運用腰部和腿部的力量同時往左扭，只見衝浪板一個甩尾，鑽入波管。這是一道強而有力的浪，我彎曲雙腳穩住板子，以時速六十公里在陡峭浪壁上斜向前進。

衝浪的秘訣就在於自浪壁俯衝而下時傾斜角度的拿捏。視線中的景物快速變化，我維持固定姿勢，潰散的浪花在我後方窮追不捨，我彷彿可以看見自己英姿勃發、聽見來自岸上恭賀衛冕的如雷掌聲。

突然一個不留神，浪頭自我上方坍塌，我像是失速衝向路障的駕駛，衝浪板自我的腳底滑開，下一秒我便落入水裡。

必定是體力耗盡後我的反應不夠快，才會跟不上浪頭的速度。我潛入水中屏息以待，看著水珠在我面前旋身起舞，直到優雅的舞步告一段落，海水歸於寧靜後才重新爬回衝浪板上。

兩名挑戰者已經不見蹤影，我甩開臉上的濕髮，等待胸口積鬱的喘息消褪，順道欣賞起此時此刻大海的顏色。

海水從來就不只是藍色，外公告訴我，受到天空反射以及懸浮顆粒的消光作用影響，海水可能呈現灰藍色、湛藍色甚至是青綠色。深淺不一的海流彷彿是交織揮動的彩帶，外公還說，要戰勝大海，就要了解大海、同理大海、成為它的一部分。

終於我的氣力恢復了八成，這才慢條斯理地游向岸邊，我的臉上掛著微笑，全身都沐浴在耀眼的金色光暈中，感覺自己皮膚上混合了汗水與鹽水的結晶好似也閃閃發光。

我在汪洋中駕著一塊五尺九吋、玻璃纖維的板子，卻驕傲地像是瑪麗皇后號的船長。

夕陽正好，黃澄澄的沙灘沒那麼燙腳了，每走一步，細碎而暖和的沙子便在腳底磨蹭，傍晚是一天中最宜人的時刻，讓人情不自禁地逗留。我甩甩濕髮，遠遠地避開那群玩沙灘排球的大學生，選了個空曠的位置躺下。

幾分鐘後，我拒絕了半打自告奮勇想替我塗抹防曬乳液的男士，決定翻身趴在鬆軟的沙子上，眼不見心不煩，還可以順道打個盹。唉，男人，扣除老到再也沒辦法發情的和小得還不懂發情的男人，這座海灘上多數雄性生物見到我就像飢腸轆轆的郊狼嗅到美味柔嫩的小野兔，我知道自己長得美，可是這些受到荷爾蒙驅使的傢伙也太誇張了吧。

半夢半醒之間，一陣惱人的噪音驅趕了我的睡意，是一老一少兩名男子正在熱烈交談，他們的音量實在大到難以忽視，也因為他們的言論太過荒謬，就算口音奇特難懂，仍令我忍不住豎起耳朵聽個清楚……

「哈里希，我告訴你，澳洲女人可開放得呢，有個統計說百分之二十五的澳洲女人經常看色情影片，百分之二十曾親自拍攝過性愛影片，希望這次來澳洲渡假有機會見識見識。」年輕男子喜不自勝。

「穆薩大人，其實您不需要特地跑到澳洲，您家世良好條件優秀，在家鄉女人要多少有多少啊。」被喚作哈里希的年長男子說。

「笨蛋，那不一樣。」穆薩訓斥對方，「如果每碗只喝一口的湯，最後都得整碗喝光，那肚皮怎麼受得了啊！如果每個只沾一下的女人都得娶回家，那父親大人豈不是有辦不完的婚禮了？」

「穆薩大人言之有理。可是我認為法哈德大人會希望您花時間做好成為接班人的準備，而不是花時間品嚐每一碗湯吧。」忠實的哈里希說道。

「嘖，你還真會掃我的興，我有我的考量，你這種下人又怎麼會理解領導人物的想法呢？」穆薩不耐煩地說：「去買幾瓶酒來，我想試試茴香酒以外的酒類，記得要買最貴的喲，我有預感上天即將回應，馬上就有美女跟我喝兩杯了。」

「是，大人。祝您好胃口。」哈里希恭敬地退下。

我從沙灘上起身，拍拍黏附在胸前和腿上的砂粒，打算趁著理智還沒完全被摧毀，遠離那個自以為是的討厭鬼，免得我的脾氣和燎原野火一樣，一發不可收拾。在聽了這麼多不堪入耳的話，也該去洗洗耳朵了。

緊接著我便發現自己犯下了致命的錯誤。

「小姐？美麗的小姐？」穆薩的視線穿越人群盯上我，邁開步伐追了過來。

我佯裝沒有聽見，繼續大步向前走。天哪，我真不該在那人滿心期待豔遇的時刻起身的，這下他把我當成上天應許的禮物了。

「妳叫什麼名字？是澳洲人嗎？還是來這裡玩的？」穆薩像條尾巴似的緊跟在我身後。「小姐妳長得太漂亮了，整個海灘上最漂亮的美女站在妳旁邊都相形失色，嘿，拜託跟我說句話嘛。」

我冷冷瞟他一眼，眼前的男人穿著名牌POLO衫和馬褲，看來二十歲上下，剛毅的下巴蓄著修剪整齊的山羊鬍，深刻的輪廓顯示他八成來自西亞國家，搞不好還是個石油小國的王子，才會那麼妄尊自大。

可惜，好幾打比他帥的男人都被我拒絕了，說來奇怪，再怎麼俊美的男人或甜蜜的奉承都不曾讓我動心過。

「美女。我實在是沒辦法挪開我的眼睛，妳的頭髮天生就那麼豔紅？眼睛本來就這麼綠嗎？」穆薩努力不懈地糾纏我。

我嘆氣，這個男的要嘛就是臉皮厚如銅牆鐵壁，要嘛就是弱智。這會兒他就像追著自己尾巴的狗，用他的破英文一直繞著相同的字句打轉。天哪，我的頭好痛，他的廢話連篇像是小報上的糟糕字謎。

「我趕時間。」我簡短表明立場，開始沿著筆直的海岸線快步前進。

他不死心地說：「我懂，漂亮小姐當然時間寶貴嘛，但凡男人，怎麼可能不被妳的有如璀璨綠寶石的雙眼迷倒？正巧我也收藏了幾顆五十克拉以上的綠寶石哩！人家不是說春宵一刻值千金嗎，黃金我也有個幾十萬盎司唷。」

呃，但凡男人都這麼討厭嗎？我承認我的脾氣不太好，而穆薩的一席話瞬間點燃我暴怒的引信。

我停下腳步，在回頭的剎那撫平糾結的眉心。我輕咬單側嘴唇，朦朧目光從他的漂亮睫毛一路掃視至壯碩腹肌，接著邪邪一笑。「或許你可以跟我去個很有意思的地方喔。」

「好啊！我的名字是穆薩，昨天剛到澳洲。在飛機上我就拼命祈禱能遇見美麗的女孩，果然就給我碰上擁有火焰般美麗紅髮的妳了！」穆薩興高采烈地說。

我持續朝目標前進，穆薩一路不停嘗試著與我攀談，像揮之不去的蒼蠅般在我旁邊嗡嗡叫個不停，我微笑不語，但還是不經意地表現出嫵媚舉止，撩撥秀髮、抬頭挺胸，並不時向他投以鼓勵眼神，確保他能堅持到目的地。

此舉更是助長了穆薩洋洋得意的氣勢，話匣子的螺絲徹底鬆開，來了個口沫橫飛大放送。約莫十多分鐘後，穆薩的口水快要浸濕他的衣領時，我們遠離人群來到一處遊客稀疏的淺灘，放眼看去整片黃色沙灘上點綴了幾個小黑點和一個大黑點，四周還拉起了封鎖線。

隨著距離拉近，黑點的形體愈來愈容易辨認，在最後的幾步之遙，穆薩也看出了那是幾名工作人員圍繞著一隻擱淺的鯨魚，他的注意力終於轉移至我們面前的大傢伙。

「天哪，那是一條鯨魚嗎？」穆薩瞪大雙眼，皺著鼻子問。

「擱淺的抹香鯨。」我回答。

「喔，我知道了，就是會產生龍涎香的那種魚。」穆薩舉起袖子掩住口鼻，道：「這是我第一次親眼看見抹香鯨耶，我超級喜歡龍涎香的味道，還會特地差人去黑市搶標，不過這隻鯨魚怎麼這麼臭啊？」

我朝封鎖線內的工作人員點頭致意，接著越過障礙物，走向那隻長約七公尺的死去幼鯨。

這可憐東西四天前被人發現擱淺於海灘，灰黑色的龐大身軀側躺著，翻出蒼白的肚皮，已經奄奄一息。我跟著服務於海洋世界的外公在第一時間抵達現場，希望能幫助牠返回大海，無奈牠的生命跡象太過微弱，即便我們和數十名夥伴們在牠周圍挖掘沙坑建築水池，又在牠身上潑灑海水保溼，日以繼夜地接力工作了整整兩天，還是沒能挽救抹香鯨的性命。

此刻，牠巨大的頭部歪斜無力地靠著沙堆，瘦長的下顎敞開，露出乾燥的舌頭和下排牙齒，沙坑裡殘留的血跡宣告生命曾經造訪過這優雅光滑的軀體，現在卻翩然離席。

「嘿，你！」穆薩頤指氣使地對一名滿頭白髮的工作人員喊道：「這隻鯨魚的肚子裡會有龍涎香嗎？如果有的話我想買。」

「我叫做派崔克。」老者的聲音沙啞，目光在我與我帶來的不速之客之間流轉。

我偷偷朝穆薩的後腦杓翻了個大白眼，客氣問道：「嗨，派崔克，請問政府有打算替牠解剖嗎？也許這樣能夠知道牠擱淺的原因？」

「目前接獲的指示應該是不會。」派崔克皺紋深陷的雙眼流露憂慮，曬出斑點的精實手臂交抱胸前，道：「鯨魚擱淺的原因不外乎生病或者迷航，最近解剖的幾條鯨屍胃裡都出現海洋垃圾，這條大概也不例外。我看這肚子快要爆開了，眼前最重要的任務是後續屍體處理。」

「牠不是才死亡兩天？」我湊上前，狐疑地打量浮腫的鯨魚。

「最近天氣炎熱，溫度會加速屍體腐化。」派崔克打開身上的背包，取出兩件雨衣，建議：「如果妳們想繼續站在這裡，最好還是穿上防護衣比較保險。」

料子才行。」

穆薩面露遲疑：「那是什麼牌子的？產地是哪裡？我的皮膚很容易過敏，一定要穿純天然的料子才行。」

「唉呀，他不需要啦。」我自顧自地搶下一件雨衣，迅速著裝。

「對了，今天早上在約克半島的帕拉拉海灘上也有虎鯨擱淺，聽說最近違法的捕鯨船又開始行動了，圍捕也有可能造成鯨魚走錯方向。」派崔克嘆氣。

「這些可惡的捕鯨船在外海到處追趕鯨魚，上次我們才動用吊車好不容易把擱淺的露西運回海洋世界，治療了一個多星期又把牠帶回海邊進行野放呢。」我不滿地用力甩動袖子，令雨衣劈啪作響。

「是啊，露西真是隻漂亮溫和的小虎鯨，希望牠有成功和自己的家族會合。」派崔克說。

穆薩見插不上話，便趁著沒人注意偷偷靠近沙坑，在我與派崔克專注於對話、來不及盯緊他的閃神片刻，那傢伙居然伸出手指，用力往鯨屍緊繃如氣球的皮膚上戳－

爆破的威力猝不及防，剎那間，抹香鯨炸開了！

如一場突如其來的暴雨，我下意識抱頭蹲下，舉起雙臂就地尋找掩護，等我再度睜眼時，只見鯨屍周遭噴灑了大量腥紅色的內臟和血水，就連我的雨衣也沾滿黏呼呼的液體和死老鼠的味道。

派崔克的狀況沒比我好多少，因為他的身材高大，雨衣能遮蔽的面積相較之下顯得更少。

而沒穿雨衣的穆薩情況最為慘烈，一截像小腿那麼粗的腸子理所當然地掛在他的肩上，他從頭到腳淋滿穢物，驚愕地說不出話。

派崔克從容問道：「玫兒，晚上回家吃飯嗎？我燉了鍋濃郁的魚雜湯。」

穆薩反胃作嘔，趕緊以雙手交疊壓住口鼻，以滿是血絲的眼睛瞪著我們祖孫倆。

「好呀，外公。」我轉身朝穆薩甜甜一笑，道：「聽說土耳其的內臟料理很有名，像是羊腸麵包啦、羊肚湯啦，很多菜餚都喜歡加入剁得碎碎爛爛的動物內臟是嗎……」

充滿想像力的畫面被塞進了穆薩的腦海，他喉嚨裡的最後防線終於崩盤，無法遏抑地大吐特吐起來。可憐唷。

我幸災樂禍地眨眨眼，對他露出本日最開懷的燦笑。

派崔克瞇起牽動細紋的雙眼，道：「別擔心，全都是純天然材質。」

鯨魚內臟如暴雨襲擊，好奇圍觀的民眾、自拍打卡的遊客和見義勇為的志工則如洪水般湧至，現場一片混亂，我以人牆作為掩護，趁著一名狗仔記者纏住穆薩追問「鯨魚炸彈客」新聞的時候悄悄溜走。

外公的魚雜湯彷彿正拉扯我的胃，可是非法捕鯨船的傳聞弄得我心神不寧……

不知道露西過得好不好？

年老、疾病、地磁影響或是遭遇暴風雨或地震導致迴聲定位系統出了差錯，鯨魚擱淺的原因有許多種，也有可能是因工業廢物中毒或人類追捕造成的受傷所導致。

自然因素也就罷了，若是人為因素，實在很難以諒解。

要回家？還是要在沿海巡視一番？腳下的砂粒隨著步伐紛飛，如沙漏中流逝的點滴光陰，我遙望夕陽，最終還是決定踢開腳上的拖鞋。

褪下衣衫後我縱身一躍，將自己與衝浪板投向水面，展開如鰭的雙手，航向茫茫大海中的幽暗之境，誓言揪出不法之徒。管他的，我媽除了遺傳擅於游泳的基因外，還給我生了一副反骨。

海水不再溫暖明亮，在斜陽的裙襬自海平面拖曳而過時，也將餘溫一併帶走。我以規律的動作划動雙臂，漲潮時推向海岸的浪濤成為一道阻止我繼續向前的牆，我必須更加努力，才能突圍而出。

克服近海的阻力不難，真正的困難在於維持體溫，長時間泡在低於體溫的水中很容易造成熱能流失，關於失溫現象的議題，去請教鐵達尼號就對了。我估計自己應該還能撐上個一兩小時，如果划水沒有太費勁的話。

夜幕即將降臨，很快地，視線中模糊不清的海岸線也消失無蹤。我只能仰賴自己天生的導航系統，也就是我的直覺，不斷往前游。

我游了好久，連肚子裡的空虛都不耐煩地離開了，就在我打算向痠疼的肌肉舉白旗時，居然真看見了漁船懸吊的燈火。

宛如迴光返照似的，我的無窮精力重新凝聚，我向它游去，在離船尾幾十公尺遠處停下，然後趴在衝浪板上靜靜觀察漁船，猶如耐性十足的鱷魚蟄伏於沼澤。這條漁船形跡可疑，雖然沒有任何違法的動作，但光是出現在此處就顯得很奇怪。

任何一個有經驗的漁夫都知道這裡不可能得到豐收的漁獲。真正有價值的漁場在六十公里、甚至三百公里的外海，尤其愈是靠近南極的國際漁場，就愈容易捕獲鮪魚、鱈魚和旗魚等昂貴魚類。

前方那艘船隻並不具有遠洋漁業的規模，看起來也不像休閒漁撈或原住民漁撈慣用的船型，所以肯定是近海的商業捕撈船了。在漁船高掛的幾盞盈盈燈火照耀下，可看出它擁有暗綠色的船身，上面漆著白色的「維納斯號」幾個字。

我鬼祟地繞向維納斯號的側面，這艘船的船型尖瘦、船首高昂尾部偏低，這樣的設計有助於在波濤中追逐競速。甲板上沒有冷凍設備，反倒裝了砲台以及絞盤，附近還有成對的帶纜柱，舷牆上有奇怪的孔洞，以我十五年來看盡上千艘往來船隻、嚐遍幾百種新鮮海味的經驗看來，我斷定那個孔洞的作用是拖曳漁獲。

直接將捕到的漁獲拖著走，除了體型龐大的鯨魚哪還有別種可能？這確實是一艘捕鯨船。

怪了，澳洲已簽署了國際捕鯨委員會的《全球禁止捕鯨公約》，目前還是有許多國家堅持捕鯨的傳統，所以維納斯號應該不是本國船隻，可若是外國船，又是如何大喇喇地進入澳洲領海的呢？

甲板上空無一人，有限的能見度讓我無法看清駕駛室裡的情況，不過依稀可見駕駛室前端的瞭望台上有個人形在抽菸。一縷白煙緩緩上昇，幻化為散逸尼古丁氣息的白霧。

我瞪著那團煙霧，感到怒氣像爐子般悶燒，想起了和露西同時擱淺卻沒有露西好運的另外一隻鯨魚，牠的胃裡塞滿海洋垃圾，其中有塑膠袋和菸蒂。

露西算是個非常不幸卻又極其幸運的特殊案例，當我在海灘上發現牠時，另外八隻虎鯨正聚集在幾百公尺遠的海中焦急呼叫。小露西美麗光滑的黑色皮膚上有幾條突兀的新傷，像是被一隻巨大又銳利的爪子給狠狠劃過，我想不起來海裡有什麼生物能製造出如此怵目驚心的傷痕。

來自政府機關與海洋世界的專業人士迅速集結起來，按照標準作業流程，先在沙灘上替露西做了初步照護，隨後將牠運回海洋世界館內進行治療。

露西暫時安全無虞了，問題是，露西的家族卻仍在外海徘徊不願離去。莫可奈何下我只好涉水試圖安撫那些虎鯨，我游向八隻成鯨中體型最大的一隻，根據身材和年齡成正比的猜測，判斷那隻應該是領航的族長。

我與牠共游了幾分鐘，貼著牠、輕撫牠的魚鰭，在心裡承諾會照顧好露西。牠彷彿明白我的意思，居然直視我的雙眼並且微微頷首，隨後便帶領家族成員離去。我發誓那絕非出自我的妄想，因為我在海中的視力和在陸地上一樣正常。

隔天開始我幾乎天天都去探望露西，外公在海洋世界擔任飼育員近三十年，這層關係讓我在園區內暢通無阻。小鯨魚日漸康復，同時也露出了愛捉弄人的調皮本性，我在水裡時，牠會故意繞道我後面偷偷推我的屁股，牠很快地通過健康評估，並在兩週後野放成功。

只是，牠身上的傷疤將會跟著牠一輩子，我希望不要再有任何鯨魚得到相同的印記。

此時天色完全暗下，明月當空，船首那具扼殺鯨魚性命的凶器染上一層朦朧的銀光。我在心裡暗叫不妙，外公說過那什麼來著？一到晚上，數百萬噸海中動物便開始往充滿富饒浮游生物的海洋上層三十公尺處遷徙，這表示我將會和各式各樣的水中掠食者狹路相逢……

我一掌拍向自己的額頭，小天才玫芮迪絲啊，這麼重要的資訊怎麼現在才想起來呢？水愈來愈冷了，白天海水裡蓄積的熱能已經耗盡，我的嘴唇泛白、皮膚發皺，體溫一點一滴的流逝，本人魯莽行事的日誌再度添上一筆，這真是個懊悔與蠻幹的無限迴圈哪。

突然間四周起了變化，海底傳來類似啟動螺槳後低速運轉的隆隆震波，維納斯號行動了！

在確定漁船航行方向前我不敢貿然靠近，以免被行進造成的浪濤淹沒或被捲至螺旋槳附近，可是等了好一陣子，卻始終不見維納斯號移動，這艘船好似正醞釀籌謀著什麼。

我乾脆一個側身翻下衝浪板，在微微濺起的水花中悄悄潛入海裡，以身體能忍受的最快速度往下潛，一公尺、兩公尺、三公尺……

我迎向海平面下無盡的黑暗，然後，我就碰上這輩子所見過最詭異的事情了！

潛入海裡大約五公尺的深度，剎那間，彷彿有人按下了電源開關，哐的一下，維納斯號船體正下方鑲嵌的好幾盞大型探照燈全數開啟，墨黑的海水在光束下化身為透明澄澈的舞台，魚群在光影間穿梭優遊，鱗片閃爍光芒，像是主演一場生動的黑光劇。

難道捕鯨船是打算轉型發展教學或觀光業務嗎？目瞪口呆看了好一會兒後，我雙足一蹬，浮出水面換氣。

沒料到我的口鼻甫露出水面，臉龐便迎面撞上一層異物，是魚網！

堅韌的魚網浮在水面上，我瞪大雙眼，維納斯號的甲板上不知何時已經站了五個人，個個神情冷峻。

「拉起來！」一個蓄著凌亂灰白鬍鬚的老頭子以沙啞的聲音大喊。

魚網瞬間收攏，如果我是條魚，或許還有機會竄逃離開，可惜我只是個普通人類，水性再好也沒辦法從零加速到兩百四十公里只花四秒。又不是雲霄飛車。

我笨拙地試圖手腳並用扯開纏在身上的網子，那張該死的網子卻像是一隻大手緊緊把我箍在掌中，直到我全身都離開水面，知道自己再也跑不掉了，只好放棄徒勞的掙扎。

我和網子從半空中被平移到了甲板上方，懸吊的重心豁然鬆開，我被連人帶網重重摔向地板，瞬間墜入漁獲之中，死魚的腥臭氣味緊緊依附著甲板，死亡的陰影籠罩，幾條體型稍小的鮪魚橫七豎八躺著，混濁的眼睛了無生氣，髒兮兮的魚腮動也不動。

我從糾結的魚網裡踉蹌起身，每個關節都在叫痛，那些兇神惡煞般的高大船員們立刻將我團團圍住，並向白鬍子老頭投以詢問眼神。

這老頭子八成是船長，他的身材矮小乾瘦、衣褲寬鬆而破舊，半長不短的頭髮和鬍鬚同樣凌亂，顯然不仰賴講究的服裝外型建立領導階級的威信。白鬍船長眼露精光面目狡猾，發號施令起來卻架勢十足，他緩緩踱步而來，船員們立刻讓出一條路。

白鬍船長在我面前停下，如炬的目光將我從頭到腳打量一遍：「小女孩，妳鬼鬼祟祟繞著我的船打轉幹嘛？」

「游泳啊。」我斜眼睨他，雙手來回撫平手臂外側的雞皮疙瘩，不高興地說：「游泳經過，因為好奇所以多看了兩眼罷了，看看都不行？」

「我的船是正派經營的漁船，有什麼好看的？再說，普通人怎麼可能游離岸邊那麼遠？更不可能沒有潛水裝備就潛下水那麼久。」白鬍船長垂眼，加深了眼窩周圍的陰影。

「我從小在海邊長大，潛水根本是家常便飯，凡是水性好一點的人憋氣能憋得久些也不奇怪。你們在海上跑船的看人家擅長憋氣就大驚小怪，你們才奇怪咧。」我翻了個大白眼，想想又覺得不對勁，便正色問道：「你們怎麼知道我潛下去很久了？」

「維納斯號是一艘漁船，只獵捕有商業價值的漁獲。」白鬍船長嘿嘿獰笑。

「少來，抓了我也沒用，你不知道在澳洲捕鯨是犯法的嗎？你的小船根本沒辦法跑遠，就算你有足以開到歐洲的油料，各國的海岸巡邏隊也都會逮捕你的捕鯨船。」我道。

「妳以為我們是毫無準備就行動的傻瓜嗎？奧力，讓她看看維納斯號的厲害，等會兒順便拿一件浴袍來。」白鬍船長兩手一拍，一名年輕船員立刻鑽進駕駛室。

像是活生生的變形金剛電影似的，捕鯨砲台下的甲板忽然成為一道機械式的活板門，甲板緩緩轉了一百八十度，露出隱藏在砲台背面的普通捕魚機具。不僅是砲台，就連絞盤和纜柱都是，在機械活板門的設計下，捕鯨船搖身一變為普通的商業漁船，根本毫無破綻，彷彿魔術大師大衛考柏菲的偷天換日。

我恍然大悟，這就是為什麼捕鯨船不會被舉發及逮捕的原因。

一道刺骨涼風襲來，我像是凍結的冰棒倏地僵直，白色比基尼短少的布料讓我幾近全裸，加上剛從水裡出來，渾身濕答答的直打哆嗦。我眨眨眼，讓睫毛上的水珠滴落，寒冷讓我的感官知覺退化許多。

「你們何必大費周章？就算真的抓到鯨魚，也不可能帶回漁港啊！」我緊握雙拳、揚起下巴，以嘲弄語氣掩飾打顫的牙齒。

「妳還是沒搞懂，這一切都不是為了鯨魚啊。」白鬍船長哈哈大笑，他搓搓食指與拇指說道：「小女孩，我是不知道妳得罪了誰，可是有人拿出鉅額支票要抓妳，還出資替維納斯號更新設備，妳就是有經濟價值的漁獲哪。」

「你是說……這一切的精心安排只是為了抓我？」我被自己沒頭沒腦說的話嚇了一跳。

「怎麼？想不出是誰這麼渴望逮到你嗎？」他挑眉，接著從口袋中掏出手機，按下快速鍵。

「要錢沒有……要命一條……」我用力將自己的手指捏到泛白。

船長冷笑著瞪我一眼，電話接通後，他卻馬上換了一副嘴臉，神色諂媚說道：「老闆，和計畫一模一樣，獵物已經到手了……」

我豎起耳朵，船長卻故意往下風處走去，海風將他的字句與秘密全都帶向無邊無際的遠方，令我抓不住也猜不透。

如此的精心安排，目的卻只是為了將我引至少有人煙的海域，除了在茫茫大海裡殺人棄屍，大概也沒有第二種可能性了。看來我得找機會跳船，只要我回到海裡，活下去的機率就會比在船上高出許多。

掛電話後，白鬍船長冷冷地說道：「小女孩，妳可比自己想像中的要有價值多了。這筆生意的出資人是你絕對想不到的權貴，保密程度滴水不露──」

我猛地衝向他和另一名船員之間狹窄的空隙，心想反正死到臨頭了，乾脆豁出去奮力一搏。

「勸妳別白費力氣了。」白鬍船長如鐵般剛硬的指節緊緊扣住我的手腕，粗暴地把我扯回原位。

「你弄痛我了！」我氣得甩開他的手，揉搓我發疼的皮膚，怒道：「既然你到現在還沒有殺我，表示背後金主要留我一條小命，所以你最好對我客氣點！」

「不知死活。」船長不屑地悶哼。

奧力此時拿著一件浴袍返回甲板，恭順有禮地遞給船長，眼尾餘光則在我身上流連。

白鬍船長粗魯地把浴袍扔到我身上，吐了口唾沫道：「穿上吧，我可不能讓血氣方剛的年輕船員們毀了我即將到手的支票。」接著命令奧力：「把她關進倉庫裡，三餐由我親自送飯，我已經交代了每個人，沒有我的允許，任何人都不可靠近女孩。」

聽他這麼一說，我頓時像翻白肚的河豚般洩氣。

「妳逃不掉的，我的船員全都只對鈔票忠貞不二。」白鬍船長斜睨著我道：「玫芮迪絲。」

愛情靈藥

【目的】讓對方愛上自己

【時間】隨時皆可施法

【配方】芫荽果實7個、白葡萄酒1公升

【作法】將材料倒入砵內，一邊搗碎一邊複誦『溫暖的果實，溫暖的心，兩人感情甜蜜蜜』，然後加入葡萄酒攪拌10分鐘，完成後讓心上人喝下。

第二章

澳洲　黃金海岸外海

「走啊。」奧力粗聲道。

「我自己會走啦，跟得那麼近幹嘛？是怕我比你矮卻跑得比你快，還是怕我比你有男子氣概，一拳就把你揍得飛出幾海浬？」我回過頭，打算以藐視眼神和輕蔑口氣逼退對方，可惜立刻宣告失敗。

這名忠心耿耿的船員像是陰魂不散的鬼魅，他逼著我往前走，緊迫盯人的程度直逼暴力討債。

唉，我兩條腿都不聽使喚了，最惱人的是發紫的嘴唇和咯咯作響的牙齒，一點面子都不給，讓我每句挑釁的話語都夾帶著嗚咽，真丟人。

可是，儘管冷得直打哆嗦，也無法阻止我盡情表達此刻的不悅。

「說說看嘛。」我發出帶有顫音的怪異尖笑。「你一定把你的時間都花在健身上面吧？所以才四肢發達、頭腦簡單，綁架會被判刑幾年你知道嗎？」

「少廢話。」奧力咕噥。

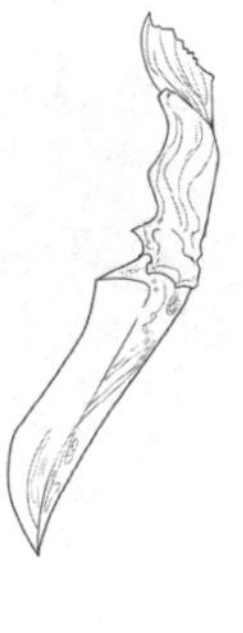

「你八成不知道，因為沒空念書啦！」我悲慘地叨唸。

海水斷斷續續自髮稍滴落、流淌，我繃緊牙關，將打顫的雙手插入腋下取暖，涼意同時自頭頂與腳底擴散蔓延，兩步後我瞥見了駕駛艙玻璃上的落魄倒影，此刻的我已經不是身著比基尼的美女，而是緊裹浴袍的難民，難怪美人計和激將法都起不了作用。

碰的一聲，轟然巨響斬斷了我的思緒，頃刻間世界分崩離析，視野內的所有物品全都不在原本的位置上──

船身像是觸礁般猛烈撞上了某個東西，甲板自我腳下滑開，我撲向迎面而來的桅桿，力道之大，差點讓肋骨比竿子先折斷。

兩秒鐘的碰撞卻造成兩分鐘的震盪，我下意識朝撞擊點看去，只見一望無際的海面像是小火慢滾的鍋子般冒著泡泡。

接著彷彿有人將爐火開到最強，波濤四濺中，一具類似小型探測潛艇的圓形機具浮出水面，肉眼目測直徑將近五公尺，而像是冰山般藏在海平面以下的體積還不知道有多大。

它緊緊挨著漁船，在維納斯號猝不及防的瞬間掀開艙門，一名美得令人屏息卻又英姿勃發的女子隨即一躍而出，以帥氣的姿勢落地，充滿挑釁意味的黑色戰鬥靴不請自來。

女子以迅雷不及掩耳的速度將離自己最近的船員用力推下海，動作流暢優美宛如芭蕾。下一刻，她旋身以鞋跟狠狠踩上第二名船員的腳背，手肘則猛烈地吻上對方的鼻樑，這一記攻擊精準無誤，船員的鼻子頓時血流如注，痛得他雙膝一軟，摀面跪地呻吟不已。

然後她衝向第三名船員，以輕靈的步伐蹲低閃過攻勢，繼而從背後一腳踹向對方胯下，角度算得剛剛好。想當然耳，他的哀號比前面那個驢蛋淒厲不只百倍。女子全速衝刺，用盡氣力以肩膀側身撞向站在我旁邊的奧力，下一秒奧力便被拋向駕駛艙的壁面，他軟綿綿地滑下艙壁，宛如油鍋中的一片煎餅。

船艙、甲板與桅杆組成精采的擂台，女子的動作快狠準，壯闊如雷殛、迅捷如閃電，將維納斯號帶入一場腥風血雨。這些遭受攻擊的船員哭爹喊娘，一個比一個大聲，聽在我耳中卻美妙無比，宛若天籟。

「爬起來！你們這些中看不中用的飯桶！」白鬍船長吆喝。

船員們蹣跚起身，像東倒西歪的保齡球瓶重新整隊，眼中的羞愧與憤恨交戰，看來怒不可抑。

「我是凱特琳，來救妳的。」神祕女子神色戒備地退至我身旁，目光依然鎖定敵人。她的嗓音中性而平穩，眉宇間兼具女人的仔細與男人的果斷。

「誰派妳來的？」我問。

「沒有人。」她的雙腳一前一後，擺出戰鬥姿勢。

四名船員將我們堵在船尾，身材修長的凱特琳在面對比她壯上兩倍的船員時顯得從容不迫，她的臉上掛著沉著的微笑，左手拉開紅色皮外套，讓掛滿武器的戰鬥腰帶和大家打招呼。我瞥見了信號槍和藍波刀，以及其他琳琅滿目、目測似乎危險性很高的武器。

「哇嗚，妳根本是黑暗版本的聖誕老公公。太好了，無論妳是打哪兒來的，我很樂意看見這些驢蛋收禮物。」一時之間我的信心大增。

這位雙眼湛藍、束著淡金色高馬尾宛如翩翩美男子的女人自腰帶中抽出一截黑色棍棒，之後使力一甩，棍棒前端立刻延展出長達三十公分的銀色金屬。

「電擊棒！」我驚喜道。

下一秒，凱特琳竟又把電擊棒收回腰帶，我的笑容僵在臉上。

「赤手空拳就能擺平這些驢蛋，不要浪費電。」她擺出拳擊姿勢。

一名臉上生著疙瘩的非裔船員反應最快，他抄起甲板上的鐵鍊衝向我們，只見揮舞的鐵鍊如毒蛇吐信扭動，發出尖銳嘶聲。

凱特琳微微斂起下顎，不慌不忙的態勢有如優雅劍士，鐵鍊於轉瞬間纏上凱特琳的袖子，後者以完美的節奏用力一扯再旋身側踢，高大的船員頓失重心，膝蓋一軟暈了過去。

很好，解決一個，還剩四個。

鼻樑斷了的那個船員雖然赤手空拳，警覺性卻比第一個高出許多，只見他像是個經驗豐富的拳擊手般前後跳躍，就連奧力也讓出空間給他。

「奧力，去我的床下拿槍！」白鬍船長打算迅速結束這場意外的打鬥，於是怒喊著抽出短刀。奧力隨即倉皇跑開。

夜風在甲板上翻騰，船長與他的同夥並肩而立，陰狠的表情在銀色的月光下更顯猙獰，兩人一個高大一個瘦小，凱特琳面對的是一雙猛烈的拳頭和一道銳利的刀鋒。

「打瞌睡嗎？我快無聊死了！」凱特琳挑起一邊眉毛道。

「不知死活！」白鬍船長跨步向前，咻地揮刀劃破空氣。

凱特琳往後一跳閃過了銀白刀光，接著又側身躲過船員的重拳，反擊則拳拳到位，沉重的呼吸和腳步聲在甲板上共舞，進退之間勢均力敵難分軒輊。

我立即採取行動，此刻凱特琳正和船長及一名船員纏鬥不休，另外那個被擊中下盤的驢蛋則痛得直不起身，還彎腰倚著船緣休息。我趁機悄悄繞過駕駛室，拾起甲板上一條滑溜的魚，潛行至負傷的船員身後，握緊魚尾，給了他的後腦杓漂亮一記。

他被打得暈頭轉向，一下子重心不穩，便落入水中。

揮棒成功！玫芮迪絲撂倒一個。

凱特琳那邊還打得如火如荼，這時我又有了個新鮮的想法。我躡手躡腳地經由窗櫺攀上駕駛室頂端的置高點，然後脫下了身上的浴袍，向下張望，守株待兔。

甲板上，白鬍船長和他的船員左右開攻，每次短刀精光一閃，一只厚實的拳頭立即跟了上去。凱特琳技巧性地以閃避，忽地她壓低重心，以腳踝掃過白鬍船長的下盤，白鬍船長立刻橫倒在糾結的繩索之中。

「他媽的，奧力！扶我起來！」白鬍船長飆出一連串髒話。

奧力還沒回來，歪了鼻樑的船員一時之間慌了陣腳，凱特琳見機不可失，掄起拳頭便結結實實地朝他臉上砸。

「操！」船員的鼻子受到第二次傷害，淚水與血水齊流。

迅速移動的紅色身影像是一把燎原野火，凱特琳的戰鬥靴一腳踩過船長持刀的手腕，接著順勢一踢，刀光在夜空中構成一道大快人心的拋物線，落入水中。白鬍子船長將手捧在胸前，哀號著被解除了武裝。

凱特琳的目光在船上游移，眼下只剩鼻樑斷裂的殘兵和還沒找到槍的奧力要應付了。

「凱特琳？」我呼喚。

她朝聲音奔來，經過我蹲伏的駕駛室艙頂時沒有停下，暴跳如雷的船員邁開笨重步伐，使甲板上的木條地板跟著跳動呻吟。我算準時間，在大量腎上腺素的幫助下，於剎那間扔下敞開的浴袍。

我身上僅有的浴袍翩然落下，船員一頭栽進浴袍，猶如小昆蟲落入蛛網內，凱特琳馬上回頭制伏了他。也罷，一絲不掛也好過一命嗚呼。

接著我爬下駕駛室頂，躍上甲板後往船員頭上補了兩腳，確保他一時半刻之間醒不過來。二打五，完勝。

「走這邊。」凱特琳以下巴指向潛艇。

我們衝向潛艇停泊的位置，像是經過嚴密的計算，敞開的潛艇入口與漁船幾乎等高，這時我卻遲疑了。

「跳過去。」

「跳？」

「對，只要把潛艇的弧狀外壁當作落點，跳上去時輕輕蹬一下，然後鑽進入口就可以了。秘訣是保持平衡。」她一派輕鬆地說。

「潛艇那麼滑，我辦不到。」我為難地說。

白鬍船長罵聲連連，一路拖著跛腳追來。「奧力！快！」船長的聲音愈來愈近。

「不然我先跳。」語畢，凱特琳一個箭步飛向潛艇入口，完美落地後朝我招手。「快！」

我心一橫，瞇起眼睛跑向無盡的黑夜，起飛，降落。強烈的求生本能促使雙腳帶領我完成一連串動作，全憑直覺。

下一秒鐘，我的腳卻從落點處滑開……

凱特琳迅速攬住我的腰，我們在彼此急促的呼吸聲中半推擠半擁抱地爬下潛艇的梯子，艙門即時掩上，將白鬍船長和他不堪入耳的髒話隔絕在另一個平行宇宙。

凱特琳火速衝向螢幕，按下控制面板上的紅色按鈕，潛艇隨即緩緩沒入海水中。

之後我聽見斷斷續續的幾聲轟隆悶響，八成是奧力終於找到船長床下那把神祕難尋的槍。效率真高啊，幹得好，奧力。

潛艇的內部空間與外觀同為圓形構造，狹窄的控制室比一台電梯大不了多少，剛好能讓兩人維持禮貌距離。再上前一步，就會對對方的舒適圈侵門踏戶。我的背部緊貼著嶄新的銀白色塗料內裝，舉目所及皆是複雜難解的金屬儀器，潛艇內沒有一絲船艇特有的魚腥味，反而還嗅得出陸地芬芳的味道。

正前方有一張宛如家庭劇院的大型螢幕，螢幕上的藍色電子冷光勾勒出大陸板塊曲折的海岸線，一道澄黃色的虛線從澳洲邊陲出發，一路經過代表海域的象牙白區塊、指向亞洲下方的迷你島群。

我看懂了，黃色虛線代表航道。我沒有購買前往亞洲的船票哇，這會兒她是要帶我上哪兒去？

「到黃金海岸下，謝謝。」我說。

「海神號不是計程車。」凱特琳在螢幕前兩張旋轉椅的其中一張坐下。

「那隨便一個澳洲的港口，我可以打電話請人來載。」我戒備地環抱自己。

「不是我不想讓妳下船，而是潛艇的路線都設定好了。」她雙手插在口袋內，在椅子上左搖右晃。

很好，誤上賊船了。我開始虛張聲勢：「喂！別以為妳把我從捕鯨船騙上潛艇，我會為此感激涕零！妳要是不放我離開，我就把這艘潛艇給拆了然後再逃出去，水裡可是我的地盤。」

「真是不知感恩的小混蛋，難道不想知道那些抓妳的人是誰嗎？玫芮迪絲？」

「妳也知道我的名字？看來我八成出名了，今天所有陌生人都知道我的名字。」

「關於出名這件事情恐怕妳說對了，的確有好幾組人馬都在找妳，不過妳很幸運，被對的人先找到。」她說。

「潛艇可不是普通人玩得起的，說吧，是誰派妳來？這該不會是哪個追求者英雄救美的把戲吧？」我裝做蠻不在乎，試圖套她的話。

凱特琳大笑，道：「妳的追求者真的有那麼多、那麼瘋狂嗎？」

「就是那麼多、那麼瘋狂。」我說。

我仔細端詳她白皙如雪的肌膚和纖長動人的睫毛，幾縷金髮落在她紅色皮夾克的肩線上，她的胸部平坦如荒原，手臂與大腿則肌肉精實，精緻五官與高䠷身形宛若伸展台上睥睨世人的超模。美得十分張狂。

「妳也夠格被稱作美女，應該很清楚被男人追逐的困擾吧？」我歪著頭問。

「我不清楚。」凱特琳斂起笑容，不自在地別開視線。

很好，我嗅到了心事的味道。凱特琳的反應很有意思，好像完美無瑕的臉蛋讓她很苦惱似的，現在只要順著那條掛滿心事的線索往前走，我便能反客為主，很快就會走出迷宮。

「一定有很多人甘願放棄一切，就為了擁有妳那張美麗的臉。」我慢慢踱到她面前。

「別說了。」她低聲道。

「就算只是那雙海水般清澈的藍眼睛也好。」我傾身貼近凱特琳，發現她在刻意迴避我的目光，渾身也僵硬起來。「嘖嘖，鼻子和嘴巴也是，簡直可以當整形範本了。」

「神經。」她回瞪我。

我的動作迅如獵鷹，伸手抓了她腰上的手榴彈便急急後退。獵物到手。

我一手高舉炸彈，另一手作勢拆除引信，嘶聲道：「把潛水艇開到岸邊，不能靠岸就開到大陸棚，我要下船，不然就大家一起死！」

她恍然回神，饒富興味地望著我。「原來是想偷東西？機伶鬼，幾分鐘前我們還合作得很好呢，怎麼說翻臉就翻臉？」

「啥？」

「快，不然我就把潛艇炸翻。」

「要炸翻是不太可能，充其量就是臭死我們兩個而已。」

「妳拿走的是煙霧彈。」凱特琳氣定神閒地說：「我身上有信號槍、煙霧彈和藍波刀，誰叫妳非得挑個最沒用的呢？」

我氣得將手中的垃圾扔向她，她以漂亮的動作在空中劃了個弧形，抓住煙霧彈、塞回腰帶內。「很好，妳選擇不把大家悶死。」

「妳到底是何方神聖？我看妳拳腳功夫還不錯，難道是傭兵嗎？」我斜睨她。

「謝謝，不過是整個青春期都在各式各樣的射擊、柔道和劍道夏令營渡過罷了。」她轉身面對我，十指交叉枕在腦後。「我是特地來救妳的，至於維納斯號則是受僱於一批政治狂熱份子，他們不只想抓妳一個，那些瘋子對我們其他六個人也很有興趣，只是妳最容易到手。」

「如果這麼想妳就大錯特錯了。」我的語氣緩和下來。「叫我麻煩精，我的朋友都喊我麻煩精。」

「麻煩精？幹嘛給你起這麼難聽的綽號？」

「因為名符其實。」

「好吧，反正在抵達香港前還有很多時間。」凱特琳搖頭輕笑，不一會兒就摸出幾包太空食物，遞給我道：「妳從下午開始就沒有進食了，吃點東西吧，接下來要說的這個故事長得很呢。」

這時我才發現自己餓壞了，我摸摸因空虛而塌陷的肚子，比基尼泳褲的綁繩鬆垮垮的繫在骨盆上方，乾了又濕、濕了又乾的泳褲布料則靠著鍛鍊有成的堅實臀肌撐住。

於是我坐上椅子，毫不客氣地接下食物，以齒撕開包裝後津津有味吃了起來。我把那團混和了綠色和咖啡色的泥狀食物從透明真空包裝中擠壓出來，經過軟管吸進嘴裡，原來是菠菜肉丸子。

「不起眼，但是滋味還不錯。」她表示。

「是啊，而且永遠猜不透袋子裡裝的是什麼，有種把手伸進恐怖箱裡的刺激。」我大口咀嚼食物。

在我大吃大喝的同時，凱特琳則用她低沉的嗓音說了一個很長、很長的故事……

她說，上帝在創造人類之初，給了亞當一個叫做莉莉斯的配偶。莉莉斯因不甘屈居亞當之下和反抗上帝而被逐出伊甸園，在人間興風作浪，最後被懲罰每日生下一百名子女，又眼睜睜的看著一百名子女死去。但莉莉斯是巫術之母，她偷偷藏起七名子女，並賜與七種具有神奇力量的法器，這七人分別為傲慢、妒忌、憤怒、懶惰、貪婪、暴食、色欲，又稱『七原罪』。

潛艇行經所羅門群島的時候，凱特琳正在解釋十六世紀女巫獵殺和七原罪的關係，基督教聽聞七原罪傳人和法器的存在，於是特地撰寫了《女巫之槌》，強行給他們扣上施行巫術的大帽子，並冠冕堂皇地在世界各地展開獵捕行動，受害者不計其數，光是歐洲境內就有超過五萬名女子被處死。

在越過巴布亞新幾內亞的時候，凱特琳詳細說明了七原罪如何演變為聞名遐邇的七個童話故事，因為傲慢而拐走兒童的吹笛人、因為妒忌而謀害白雪公主的母后、因為受詛咒而憤怒不已的睡美人、因為懶惰而換取魔豆的傑克、因為貪婪而巧取豪奪金銀鐵斧的樵夫和因為貪吃而逗留糖果屋的孩子。以及色欲，因為深陷慾望難以自拔，所以步向死亡的美人魚。

故事的時間軸跨越千年，不可思議有如神話傳說。我邊吃邊聽，努力消化資訊和食物。

最後，凱特琳說另外五人已經在香港等待，我們有要事需要商討。

「要討論的事情和想抓我的瘋子有關係嗎？」在解決了菠菜肉丸子、一袋咖哩飯、一包三色冰淇淋餅乾和一種嚐起來像是奶茶的銀色太空包食物後，我終於心滿意足地抹抹嘴。

「對，有人向那些傢伙透露了我們的祕密，只是不曉得那些人知道多少。」凱特琳瞄了那堆包裝袋一眼。「胃口真好。」

「還在長大。」我挺胸道。

「我已經將自己知道的部份全盤托出了。」凱特琳雙手抱胸，等候我的反應。

「放心，我沒有把你當瘋子。」我拍鬆自己的紅色捲髮。「所以，妳們希望我奪回屬於自己的法器？」

「對。妳可以接受事實？」凱特琳試著讀懂我平靜無波的表情。

「當然。」我對她嫣然一笑。

了解事情始末後，其實我並沒有太多訝異情緒，畢竟我早明白自己與眾不同，有哪個普通人像我本錢這麼雄厚，姿色美艷得可以代言維多利亞的祕密，身材火辣到宛如花花公子的封面女郎？不僅如此，本人還精通水上運動，因為我是代表色欲原罪的美人魚嘛，多麼合情合理。

「那麼，關於希妲的過世……」凱特琳斟酌著用詞。

「我猜想我的母親也是受到原罪的本能驅使，在成長過程中，她的同居人一個換過一個，老實說，我根本不知道自己的父親是誰。」我說。

「我很抱歉。」凱特琳凝望著我。

「無所謂，我外公很疼我，而我記憶中和母親相處的時光也還不錯，她從來沒罵過我一句。」我聳聳肩。

「既然希妲沒告訴妳真實身分，我猜妳應該很有意願參加會議？」凱特琳問。

「我要去。我希望能找回屬於自己家族的物品。」我說。

「是一把匕首。」凱特琳提醒我。「我的家族法器魔鏡也消失了，幾個月以來，我都在追查這兩件法器的下落，現在有點眉目了。」

「妳認識我母親嗎？」我問。

「不認識，不過我們之中有幾個人和妳母親是舊識。」她嚴肅地說。

「外公說我母親很死心眼，她被情人拋棄後過度悲傷，精神有點不太正常，才會發生意外。」我語氣平板地敘述道，不知怎的，竟覺得胸口有點悶。

「意外？」

「車禍。幸好我沒她那麼頑固，只遺傳到她的紅髮綠眼和好身材。」我嘟嘴道。

「好吧，算妳幸運。」凱特琳輕笑。「看到螢幕上閃爍的小紅點了嗎？我們已經航經赤道，進入北半球了。」

「我很樂意環遊世界，不過我忘了帶護照，也還沒跟外公報備呢。」我拍了額頭一下。

「護照和行李香港那邊都替妳準備好了。等我們回到陸地上，妳就可以打電話向家人報平安。」凱特琳說。

「以綁匪而言，妳們準備的還真周全哪。」我說。

「以十五歲的年紀而言，妳還真是嘴尖牙利，完全沒有青少年的迷惘徬徨。」凱特琳說。

「把話吞回肚子裡才會徬徨。」我答。

凱特琳忍住笑意，再次抬眼確認巨型螢幕上的畫面。海神號以超乎想像的速度前進，原本兩週的航程被濃縮為不到一天的時間，閃爍的小紅點已經把赤道遠遠拋在身後，朝亞洲大陸一路狂奔。

「我們即將經過菲律賓了。」

「潛艇的行進速度這麼快，要如何避免撞傷沿途的海洋生物呢？」

「超級聲納。」凱特琳伸出手指繞圈圈。「海神號以最新的聲納技術驅趕前方的魚群，也會自動導正方向，避開遷徙中的洄游魚類。對了，千萬別亂碰按鈕！我可不懂得怎麼回復。」

「妳不會駕駛它？那我們怎麼前進？遠端遙控？」

「是啊。我們這群人裡什麼鬼才都有，等妳認識大家以後就知道了。」

「酷！這台潛艇很貴吧？」我從座位上起身，原地轉了一圈。「如果軍艦對我們發射魚雷，我們會被擊沉嗎？」

「沒試過，希望不要有測試的機會。發明家本身便從事開發科技產品的工作，所以有許多便宜取得材料的管道。海神號還是有弱點的，內艙和外艙之間的銜接是整艘潛艇中最困難的工程，不過發明家說他對海神號擁有百分之九十九的信心。」

「我現在理解海神號是如何迅速營救我的了，可是我不懂妳們是怎麼追蹤我的？」

「我們擁有優秀的駭客。」凱特琳取出一台平板電腦，道：「看，這個五秒鐘閃一次的綠色小圓點代表妳的位置，過去三個月以來衛星定位系統已經鎖定了妳的手機，以三角定位描繪出妳日常生活的固定路線，最後根據活動範圍估算出代表舒適圈的黃色區塊，倘若小綠點超過黃色區塊，就表示有特殊狀況發生，那麼小綠點會立刻變更為每秒閃爍三次，系統也會發出警報。」

「拐個彎自誇？我以為妳很謙遜呢。」

凱特琳若有所思地說：「我一定會盡我最大的努力幫妳找回法器。還有兩三個小時才到香港，睡一下吧。」

「麻煩精？玫芮迪絲？快醒醒！」一陣天搖地動將我撼醒，原來是凱特琳用力搖晃我，「海神號出狀況了！」

我倏地睜眼，隨即發現潛艇內的巨型螢幕正嗚咽悲鳴。「怎麼了？」

「艙內的壓力上升了！」凱特琳首度在我面前露出慌張神色。

「什麼意思？」我茫然地問。

「意思是海神號故障了，不知怎麼搞的海水滲進了外艙與內艙之間的空隙，如果不馬上搶修，恐怕撐不到香港外海。」她額際沁出冷汗。

「可是……妳不是不會駕駛海神號嗎？」我結巴。

凱特琳躍動的十指迅速朝儀表板敲下一連串指令，然後滿臉期盼地抬頭仰望螢幕，彷彿參拜一座偉大的神廟，並祈禱獲得神靈的應許。

螢幕上閃爍的小紅點正橫越菲律賓北方與台灣南方之間的海域，紅光依舊閃耀，沒有任何變化。神明沒有理睬我們。

這樣距離目的地是多遠？四十海浬？五十海浬？我的最高記錄是花了五個小時泳渡菲利普港

灣，估計大約有五十海浬左右吧，別人從墨爾本到昆斯克利夫是開車過去，我則是游泳過去。

凱特琳再度輸入指令，螢幕仍然不動如山，而且示警的鳴叫聲似乎變得更尖銳刺耳。我們優秀的駭客氣得一拳搥下，這記一千磅的重拳果然起了作用，有時候斡旋對象太拿翹，非得靠暴力解決不可。

嘰嘰叫的警鳴嘎然而止，巨型螢幕瞬間變黑－大陸板塊消失了，航海圖也消失了，潛艇被凱特琳揍了一下，所以決定和我們冷戰。

「好極了！」凱特琳頹然坐下，原本白皙的皮膚顯得更加蒼白沒有血色。「真是可惡的百分之九十九的信心。」

「我們現在離香港有多遠？」我問。

「三百七十海浬。」她皺眉。

「啥？」我心頭一凜，三百七十海浬？是我最高記錄的七倍耶。

「現在只好冀望尼可拉斯從遠端螢幕發現我們的狀況了。聽說妳很會游泳，看來我們得游上一段，希望妳比傳聞中得還要厲害。」凱特琳歉疚地抿唇。

「天哪，我們必須馬上讓海神號浮出水面，如果我們潛得太深，一開艙門就會被水壓給壓扁。」我的思緒恢復活絡，呼吸也跟著急促起來。

「往上升？這個我辦得到。」凱特琳按下一個貌似緊急按鈕的紅色圓形按鍵，海神號立刻起了反應，像高速電梯般快速往海面攀升。

「這個營救計畫有任何備案嗎？潛艇內應該有信號彈或求救用的無線電之類的東西吧？」我問。

「沒有。」凱特琳搖頭，「海神號是遊走於國際海事法以外的機具，為了避免被其他國家的海軍發現，潛艇內沒有配備任何對外求救的配備，就連海神號的外型也是刻意仿造章魚，加裝了類似觸角的推進器，另外還特別上了一層隱形戰鬥機專用的塗料。」

「妳是說……就算這玩意兒在海底拋錨了，也不會有任何路過的軍艦或漁船前來搭救？」我驚愕地問。

「恐怕如此。」她說。

電源突然熄滅。黑暗擴散而開。救命的挪亞方舟即將成為乏人問津的陵墓。

凱特琳的低聲咒罵：「可惡！沒電了，我們得靠自己推開艙門了。」

我摸索著找到冰冷的金屬梯子，聽從凱特琳的指示一格一格向上推進，在漆黑中爬至頂端、摸到了艙門。我使盡吃奶的力氣推門，愛生氣的潛艇出入口卻一動也不動。

凱特琳跟在我身後攀上梯子，她的皮外套緊貼著我背部的肌膚，沉重的呼吸拂過我的耳畔。

「我會一手扭轉卡榫，一手推動艙門，聽我的指令數到三，我們同時用力向外推。」凱特琳道：「一、二、三！」

我拼命推擠艙門，下唇在齒間滲出鹹味。海水的壓力比想像中的大上許多，艙門根本推不開。

「用力！」凱特琳咬牙切齒低吼。

艙門於哐噹一聲中向外彈開，海水頓時如瀑布般湧入潛艇內，梯子離開了我的指尖，我感覺自己像是被沖進下水道的一片葉子，在迷惘中失去方向。

海水漆黑如墨，冰涼透進了骨子裡。下一秒，我發現自己憋著氣把凱特琳拉出潛艇艙門，然後摟住凱特琳的腰，憑藉本能游向海面。

突如其來的海水壓力和衝擊力讓凱特琳昏了過去……

幸好海神號已經十分接近水面，幸好海水有浮力，幸好我大概是全世界最沒有水壓適應問題和憋氣最久的人，讓我能夠迅速拖著凱特琳迎向氧氣，真是幸好。

凱特琳應該嗆了幾口水，但不礙事，她的呼吸雖淺卻很平穩，暫時沒有生命危險。眼前有另一個更棘手的問題：若我們繼續在海裡載浮載沉，很快就得面臨失溫。

我把凱特琳托在胸前，以仰式朝向我猜測是香港的方向游去，黑暗從四面八方包圍而上，現在三百六十度看起來都一模一樣，雖然我泳技過人，本小姐的大腦卻沒有內建指南針。我決定孤注一擲，把夜空中最大最亮的那顆星星當做北極星。

海神號完蛋以前，我們的目的地香港還在地圖上的東北邊，所以我只要以北極星為標的，往東北的方向移動就好……我猜啦。

我游啊游，大約過了兩三個小時，或者其實只有二三十分鐘，就覺得之前吃下肚的太空食物和小睡片刻全都耗盡了。泡在冰冷的海水裡，意識隨時像是打算脫離肉體而去，托著凱特琳游泳簡直是考驗意志與道德的鐵人競賽，每一秒鐘我的意念都在扔下她送死和兩個人一起死之間進行角力。

我不能丟下她不管，她從北半球跨越赤道跑到南半球救我，受人恩惠本當泉湧以報，既然我已經把她運回北半球了，應該也稱得上是知恩圖報了吧？

凱特琳的金髮濕透了，馬尾像是條厚重的抹布般死氣沉沉地貼著我的頸項，不時還會漂浮到我的鼻子前，影響我努力調勻的呼吸。

我伸手拎起她的馬尾，突然間，我指縫間的金髮居然被大把扯下！我發誓我只是輕輕扯而已……我的心臟停了半拍，定睛一看後，認出那是一頂假髮。

我的視線回到凱特琳的後腦杓，少了假髮的遮蔽，佈滿瘢痂凹凸不平的頭皮組織赤裸裸的露了出來，那是被火燄灼傷的痕跡。火吻從腦袋的皮膚向下延伸至頸背，紅色皮外套下方八成也是大面積的燒傷，彷彿有個惡魔被融在天使的背上。

這絕對是美女駭客躲在電腦後方，拒絕與人交流的好理由。

金色假髮像是一團悲慘的海草漂浮遠去，黑暗自四面八方湧來，夜空中掛著本應代表方位、我卻不會辨識的該死星象。我機械性地重複踢腿動作，每一吋肌肉都在尖聲抱怨。

海面上一片寂然，安靜得可以聽見我單手虛弱的滑水聲。某一個片刻，我睏倦得不得了，彷彿意識兀自溜走，把身體丟下不管。

漸漸地，就連我奔馳的想像力也安靜下來，冰冷的海浪拍打著我的臉龐，驚擾每一次呼吸。我感覺到衰弱的體力和求生意志相互拉扯著，香甜的夢境逐漸佔了上風……

「咳咳……」凱特琳的胸脯劇烈起伏。

「凱特琳？」我大聲呼喚：「醒醒，凱特琳？」

咳出幾口水後，凱特琳再度不省人事。可是她的囈語成功挽回了我的理智。我咬緊牙關，撐起眼皮，奮力地擺動腰枝踢起水花，朝東北方拼命游去。

記得嗎？童話故事中的美人魚可是在暴風雨中救起了王子。

飛行軟膏

【目的】飛行

【時間】皆可

【配方】毒麥、莨菪、毒堇、紅罌粟、黑罌粟、包心菜、麻繩菜各0.0648公克

【作法】將上述材料與浸泡油以4：6的比例混和，然後每31.103公克的混合物中，加入1.296公克底比斯鴉片。

第三章

閃光，刺眼的亮白閃光。

轟隆隆的噪音。一盞巨型吊扇迎面而來。

分不清是海水還是淚水刺痛了我的眼睛，我對著亮光拼命眨眼，想掙扎，手腳卻不聽使喚，逕自抖動不停。

夜裡氣溫驟降，逼近零點的水溫讓我的感官功能幾乎全面冰封，每一吋肌膚都像嗑了藥似的昏沉麻痺，左手臂還彎成了一個奇怪的角度，非常勉強地勾著另一副同樣僵直的身軀。

我守著凱特琳淺淺的呼吸，像是風雨中的碼頭木樁死命拽著船舶。凱特琳粗糙的頭皮來回磨蹭我的鎖骨，隱約傳來的陣陣刺痛成了我和人間僅存的連結。

原來沾濕的睫毛如此沉重……

我眨眼，再眨眼。

最後我闔上眼皮，任世界陷入無邊無際的黑暗。

香港　油麻地

起先我還搞不清楚自己在哪裡。

當我從無夢的長眠中悠悠轉醒，只覺得外公怎麼又任我睡到日上三竿？直到光線與色彩滲進我眼皮間的縫隙，我感到有些納悶，房間的天花板好像有點奇怪——

我霍地撐開眼皮，感官知覺一下子全數湧向腦神經系統。我錯愕地發覺身體下躺的不是我的單人床，頭頂上映入眼簾的也不是我所熟悉的臥室天花板，反倒像是另一張睡鋪的木頭床板。

再低頭一看，我發現自己捲在一床柔軟的白色被褥中，活像是一條包覆在炸麵包裡的熱狗。

「醒了？」有人說話。

循著聲音望去，一名年約十七八歲的女孩坐在隔壁床緣。她穿著卡其色的喀什米爾毛衣和牛仔褲，腳上套著一雙相同色系的毛茸茸雪靴。女孩雙膝靠攏，腿上擱著一只皮質黑色硬盒，正溫柔而仔細地以布塊擦拭一把銀色笛子。

「嗨，我是阿娣麗娜。感覺好些了嗎？」女孩抬眼，臉上掛著親切自信的笑容。彷彿只是鄰居太太端著剛出爐的瑪芬蛋糕來串門子。

我記得這個名字，童話故事裡吹笛人的後代、原罪高傲。

阿娣麗娜渾身散發有錢人家小孩無所畏懼的氣質，一頭蜜色長髮保養得宜，光滑細緻的皮膚像是從來不曾頂著豔陽工作，雖算不上絕頂美艷，但舉手投足間從容有教養，看得出身世良好。

「我還好。這是哪裡？」我清了清沙啞的喉嚨。

「我們在香港，一個朋友開的青年旅舍裡。這間是女生專屬的房間，大家暱稱它為女生宿舍。沒辦法，為了避人耳目，迫不得已才選個這麼簡陋的地方，不僅隔音效果差，而且還缺乏私人空間。」她搖頭嘆息。

「我覺得還不錯。」我咕噥。

環顧四周，房內以草綠色的牆壁搭配白色緞鐵床架，床單和枕套也全是白色的精梳棉，散發出燙熨過後的淡淡香味。整體而言簡潔明亮，沒什麼好挑剔的了。

女生宿舍裡共有八張鋪位，四張雙層床隔著走道兩兩相對。我躺在靠近門口的左側下鋪，阿娣麗娜則坐在靠窗的左側下鋪，算是我的鄰居。她的棉被摺疊整齊，防水布旅行袋很有紀律地靠著床尾。

「別擔心，我不會打呼喔。」她順著我的視線道。

我注意到她正上方的鋪位十分凌亂，床單皺巴巴的，攤開的被窩拱成一個方便進出的小洞，彷彿是某種小動物的巢穴。右側的四張鋪位完好如初，拍鬆的棉被有條不紊地以四角對齊床單，不過，距離房門最遠的那張下鋪旁邊有個白色登機箱，有行李表示那張床有主人睡，而且八成是個心思縝密的女人。

「凱特琳呢？」我踢開棉被起身，冰冷的空氣隨即攀上單薄的睡衣，讓我打了個大噴嚏。我的目光落在阿娣麗娜蓬鬆的雪靴上，問道：「現在是十二月，而這裡很冷，我們是不是順利抵達香港了？」

「是啊，家庭醫生上午來看過了，凱特琳嗆了幾口水，有點輕微的吸入性肺炎，經過投藥後已經好轉。」阿娣麗娜遞給我一件粉紅色棒球外套。「倒是妳，雖然我們找到妳時妳的意識不太清醒，但醫生說妳根本不像是落水好幾個小時的人，連一點小感冒都沒染上。」

「她沒事就好。」我放下心上的大石頭，瞪著懷裡的粉紅色外套問道：「這是誰的衣服？」

阿娣麗娜顯然很高興我提問了，她像是哄小孩似地柔聲說道：「我沒有妹妹，不過經常替我母親挑衣服，根據經驗法則，只要是買時下最流行的款式就錯不了。這些通通都是我按照妳的尺寸買的喔。」

「這些……是在童裝店買的吧？」我抖了一下。

「當然不是！店員說可愛運動風是最新流行，每個十五歲女孩都有一件。妳不喜歡？」阿娣麗娜懊惱地問。

「沒啦，很謝謝妳。」我勉強披上外套。

她鬆了口氣，道：「有些時尚確實不太容易理解，妳將就著穿吧，不喜歡我們等會兒再重新買過。」

「也不是不喜歡，就是太粉紅了點。」我承認。「可是有總比沒有好，我若再挑剔，就是不知好歹了。」

阿娣麗娜對我微微一笑，收拾起腿上的布塊和笛子。「說真的，幸好妳把凱特琳拉出海神號，又努力撐過了足夠我們派出救援小隊的關鍵四小時，不然麻煩可大了。」樂器盒的拉鍊倏地關上，她若有所思地說：「唔，妳長得跟希妲很像。」

「妳認識我母親？」我問。

「稱不上認識。」阿娣麗娜將一縷髮絲勾到耳後，以苦笑掩飾眼裡稍縱即逝的尷尬。

我將她的小動作看在眼裡，心中頓時起了防備，每當學校老師或街坊鄰居提及母親時便是這種表情。我瞇起眼睛，質問道：「妳不喜歡她？我母親勾引了妳的父親還是兄弟？」

「沒這回事，我們只見過一兩次而已。」阿娣麗娜擺擺手。「我和我的母親長得不太像，而妳和希妲的相似率應該高達八成吧，火紅的頭髮、碧綠的大眼睛，還有那令人難以忽視的好身材。」

「既然見過兩面，應該領教過她的行事作風吧？所以別忘了我還遺傳到她的壞脾氣，那也是我最引以為傲的地方。」我揚起下巴。

阿娣麗娜噗哧而笑，單側酒渦綻放。「跟凱特琳說的一樣，妳很直爽。尖銳，但是直爽。凱特琳曾救我一命，她信任妳，所以我也一樣。」她完全不在意我刻意表現出目中無人的態度，好脾氣地從枕下拉出一個包裹，輕輕擱在我的棉被上。「這裡面有護照和現金，想想看妳還需要買些什麼，我們下午一起去。」

「妳很親切。」我盯著她好一會兒，歪著頭說：「很少有女孩子願意對我表示歡迎，我想我們可能會成為朋友。」

「我們已經是啦。」她讓眼睛笑成一對彎月。

這時，女生宿舍的房門響起三下敲門聲，簡單扼要地宣告有人來訪以及此人的明快，凱特琳優美的側臉隨即從門後探出。

她的紅色皮外套不知去向，現在穿著黑色連帽運動衫，帽子緊密地罩在光禿禿的腦袋上。她看起來很健康，藍色眸子閃爍慧黠的笑意。「嘿。」

「凱特琳。」阿娣麗娜揮手招呼她進來，道：「其他人還在交誼廳嗎？」

凱特琳踱至窗邊，伸了個懶腰後將手插入運動衫口袋內，帥氣地倚著牆壁，說道：「是啊，還在開那沒完沒了的會議呢。」

「這樣討論下去哪裡會有結果？唉，我寧可窩在房間裡擦銀笛。」阿娣麗娜輕嘆。

「是啊，每個人各持己見，七個人就有七種立場。」凱特琳聳肩。

我好奇地問道：「是什麼讓其他人討論得那麼起勁？」

「還不就是討論索亞之書的處置方式。」阿娣麗娜的目光飄向門廊。

凱特琳向我解釋：「幾個月前我們跑了趟美國麻州的塞林，在一幢古老房子裡找到一本以希伯來文撰寫的古書。據傳那是世界上唯一一本關於莉莉斯後代的史料，內容涵蓋了七原罪的誕生、法器的詳細介紹，可能還有許多我們從來不知道也沒想過的事情。」

「那可是天大的好消息，有什麼要吵的？」我瞪大眼睛。

「關鍵就在於索亞之書裡記載了莉莉斯的誕生地，也就是伊甸園的位置。」凱特琳的輕快語氣轉為凝重。「猜猜怎麼著？伊甸園向來只是聖經故事中的傳說，要是被發現了伊甸園真實存在，八成全世界的人都想一探究竟。」

我倒抽了一口氣。「地球上的每個人都會爭先恐後想要搶到這本書，組團前往伊甸園參觀吧。」

「不僅如此，光是一個聖城耶路撒冷就讓以色列和巴基斯坦搶破頭了，伊甸園更會如此。我們只要稍有不慎，從此便永無寧日。」凱特琳說。

阿娣麗娜接著道：「所以啦，索亞之書不翻譯，內容就無從得知，若找人翻譯了，又怕洩漏出去。要是很不幸地索亞之書被公開了，那我們七家族豈不是得淪為電視實況秀、或是國家之間的競爭工具？」

「我絕對會為翻譯一事投下反對票，過去幾千年來我們對書毫不知情，還不是活得好好的？」凱特琳篤定地說。

「請定義活得好好的！光是現在，天賦帶來的困擾便讓人不勝其擾。」阿娣麗娜皺眉。

「我們擁有天賦，便得承擔副作用。無論如何，總比天下大亂要好得多。」凱特琳堅持。

「看，就是這樣，所以會議永遠會而不議、議而不決。」阿娣麗娜朝我淒然一笑。

凱特琳沒有答話，雙方各持己見，房內凝滯的對立濃得化不開。

我大概能理解所謂的天賦與其副作用，我是美人魚、是原罪肉欲，初次聽凱特琳說起時有點難接受，後來仔細想了想，我渾身上下散強烈費洛蒙，男人把我當作競逐的目標，女人將我視為頭號公敵。嗯，天賦的副作用，好像的確是那麼回事。

許久以後，阿娣麗娜打破沉默道：「玫芮迪絲錯過了午餐，我去請廚房準備食物。有沒有特別想吃什麼？龍蝦春捲？煙燻牛肉三明治？還是嚐點道地的香港食物，這裡的小籠包很好吃。」

「香腸披薩。」我說。

「披薩？我們供應得起更好的食物。」她看來十分意外，雙眼骨碌碌地轉了轉。「披薩就披薩吧，妳想在餐廳吃還是房裡吃？」

「如果可以的話，我想在交誼廳吃。」我興致勃勃地提議。

「準備好要進去了嗎？」凱特琳壓低音量。

「對。」我點點頭，聲音聽起來卻不太肯定。

她推開門，刺耳噪音旋即溢出門廊，高分貝的相互指摘在空曠的交誼廳內來回衝撞。

「把那麼重要的東西交給一名梵蒂岡的修女？你一定是瘋了！」大塊頭的金髮男孩不敢置信地猛搖頭。

「你嗤之以鼻的修女是梵蒂岡的網路主管，精通希伯來文、拉丁文、義大利文、法文和英文。學養豐富，書讀得比在座各位不知多出幾倍！」中年大叔從齒縫擠出冷笑。

「所以，我們現在打算和女巫獵殺的兇手大和解了嗎？」棕髮女孩淩厲地瞥了大叔一眼。

「時代不一樣了，我們不該緊咬著歷史不放，就像是追逐自己尾巴的狗，那樣會沒完沒了！」大叔不耐地表示。

「也許緊咬歷史不放的正是教廷呢？」金髮男孩質問。

「我也覺得找教廷內部的人來翻譯索亞之書太過冒險。」黑髮男孩鬱悶地說。

「反正，翻譯勢在必行。如果你們另有人脈，我歡迎大家各自把心目中的適當人選拿出來討論，如果沒有，那我們就不需要繼續再這個議題上浪費時間了！」中年大叔低吼，語氣彷彿為這件事畫下句點。

「各自提出人選？多麼民主哪。」棕髮女孩淡淡地說：「不過李歐，你可能忘了我沒什麼朋友，畢竟你把我丟去阿姨家時，可沒有徵詢過我的意見呢。」

「潔絲敏……」大叔惱火地搓揉額頭。

「我有個想法！」黑髮男孩打斷眾人，提議：「以色列的官方語言是希伯來語，我們何不去以色列找個不相干的人幫忙翻譯呢？」

金髮男和棕髮女孩交頭接耳起來，大叔則十指互觸陷入沉思，彷彿琢磨著一道艱難的謎題。

「也許可行？」大叔呢喃。

「不行！」凱特琳踏入門內，朗聲道：「在找碴的名單尚未完整之前，絕對不能隨意接觸陌生人，尤其是到有內戰的國家。」

交誼廳內鴉雀無聲，卻不是因為凱特琳的一席話。眾人的注意力聚焦在我身上，而且不是友善的那種。太好了，我彷彿又成為那個在教室裡被女生孤立、被男生評論的怪胎。

「各位，玫芮迪絲醒了。」凱特琳走向桌子盡頭的主位就座，並示意我在她和金髮男孩之間的空位坐下。

三張相連的圓形咖啡桌和七座單人沙發拼湊而成的臨時會議桌上，中年大叔坐在尾端，黑髮男孩坐他隔壁，棕髮女孩及金髮男孩則和他們面對面。原本接近門口的三個座位空著，現在凱特琳佔了主位，我則成為主席右手邊的重要賓客。

「歡迎妳。」生了張鷹勾鼻的大叔遲疑地打了招呼，尷尬表情和幾分鐘前的阿娣麗娜如出一轍。

太好了，我母親也勾引過你的兄弟嗎？

「李歐是來自德國的國際刑警，最早將大家串連在一起的就是他。」凱特琳將大叔介紹給我。

「糖果屋。」我點點頭。

李歐套著一件厚風衣，腳上蹬著一雙皺紋滿佈的舊皮鞋，瞳孔是冷酷的冰藍色，最令人印象深刻的是那只鷹勾鼻，扭曲的鼻樑彰顯了年輕時期對拳擊運動的熱衷。李歐若不是警探，我會猜他是退休的拳擊手。

「聽過金斧、銀斧和鐵斧的故事吧？」凱特琳為我引薦黑髮男孩。「這位是尼可拉斯，也就是故事中的樵夫。他對機械和發明很有一套，海神號就是他的得意作品。」

尼可拉斯心不在焉地點頭回應，從頭到尾沒有和我對上視線，看來我媽留給他的印象也不太好。

尼可拉斯有一對深邃的雙眸，還有一頭漂亮的黑色捲髮，身材精瘦結實，沉鬱憂傷的氣質足以激發所有女人浪漫的同情心。他穿著合身的法蘭絨襯衫和牛仔褲，雅痞風格很適合他。

「至於賽門，就不用跟他說得太多。」凱特琳直接跳過金髮男孩，比比棕髮女孩，道：「潔絲敏只比妳大上一歲。她的父親是英國人，母親是台灣人，聽說母親那邊有巫醫血統呢。」

「別這樣說嘛，小凱特。多和我相處兩天，說不定妳就改變主意愛男人了。」賽門揮了揮戴有招搖珠寶戒指的大手，淡綠色的眸子洋溢熱情，燦金色長髮則以髮箍向後梳攏。他的頸部以上是張娃娃臉，頸部以下的成套運動服內卻是個高大壯碩的殺人機器。「妳就是玫芮迪絲？果然和傳說中的美人魚一樣顛倒眾生。」

「看吧，就是這樣。賽門睡美人，你再多休息一會兒吧。」凱特琳裝模作樣地連連嘆氣。

「我剛剛說到哪兒了？喔對，講到潔絲敏。這位美麗的可人兒是童話故事傑克與魔豆的傳人，精通植物藥草學，準備要去法國格拉斯的香水學校念書了。」

嬌小纖細的潔絲敏有種衝突的美感，揉合了東方含蓄悠遠的美與西方精雕細琢的美，她身穿長度及膝的草綠色翻領毛線洋裝，搭配可可色長統皮靴，白皙的臉龐神情冷峻，棕色的編髮樣式繁複且一絲不苟。美麗？是的。可人兒？絕對不是。

「嗨，我是玫芮迪絲。」我主動釋出善意。

只見潔絲敏鼻頭一皺，居然把頭轉向窗戶。

我低頭嗅了嗅自己的衣衫，喃喃道：「我身上有什麼怪氣味嗎？」

賽門傾身向我靠來，用力吸了吸鼻子道：「是有一股鹹鹹的味道沒錯。」

潔絲敏回眸，眼中迸出妒火。

「我看是酸酸的味道吧。」我向後退開，翻了個大白眼。心裡嘀咕著男朋友請自己管好，不要來遷怒不相干的人。

此時交誼廳的門再度開啟，阿娣麗娜端著一盤食物進來，樂器盒的背帶斜掛於肩，宛若揹著一副箭帶。

「我想妳已經見過阿娣麗娜了，阿娣麗娜是音樂界的明日之星，她母親也是知名的長笛演奏家。」凱特琳說。

「起司香腸披薩來囉。因為不知道妳喝不喝咖啡，所以我倒了牛奶。」阿娣麗娜將餐盤放在我面前，順勢於圓桌對面坐下，朝尼可拉斯溫柔一笑。尼可拉斯則輕拍阿娣麗娜的膝頭作為回應。

喔，原來如此。

我在心裡偷偷對現況進行評估：阿娣麗娜和尼可拉斯是一對。潔絲敏和賽門是一對。凱特琳嘛，大家都不討厭她。至於李歐，則是大家都不喜歡他。七原罪的關係真是令人振奮。

「我先開動啦。」我抓起一塊披薩塞進嘴裡，揮手說道：「別理我，各位不妨繼續。」

凱特琳坐直身子，不苟言笑地說道：「各位，今日我們齊聚一堂，是因為上個月我攔截了一封加密郵件，內容將我們七人鎖定為目標，寄件者與收件人都使用代碼，今天早上，我已經破解了寄件人的ＩＰ位址。」

眾人譁然，連我也差點噎到。

「在將攔截到的網路訊息通知各位後，我們大家都巧妙地避開綁匪，只有玫芮迪絲，因為這些年來從未和她接觸，所以我們採取暗中保護的措施。奇怪的是，位址是從伊拉克、敘利亞和土耳其附近的海域轉出的，所以我反對尼可拉斯提出的建議。」凱特琳說。

「謝謝各位的暗中保護，我覺得安心得不得了。」我咕噥。

「這次綁架玫芮迪絲的那艘船經過精心改造，雖然還不知道對方底細，卻可以根據這一點大概猜出對方有軍事背景。」凱特琳示意尼可拉斯接著說下去。

「對，我研究過海神號傳回來的側錄影像，從維納斯號的構造看來並不是單純的改造船隻，一般船舶根本無法進行如此大規模的改造，本體結構的破壞是一個問題，負重吃水又是另一個問題，無論如何都會大幅度影響性能與安全。」尼可拉斯提出他的見解。

「請講白話文？」賽門的手指敲打著沙發說道。

「如果我猜的沒錯，製造維納斯號本來就是為了要抓玫芮迪絲，對方是有軍事背景的單位，這樣投注鉅資並耗費功夫，可不是在IKEA裡面敲打拼湊的等級。」尼可拉斯說。

「會是教廷嗎？從獵殺女巫時代他們就沒放棄過追殺我們。」阿娣麗娜問。

「還沒辦法確定，可是這件事卻蘊藏另外一層隱憂。假設我們和索亞之書的存在已經開始在某個政教合一的組織甚或國家開始流傳，原罪的秘密就等於是半公開了。七名原罪傳人與七項法器絕對是令人垂涎的武器，加上伊甸園的位置，這樣一來，基督教會想要消滅我們並且奪走書本和法器，各個強國則會想盡辦法把我們變成生化武器。」語畢，凱特琳長長吁了口氣。

「所以我說啊，絕對不能貿然行事。」賽門說。

「才怪。翻譯索亞之書利大於弊，要好好掌握我們的優勢，就必須先了解我們的能耐。」阿娣麗娜反駁。

「妳只是想知道若妳和尼可拉斯生了孩子，兩支家族相互結合，後代會承襲哪一邊吧？」賽門說。

「對於法器的創造由來、七支家族的歷史和繼承規則，難道你就不好奇？」阿娣麗娜反問。

「好極了，現在地球上有不明宗教狂熱份子想要我們的命，而且背後還有軍政府作靠山！」我大啖辣香腸，將濃郁的起司拉成幾條長線。

賽門與阿娣麗娜陷入唇槍舌劍，我則努力消化胃裡的食物和腦中的資訊，兩種論調乍聽下都頗有道理，我還沒辦法決定自己要支持哪一邊。

「凱特琳，妳那邊還有沒有其他進展？」尼可拉斯問。

凱特琳略作沉吟，說道：「確實還有一件事情，伊莎貝要移監了。」

爭執聲像是被按了消音鍵般忽然停頓，阿娣麗娜呻吟出聲，賽門則抱頭嘆氣。

「她又想玩什麼花樣？好端端的移什麼監？」

「她在監獄中不停惹事情，短短半年來已經籠絡了某位大姐頭，還收買了幾名獄卒，甚至在好幾起教唆鬧事中提供利器卻全身而退，典獄長終於受不了，決定把她移送專門關重刑犯的獄所。」凱特琳沒好氣地回答。

「典型的伊莎貝作風，只要有她在就不得安寧。」尼可拉斯道。

「各位聽了別太意外，其實，我追蹤綁架玫芮迪絲的組織時發現其中一人和監獄獄卒有信件往來，我覺得很有可能是伊莎貝故意將索亞之書的訊息洩漏出去，現在對方有意吸收伊莎貝，似乎有劫囚打算。」凱特琳說。

「真是她？狗娘養的！怎麼我們老是擺脫不了那個臭女人！」賽門以拳頭重擊沙發扶手，陰沉地說：「乾脆我們直接找人在監獄裡把她做掉，交給專業處理，這樣最省事。」

「這個伊莎貝聽起來像是個壞心眼的潑婦，她到底是誰？」我插嘴。

「凱特琳的母親。」阿娣麗娜低聲道。

「喔，不好意思。」我再度埋首食物。

「我想我們應該先下手為強，匕首從警方的證物室不翼而飛，根據伊莎貝盜走魔鏡的先例看來，匕首消失大概也是她的傑作，魔鏡十之八九也還在她手中。」尼可拉斯忖度。

「我也是這麼想，找回法器是當務之急。所以我擬定了一套反劫囚計畫。」凱特琳說。

「贊成。」我急著表態。其實附和凱特琳的理由很簡單，沒道理每個人都擁有法器，就我和凱特琳沒有啊。

沒想到阿娣麗娜卻從沙發上跳起來，嚷道：「劫囚？我們之所以選在香港隱密的小旅館裡開會，不就是因為這裡是幫派份子的地盤，而我們剛好有點裙帶關係可以安心住下，一切都是安全考量！結果現在你們反而想要跑出去招搖？」

「阿娣麗娜，我們不知道法器落入壞人手裡會發生什麼事，對不對？這是我們欠海柔的，我們起碼該幫海柔把法器找回來給她妹妹。」尼可拉斯柔聲安撫。

阿娣麗娜跌回沙發，失神道：「就算真的成功抓到伊莎貝，又該拿她怎麼辦呢？」

「嘿，我在軍校有學過刑訊逼供，倒是可以小試身手。」賽門神情愉悅地說：「像是灌水、電擊和坐冰塊——」

「你真是個怪人！」阿娣麗娜翻了個白眼。

「不然，睡眠剝奪？」賽門露出迷人微笑。

「不行！」阿娣麗娜和尼可拉斯異口同聲。後者又道：「我不贊成濫用私刑，尤其是對自己人……」

賽門的音量壓過他，冷笑道：「什麼自己人？上次我們在美國塞林鎮初次見面，差點被她害的不是你死就是我亡。也許你有寬容的胸襟，但我和潔絲敏寬容的額度已經用完了。」

「我曉得你們和她有過節，但她仍然是凱特琳的母親，不如先讓凱特琳和她談談？」阿娣麗娜說。

「凱特琳好幾次去探監都被拒絕，各位覺得我們將伊莎貝抓來，她就會像參加戒酒會一樣敞開心胸嗎？」賽門炯炯有神的目光掃過每一張不確定的臉龐。

「可是你那些五花八門的方法實在太變態了。」阿娣麗娜嘀咕。

「過於激進？那不如這樣吧，潔絲敏會製作吐真劑，我們以文明的方式讓她說出法器下落。」賽門轉動肩頸肌肉，順道將手指折得喀喀作響。

我實在忍不住潑他冷水，我道：「你知道明確的劑量嗎？會不會問完以後就變白痴啊？你是不是盤算著讓伯母不必送回監獄，直接送進瘋人院，一勞永逸？」

「你是這麼打算的嗎？」阿娣麗娜愕然。

一時之間，交誼廳內再度盈滿爭執聲，眾人彷彿有源源不絕的精力，這場會議則有如永無止盡的辯論賽，只要閉嘴就視同棄權。

賽門渾厚的聲音突圍而出，他喊道：「拜託，我們是七原罪、是童話傳人耶！只要祭出法寶，絕對可以不費一兵一卒就能逮到伊莎貝。」

「不行！」阿娣麗娜神色駭然。

「為什麼不行？使用法器這個辦法簡直聰明絕頂！」賽門回應。

阿娣麗娜緊咬嘴唇，看似欲言又止。

尼可拉斯拍拍她的肩，開口道：「這次我和阿娣麗娜特地前來參加會議，其實也是為了法器的問題而來。這兩年來我們觀察到一個現象，似乎使用法器的次數愈多，原罪的特質便會愈來愈難控制。」

眾人安靜下來，彷彿尼可拉斯丟出不是訊息而是個未爆彈。

「我認為我的父親早年毫無限制地使用金銀斧，令他的人格產生劇變，導致他對權力的貪婪慾望變得無窮無盡，最終釀成大錯。」尼可拉斯悻悻地說。

「這麼厲害？那不就跟毒品一樣？」我把杯中的牛奶一飲而盡。

「這個推論尚未被證實。」凱特琳指出。

阿娣麗娜愁眉苦臉地補充道：「我母親最近的狀況不太好，起先我以為她是休假後重回工作崗位的短期生理性亢奮，因為她的聽覺變得異常敏銳。可是漸漸的她愈來愈敏感，任何不完美流暢的聲音都會讓她抓狂。我練習樂器時稍有出錯她便大發雷霆，甚至家裡的電話鈴聲和門鈴聲也令她難以忍受。」

「音樂家的聽力本來就特別好吧？」賽門譏笑。

「你不在現場，所以你不曉得！音樂家的確能輕易分辨各種樂器的聲音差異和走音，可是她的絕對音感卻好像被放大了一百倍。」阿娣麗娜用雙手畫了個大圜。

「這是真的，上個月梅蘭妮差點為了庭院裡樹上鳥巢裡的小鳥太吵而去買一把打水鴨的獵槍呢！這次我們前來香港，也是特地交代鄰居多幫忙注意梅蘭妮才敢離開。」尼可拉斯和阿娣麗娜交換了個眼神。「所以我們很希望快點翻譯索亞之書，裡頭一定有關於過度發展的解答。」

「所以我們又要劫囚、又要找人翻譯，日子還真充實！現在要先搞定哪件事？」我問。

「老實說，兩件事情我都興趣缺缺。」賽門答。

「這兩件事情都是大家的事，和每個人都大有關係！」李歐怒視賽門。

「伊莎貝移監的日子就在兩天後，不管你們願不願意參加，我都一定會劫囚。」凱特琳宣布。

「不對，搞不好伊莎貝也是因為法器使用次數太多，所以徹底成為原罪的化身。」阿娣麗娜強調，「翻譯的事情應該優先處理，如果找出答案，就可以扭轉伊莎貝的個性。」

「應該先奪回法器，要是落入敵人手裡，就算翻譯了書也於事無補。」凱特琳說。

賽門一臉激賞，有如觀看女子泥漿摔角般開心。尼可拉斯則做出仲裁，他說：「其實，翻譯書本比較沒有時間壓力，可是移監迫在眉睫。」

「尼可拉斯？」阿娣麗娜抗議。

這群人讓我好想笑。阿娣麗娜急著翻譯索亞之書，她溫柔多情的男朋友卻臨陣倒戈。凱特琳一心找回法器，賽門則見縫插針，拼命想找個人痛扁一頓。潔絲敏悶不吭聲，不曉得在運籌帷幄什麼。而經驗最豐富、最有資格說話大聲的國際警察李歐只是冷眼旁觀。

「我們姑且相信法器使用和原罪特質成正比的說法好了，還有誰有相同的感覺？好像理性再也無法壓抑內心的原始慾望？」凱特琳問。

「我每天早上醒來都有這種感覺。」賽門咧嘴一笑。

「謝謝你總是不斷提醒我為什麼要喜歡女人。」凱特琳問：「其他人？」

交誼廳中的七個人你看我、我看你，神色遲疑，卻始終無人答腔。

我啜飲牛奶，一邊用餐一邊觀察他們每一個人。斜陽自窗外溜進室內，從我進門開始，鵝黃色的光束已經悄悄又移動了幾吋。

「言歸正傳，我們迫切需要知道索亞之書的內容，所以非翻譯不可，有誰有異議嗎？」李歐從沙發上起身，像頭緝毒犬似的在我們身旁繞來繞去。「如果沒有人反對，我就要動身前往梵蒂岡了。」

「說來說去，你就是恨不得我們和梵蒂岡教廷扯上關係，聽說你在當國際警察之前讀神學院時是個風雲人物？誰知道你對於重返天主教政壇有沒有野心呢？」賽門縱聲大笑。

「聽說你也在西點軍校短暫待過幾個月，怎麼沒人懷疑你是美國政府派的間諜？」李歐冷冷地說。

「交給教宗的秘書翻譯，那不如直接畢恭畢敬地呈給教宗。秘書究竟是會對老闆忠誠呢，還是對天殺的正義感或良心忠誠？」賽門刻意強調秘書二字，藉以貶低對方。

「都說了不是秘書了，搞不清楚狀況就別隨意發言，不然只會讓人發現你連軍校都唸不完。」李歐回擊。

「條子一分，中輟生零分。」我開心地說。飽餐一頓完畢，是時候湊湊熱鬧了。

「麻煩精，妳這是在幫倒忙。」凱特琳輕聲制止。

「也許我們可以考慮一個折衷的辦法，例如將書的內容拆成三等份，分別交由不同的學者翻譯，這樣每個人都只得到片面的資訊。」尼可拉斯心煩意亂地說。

「這麼做同時也會提高消息曝光的風險。」李歐回答。

「那如果用翻譯軟體呢？我們有厲害的機械發明與電腦專家，就不能研發一套希伯來文的翻譯軟體嗎？」阿娣麗娜問。

「等到翻譯軟體研發出來，索亞之書可能已經不在我們手上了。」李歐說。

「看來我們似乎沒有多少選擇，這個秘書可靠嗎？」尼可拉斯莫可奈何地問。

「她不是秘書！」李歐的下巴緊繃。

「尼可拉斯，聽說你是在家自學的資優生？我請教你，誰知道秘書現在靠得住，五年、十年後靠不靠得住？這麼簡單的常識，家庭教師沒教嗎？」賽門嗤之以鼻。

「想確保翻譯學者的忠誠度，只要釋出足夠的誘因不就得了。怎麼？西點夏令營沒教過你謀略嗎？」李歐刻薄地說。

交誼廳內氣氛劍拔弩張，賽門氣得雙眼噴出怒火，李歐訕笑，直到潔絲敏抬頭惡狠狠地瞪了他一眼，李歐才稍微收斂氣燄。

「好啊，就讓梵蒂岡的秘書翻譯。我們先請她翻譯一小部分，就從死亡之吻那頁開始好了，順便測試她可不可靠。」賽門以指尖輕觸另一手的寶石戒指。

「聽起來有圖利嫌疑。」尼可拉斯說。

「我不否認啊，我從小以為自己是個孤兒，親生母親不承認我是她兒子，不像你們的法器是從雙親那裡繼承而來，搞不好還附帶使用說明書咧，幸好老天垂憐，我還是拿回紡錘了。」賽門親吻手上的戒指。「其實我和義大利黑手黨也有點交情，不如直接找幾個小弟，把秘書抓來算啦。」

「又來了！」阿娣麗娜不耐地雙手摀耳。

「大家都別吵了啦。」我隨意揮動手指，道：「李歐大叔一副胸有成竹的樣子，要不要直接把你的計畫說出來，也省得阿呆與阿瓜繼續亂猜一通。」

「誰？」凱特琳似笑非笑地問我。

「阿呆與阿瓜？就賽門老是亂出主意，尼可拉斯立場不堅定，根本一對寶啊！」我裝做無辜地說。

「夠了沒？妳們家族成員都專門喜歡挑起戰火嗎？」尼可拉斯怒道。

「謝謝誇獎，其實各位原本的表現就很不錯了。」我翻了個白眼。

「停！」阿娣麗娜高舉雙手。「大家各退一步，有事好好商量。」

「分兩組進行。」一個低沉悅耳的嗓音說道。

「什麼？」阿娣麗娜面向桌子彼端，尋找聲音來源。

是潔絲敏，惜字如金的潔絲敏居然開口說話了。

「我們有七個人，分成兩組綽綽有餘，可以同時進行兩件事情。」潔絲敏一針見血地說道。

一瞬間，大家似乎都覺得這個辦法很公平，便不再像孩子似地吵著分糖吃。

「那就凱特琳負責劫囚一案，李歐負責和學者聯絡一案，然後依需要各自徵求組員。如何？」阿娣麗娜順著她的話說。
「同意。」尼可拉斯點頭。
「同意。」賽門蠻不在乎地說。
「好，現在我們如何分組？」阿娣麗娜問道，隨即後悔自己提出這個問題。
下一秒賽門和尼可拉斯再度爭得面紅耳赤，兩個人都想給對方指派工作。
「李歐，」阿娣麗娜問：「玫芮迪絲說對了嗎？你已經知道該怎麼說服那位學者了？」
「差不多是這樣。」李歐答。
「那幹嘛不早說？」阿娣麗娜疲憊地閉上眼。「如果你確定，就應該捍衛你的想法，我們也不用胡亂揣測了！」
「他就是要等到大家亂成一團再提出建議，才能顯得他很聰明。」我幸災樂禍地說。
「天哪，玫芮迪絲，妳不管想到什麼都非得說出來不可嗎？」阿娣麗娜驚呼。
「與其虐待我的喉嚨，不如虐待別人的耳朵。」我乾笑。
李歐從座位上站了起來，居高臨下，語氣也增加了份量，他道：「其實我倒是建議賽門和尼可拉斯負責劫囚計畫，他們身手矯健又懂得戰略。潔絲敏是療癒師，可以作為小隊後援。」
「多謝誇獎，可是恭維也不會讓我為別人的法器賣命。」賽門皮笑肉不笑地說。
李歐瞅他一眼，繼續道：「說服學者的部份則交由我和凱特琳，阿娣麗娜跟我們一組，倘若我們無法說動學者，必要的時候可以用銀笛來勸勸她。」

「我不喜歡和尼可拉斯被拆開的點子，我也沒有打算再用法器。」阿娣麗娜鼓起腮幫子，一臉苦惱。

「為了團體的最大利益，這是最公平的方法了，每個人都要付出才有收穫。」李歐聲如洪鐘。

「那為什麼不分配任務給我？我也很有用處。」我不悅地說。

「我相信妳是。」李歐不帶感情地上下打量我，像是在端詳市場裡的牲口。「不過兩項計畫的目標對象都是女的，美人計不會有效果。」

我將一雙綠色的眸子瞪得老大，他在暗指我是虛有其表的花瓶嗎？「那可不一定。有些魚是雌雄同體。」

「李歐，學者的人品沒問題吧？」尼可拉斯問。

「人品是沒有問題，只不過……」李歐意有所指地遙望凱特琳。

「幹嘛？」幾秒鐘後凱特琳會意過來，斷然拒絕道：「不不不，門都沒有。」

「凱特琳，莎拉一定會聽妳的話。」李歐勸道。

凱特琳的臉孔頓失血色，宛如蒙上一層冰霜。

「拜託，為了大家好，凱特？」李歐懇求。

「不。」凱特琳語氣透露出前所未有的堅決。

「莎拉是誰？」眾人面面相覷。

「如果是認識的人，不妨試試看？」尼可拉斯問。

凱特琳倏地起身，沙發往後一跳，發出尖銳的刮擦聲。

「如果有什麼難言之隱就算了，沒關係的。」阿娣麗娜伸手拉她。

「你們那麼好奇？好。」凱特琳猛然扯下帽兜，露出沒有一處完整的頭皮。

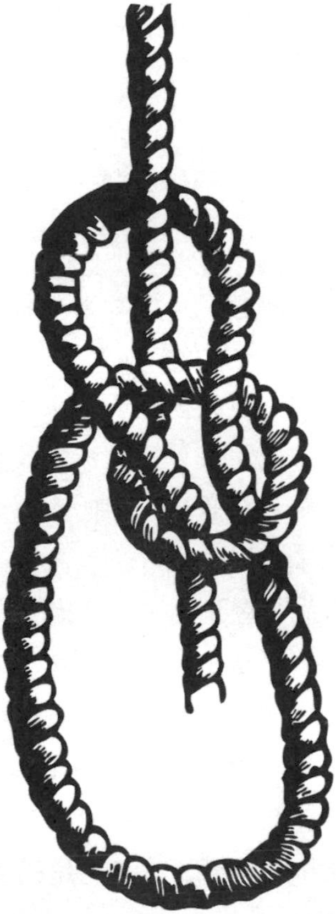

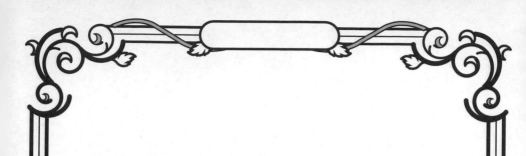

繩結咒語

【目的】祇願

【時間】夜晚

【配方】一條麻繩

【作法】一邊打繩結，一邊念出咒語：

「藉由我所綁的結，魔法就此即展開，別退衰。
綁兩結，願成真，不論此願為何人。
綁三結，願成實，魔法生效如所見。
綁四結，願高升，直抵天庭達我神。
綁五結，魔法盛，法力將行不停頓。
綁六結，魔法定，法力漸增如指針。
綁七結，此咒影響於我身，願望已達天庭門。
綁八結，不再等，魔法立現願成真。
綁九結，魔法即將閃耀眼前。此詩韻中訴我願。」

接著許下願望，並將繩結隨身攜帶。

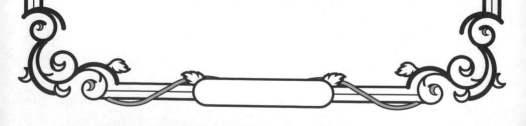

第四章

香港　油麻地

一盤散沙，是我對這群烏合之眾所想到的最佳形容。在經過一場充滿挑釁、攻訐與倒戈的辯論後，交誼廳內攸關生死存亡的重要會議決定暫時休會，待晚餐過後再續議程。

我本想請阿娣麗娜抽空陪我出門，買幾件不那麼童心未泯的換洗衣物，卻碰巧在樓梯間撞見她和男朋友鬧彆扭。

這下可好，賽門和潔絲敏為了會議上難以消弭的歧見不歡而散，尼可拉斯和阿娣麗娜決定另闢密室詳談，李歐不見了，我走回二樓，發現凱特琳兀自佇立於女生宿舍外的小陽台，成為向晚斜陽下一道心事重重的剪影。

「在幹嘛？」我走向她。

「看風景。」她將雙手擱歇在欄杆上，輕聲說道。

我與她並肩而立，試圖從眼前繁忙的街市中找出一方風景。

青年旅館位於兩棟狹長高樓之間，仰望林立高聳的大廈，俯視川流不息的馬路。聽說香港是

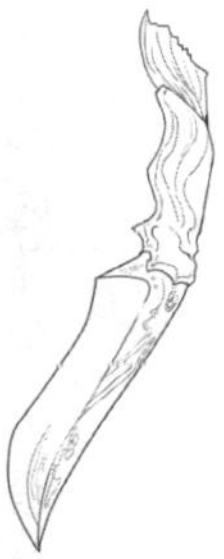

一座島，可是我只看見成片高樓卻不見海灘，香港的樓房又瘦又高，像是豎起一根根密密麻麻的樂高積木，將天空分割得零碎，就連眼前灰紫色的紅霞也被水泥森林拆解成片段。

「香港人走路的速度真快，簡直像在急行軍。」我趴在油漆斑駁的露台上，有一搭沒一搭的找話題和她聊天。「潔絲敏是怎麼回事？好像很不愛說話。」

凱特琳認真思索了一會兒，道：「阿娣麗娜的父親病故，尼可拉斯的父母離婚，賽門從小在寄宿學校長大，李歐的父母早逝，妳我則同樣來自單親背景。唯獨潔絲敏生長於正常家庭，父母都是大好人，還有個雙胞胎弟弟，直到天倫夢碎。」

「這就不難理解為何她總是冷冰冰的，她的父母和弟弟是怎麼死的？」我問。

「這個我不方便說，等熟悉一點妳再問她好了。」凱特琳答。

「那八成是遙遙無期了。」我聳肩。

二樓陽台再度陷入靜默，和樓下街市的人聲鼎沸形成強烈對比。我百般聊賴地以手指敲打欄杆，發現一塊邊緣翹起的油漆，看起來就像是傷口癒合後的結痂。

莎拉和凱特琳的關係在某種層面上也像結痂。一提到莎拉，凱特琳的反應就如此激烈，也許她本身就是凱特琳心上的一道傷。

不知為何，我對瘡疤底下的粉紅色皮膚充滿好奇，不動手挖掘真相便覺得搔癢難耐。不過既然凱特琳那麼介意，我就得問得有技巧些，讓我想想有什麼委婉的說詞……

「莎拉是誰？」話語自動從我口中衝出來。

「一個故人。」凱特琳緊守口風。

「什麼樣的故人?愛人?仇人?」我不懈地發問。喔喔,我真想縫上自己的嘴巴。

「已經不重要了。」她的肩膀一緊。

「妳可以繼續騙自己,反正我是不會買帳的。莎拉分明就很重要,不然妳也不會一個人在這裡生悶氣。」我嘟起嘴,盡情展現我的不悅。「雖然我最晚加入大家,可是依然代表一票投票權。很多檯面下的事情若是不解釋清楚,我只會一直覺得在狀況外。」

「抱歉讓妳有這種感覺。」她嘆氣。

「所以到底怎樣嘛?一場難堪的分手?」我開始鬧脾氣,打算再問不出答案就要在地上滾。

凱特琳思忖良久後,說道:「其實也算不上女友。我十四歲時在柔道夏令營認識莎拉,莎拉主動向我示好,她算是第一個讓我認真思考自己性向的人。」

「喔,初戀。」

「我比較傾向於啟蒙這個字眼。」她眨眨眼。

「嗯哼。妳們的關係持續了多久?」

「夏令營結束後我回到拉斯維加斯,她則返回波士頓。我的母親並不知道我出櫃,而且很討厭我做中性打扮。所以我偷偷和莎拉保持往來,每年夏天都故意挑選同一個的夏令營,就這樣持續了兩年。」

「怎麼結束的?」我問。

「郵局將一封莎拉的信陰錯陽差晚了幾個月才送到我家，那時候我已經搭上巴士，在前往夏令營的途中。我姐海柔收到信後拆開來看，還向我母親告密，於是演變成她們倆開車到夏令營大鬧一場，還指控營隊管理不周、唾罵莎拉帶壞我，逼我和她斷絕關係。」凱特琳的語氣平淡，彷彿說的是別人的故事。

「妳就這麼乖乖的跟她們回家？」我問。

「當然沒有，我大哭大鬧，賴在地上不肯走。」她雙眼一亮，露出俏皮而哀傷的笑容。「可是，當天晚上不知怎麼營地木屋發生大火，海柔和我母親及時將我拉出木屋，但是我到處都找不到莎拉，索性再度衝進火場。」

「那就是妳皮膚被火燒傷的原因？」我指指後腦杓。

「對，我在木屋門口被嗆暈了。那個夏天，我得到燒傷的頭皮和背部，而莎拉得到一隻瘸腿，警方卻沒抓到縱火的人。」

「天哪，妳懷疑是妳母親幹的？」

「等我從休養中復原後就離開家裡自力更生，靠我母親教的一身駭客本事賺取生活費。整整十年，我沒有再回家去，直到參加海柔的喪禮。」

「妳母親也是個駭客？這個伊莎貝還真是設想周到哪。」

「是啊，我母親一直堅信美麗的容貌是武器，但身為女人不能只有一種武器，內外兼具才是王道。」她苦笑。

我點頭表示理解，看來伊莎貝的教育方針比我母親高明多了，童話故事中白雪公主的母后的確也比美人魚懂得運籌帷幄，難怪壞母后可以穩坐皇位，美人魚卻只能變成泡影、消失無蹤。

我忍不住繼續追問：「後來呢？妳有去找莎拉嗎？」

「有是有，只是……」

「妳有送花嗎？女孩子都喜歡花。」

「花？我從來不送花。」

「探病也不送？」

「不。拿花很彆扭，就像宣告某種正式意義。」

「也許就是因為這樣，莎拉才不肯原諒妳。」

「搞不好喔。」凱特琳淒然一笑，說道：「後來莎拉因工作關係旅居了好幾個國家，我曾經在衝動之下跑去葡萄牙找她，可惜已經來不及了。」

「怎麼說？」

「她成了修女。」

沉默像是攤開的捲軸般一直滾，無限延伸。

挖出真相之後我覺得自己很惡劣，居然拿凱特琳的傷心往事來滿足自己不知輕重的好奇心。可同時我又有點悵然若失，有點沾沾自喜，感受相當複雜，這種矛盾心情從來不曾有過。

夕陽掠過樓宇和街區，躲在建築物身後的天空悄悄由紫紅轉為靛藍，華燈初上的時刻，閃耀的霓虹招牌與路燈紛紛亮起。

這時，凱特琳突然開口：「如果妳想回澳洲，我們不會強迫妳留下。十五歲是個無憂無慮的年紀，這不該是小女孩的戰爭。」

「我已經不是小女孩了！」我嘟著嘴抗議。「況且，剛剛我已經打電話回家告訴外公我想休學幾個月，環遊世界當背包客、搞清楚自己是誰。」

「而他接受這種說法？」她詫異地問。

「我外公一向開明得很！我媽讀中學的時候就搬出去住了呢！」我還為了她稱呼我是小女孩而老大不高興。「時候不早了，阿娣麗娜說要帶我去買東西，我該走啦。」

「好，青年旅舍位處龍蛇混雜的區域，記得跟好阿娣麗娜，別自己一個人亂跑。」她提醒。

「知道啦。」我敷衍著說。

我退回房內時，凱特琳的思緒和目光再次飄向遠方，她緊緊擁抱自己的憂傷，耽溺於舊時的回憶裡。

我探頭進交誼廳找到阿娣麗娜時，她和尼可拉斯兩人比鄰而坐，低聲交談，依然維持一小時前的相同互動。這兩人對於磨合出共識的目標而言，耐心與體力真是好得驚人。

阿娣麗娜轉頭對我比出五根手指。「不好意思，再給我五分鐘。」她說。

我聳聳肩，晚餐時間逐漸逼近，再這麼等下去，我就擺脫不了粉紅色棒球外套了。於是我下定決心，拍拍鼓脹的皮包，準備出門。

「妳要去哪？妳不能夠單獨出門。」潔絲敏不知從哪兒冒了出來。

「喔？我不曉得原來妳是舍監。」我說。

「大夥兒費盡心力把妳帶來，可不是為了再救你一次。」潔絲敏的語氣冷如結霜。她好像真的很討厭我。

「所以咧？打算用妳那跟牙籤一樣細的手臂擋住我嗎？可以試試啊。」我擺出最可掬的笑容，一溜煙跑開。

不過就是到隔壁買幾件換洗衣物嘛，幹嘛找我碴？我穿越走廊、走下階梯，大搖大擺地經過空無一人的大廳，一路暢行無阻。

最後我高高興興地跨越了門口那道隱形的線，那道每個人都命令我乖乖待在這一頭的線，濕冷的空氣與嘈雜的音量隨即迎面而來，在我的皮膚上點燃興奮的戰慄。

這裡看起來有點像墨爾本的中國城，只不過規模更大、更真實。我小心避開腳邊兩名戴帽子的清潔婦，目光在街道兩側的招牌上流連，那些塑膠燈箱拼湊成刺眼的色塊，似乎打算把全世界所有的顏色用盡，霓虹燈環繞著筆劃堅硬難懂的陌生文字，讓我彷彿走入嶄新的異世界。

一群剛下課的高中生打鬧著與我擦身而過，幾名西裝革履的上班族行色匆匆，陣陣勁風在人們疾步向前時刮過我的髮稍與臉頰，我像是逆泳而上的鮭魚巧遇成群結隊的鯡魚，在推擠中腳步開始凌亂，有點不知所措。

過度的感官刺激令我目眩神迷，市集裡的食物香味、攤販的叫賣聲、閃爍的燈光和迅速移動的人影……入夜的香港是座永不歇止的都市叢林，對於像我這樣新鮮感的掠食者而言，每個轉角都有驚喜。

我轉進一條夜市，沿著街邊，小販擺起了各式各樣的攤子，吃的喝的、衣服玩具還有串珠玉飾。

「要不要買髮夾？三個一百塊。」一面容扁平的女人以夾雜口音的英文朝我喊道。

我搖搖手，面帶微笑繼續往前走。

轉過兩個彎後是一條人聲鼎沸的熱鬧小巷，這時，我被前方的一堵人牆擋住了去路，不得不停下腳步。我本以為被駐足民眾團團圍住的只是另個街頭賣藝的雜耍人，結果並非如此。

首先吸引我注意力的是那一連串如連珠炮似的咒罵，我聽不懂廣東話，但是咆哮聲的氣勢太過磅礴，讓我忍不住墊起腳尖觀看。

人牆圍成一圈，圈子裡是僵持不下的兩邊人馬，一側是幾個本地年輕人，另外一側則是兩名一老一少貌似祖孫倆的遊客。

遊客有著歐洲人臉孔，年長的那名老者生得骨瘦嶙峋，灰髮凌亂，臉上的紋路憔悴而深刻，他身旁的少年看起來比我小，頂多只有十一二歲，生得鼻樑寬闊、下巴方正，頂著一頭參差不齊的金髮。兩人的穿著打扮皆極為樸素，從頭到腳不是黑色就是灰色。

和老人家對峙的三名年輕人氣燄囂張，舉手投足間帶有暴戾之氣，三人同樣穿著漆黑的羽絨衣，令我聯想到晝伏夜出的蝙蝠。中間的那個高個子單手叉腰，另一手對老人指指點點，邊說話還邊抖腳。他左邊的胖子肩上扛了一支鋁棒，右邊的矮子則不停耍弄指間的蝴蝶刀。

「怎麼回事？」我詢問身旁的白人男孩。

「不曉得，好像要打起來了。」男孩搔搔頭。

一名香港女學生瞥了我們一眼，以英文解釋道：「那個老先生好沒禮貌，去人家餐廳裡吃飯，居然把筷子插在白飯裡。」

「有什麼問題嗎？」我問。

「問題可大了！我們拜死人才那樣插的！」她瞪大眼睛。

「哇咧，就跟不能摸印度小孩的頭一樣，他觸犯當地禁忌了！」白人男孩驚呼。

老者一臉無奈，揮舞著手上的鈔票說道：「我付錢不就得了！」

沒想到這個動作惹得幾個香港人更生氣了，對方開始以廣東話大呼小叫起來。

「老先生要付錢給老闆，老闆為什麼不收？」我又問。

「他付老闆四百塊，還跟人家說不用找了，四這個數字是要觸人霉頭的啊！」女學生大翻白眼。

「有此一說？」我摸摸下巴，疑問為聲浪所淹沒。

人牆之內，胖子和矮子不停叫囂助陣，其中為首的那名年輕人伸出手，想要碰觸老人掌心拄著的拐杖，老人急忙搖頭擺手同時揮舞拐杖，險些敲到身旁的圍觀群眾。

老者皺著眉頭，試圖以簡單的英文和對方溝通，那幾名年輕人卻置之不理，擺明圖謀不軌。我猜他們是打算將事情鬧大，然後狠狠敲觀光客一筆。可是這對祖孫不像有錢人，我懷疑對方能從他們身上擠出多少油水？

「他們想要那支拐杖作為賠償，可是老先生不願意。」女學生悄聲道。

那是支紋理優美的木質拐杖，握柄是雕飾華美的圓形木珠，深褐色的杖身一節一節的，不知木匠以什麼材料製成，不過光是短短一瞥，便能一眼看出製作者匠心獨具。即便如此，木雕拐杖又能值多少錢？

老者眼看溝通無效，乾脆將拐杖交給小男孩，然後慢吞吞地蹭上前去談判。當老者的掌心自握把挪開時我終於恍然大悟，原來圓形木珠的頂端，竟嵌有一葉栩栩如生的葉片金箔。

三名香港小混混一見金箔，雙眼便因貪婪而發亮，他們並不把蹣跚而來的瘦弱老者放在眼裡，只是雙手叉腰盯著他身後的拐杖瞧。

純金葉片宛如剛自樹梢落下，以優美的姿態與拐杖握把合而為一，散發璀璨光芒。光憑肉眼無法判斷金箔的厚度，但我相信，這片金葉子已經厚到足以令不法之徒心生歹念。

老者緩緩踱至香港人面前，倏地將四百元港幣塞進中間那人的手中，還順道拍了拍對方胳膊。「年輕人，得饒人處且饒人哪！」

「操你的！」中央那人像是觸電般倉皇後退，還把鈔票猛地自手中甩開，彷彿那是什麼髒東西。

接下來三名港仔全都口裡罵聲連連，這回我通通聽懂了，因為他們把所有能派上用場的英語髒話都搬出來用上一輪。

不等我詢問，女學生直接告訴我：「我們華人認為人的左右肩膀上各有一盞燈，亂拍人家肩是會把燈給拍滅的。」

「他們兩邊看起來好像溝通不良，妳的英文不錯，怎麼不幫幫他們？」我問。

「那些人是混幫派的，我不敢招惹。」女學生畏怯地吐舌。

「妳沒看到嗎？那些人身上雕龍畫鳳都是刺青，在亞洲地區，大面積的刺青通常代表這人是黑道份子。」白人男孩說。

圍觀民眾是看熱鬧的多，管閑事的少，這一老一少看來是很難全身而退了。我嘆了口氣，心裡雖然同情，無奈自己人生地不熟，難有插手的餘地。

小混混擺出一副隨時準備幹架的態度，胖子讓手中的鋁棒在肩上彈跳，蝴蝶刀則在瘦子掌心化作殘影，兩人耍弄著武器，只等一聲令下。

群眾之間有名大嬸看不下去了，好心的大嬸比手畫腳地在老者耳邊叨唸了一陣，老者一聽自己冒犯了對方，馬上雙手合十、低頭鞠躬猛道歉。

沒想到，三名年輕人立刻暴跳如雷，連大嬸也傻眼了。

「我們拜神明和死人才那樣子。」女學生搖搖頭。

怒火於眨眼間扭曲了為首年輕人的面容，他掄起僵硬的拳頭，下一秒，身高只到年輕人胸口的男孩一溜煙擠到老者身前，他高舉細如柴薪的手臂，將拐杖對準敵人，一臉桀驁不馴。

年輕人的硬拳於半空中停格。他顯然大感荒謬，頓時鬆開了眉頭與拳頭，接著笑嘻嘻地伸手搶奪拐杖。男孩與混混一人抓住拐杖的一邊，拉扯之間互不相讓，年輕人故意忽然放手，男孩一個重心不穩，便在眾目睽睽下摔了個四腳朝天，手裡的拐杖仍緊握不放。

小混混們哈哈大笑。

一把火在我胸口灼灼燃燒。

「夠了！」我怒道。

「妳幹嘛？」白人男孩緊張地拉我衣袖。

我甩開他的手，一個箭步衝上前，將小男孩拽到自己身後。「要不要臉？找老人和小朋友的碴算什麼？」

香港人一愣，眼神從頭到腳將我打量一番，當他們凝望我的臉孔時，我看見愛慕之意，當他們審視我的胸前時，我感受到垂涎之情。而當他們的目光在我的臀部徘徊不去，臉上流露出我再熟悉不過的渴求，我便清楚知道，原罪已在眾人眼中點燃熊熊慾念。

我兇巴巴地指揮大嬸：「過來幫我翻譯！就說這些流氓欺負遊客，我要叫外事警察和大使館的人過來！」

大嬸跟對方交談了幾句，對我說道：「他們說他們沒錯，是這兩個觀光客不懂入境隨俗。」

「就算禮數不周也是因為文化差異，把事情搞清楚就好了啊，有必要這樣恐嚇威脅？這裡所有人都可以作證，是他們刁難老人家和小朋友！」我以批判的眼光向周遭每個人施壓。

三名年輕人依然無動於衷，他們交頭接耳，頻頻露出猥瑣笑容。

我抬頭挺胸，雙手張開，像母雞般護著身後的老人與小孩。再怎麼說，香港也是個進步且國際化的城市，這些痞子就算膽大包天，也不可能在大庭廣眾之下對我怎麼樣。

才怪。從此起彼落的笑聲聽來，他們似乎開起了淫穢的玩笑，而且樂不可支。在胖子與瘦子的鼓動下，中間那傢伙朝我逼近，還伸出手想要摸我。

我咬牙瞪視騷擾者，打定主意要是他膽敢碰我一根汗毛，我就立刻折斷他的手臂。

「住手！」咫尺之間，潔絲敏突然竄了出來，拍開對方的手。

如果說我是怒氣騰騰的母雞，潔絲敏就是齜牙咧嘴的母豹。

她的喉嚨發出低吼：「這裡是黑龍老大的地盤，我們是黑龍老大的貴客。你們幾個小憋三混哪裡的？大哥是誰？叫他出來跟我說。」

左右兩側的年輕人先是呆了半晌，隨即再度嬉鬧起來。

「小美人，妳是混血兒嗎？晚上哥哥帶妳去吃大排檔、坐纜車看夜景如何？」胖子的英文在眨眼間突飛猛進。

矮子附和道：「我喜歡瘦一點的，我兄弟喜歡有肉一點的。」他指指我，露出賤笑。「讓我們帶兩位好好深入認識香港，吃香喝辣，哥哥口袋裡的東西絕對不會讓你們失望！」

中間的年輕人原本沒吭氣，忽地舉起一雙手掌，左右開弓拍向另外兩人的後腦杓，發出清脆的聲響。

大嬸嚇得連忙倒退，與我並肩而立的潔絲敏沉著冷靜卻蘊含怒意，我則呆呆的看著這一切。

「白痴啊你們！大嫂的豆腐你們也敢吃？那位是黑龍老大好朋友賽門哥的夫人！老大特地交代要注意地盤上不認識的外來者，保護他好朋友們的安全！你們兩個蠢蛋居然忘得一乾二淨？」他迎向前來，臉上堆滿諂媚。「對不起啊！我們只有在機場遠遠地見過夫人一面，一時之間沒有認出來。」

潔絲敏報以淡然冷笑，道：「沒關係，反正，我會確保黑龍老大好好檢查你們口袋裡的東西是不是令人失望。」

語畢，潔絲敏拽著我的手掉頭就走。

「再找那兩個人的麻煩，你們就死定了！」我回頭喊道。

隨後，我才赫然想起自己連一件換洗衣物都還沒買。

我比潔絲敏高出半個頭，可是此時，潔絲敏卻像英勇的女警逮捕垂頭喪氣的犯人。一路上我都以景仰的表情偷瞄她。

「妳會跟大家說嗎？」我懊惱地問：「我只是想幫那兩個遊客的忙，不是故意要讓身分曝光。」

「妳那些荒腔走板的行為輪不到我來多費唇舌。」她連看都不看我一眼。

我尾隨潔絲敏回到青年旅館，告別外面的花花世界。進門前，那兩名清潔工還在打掃，香港人真是勤奮不懈。

餐廳裡香味四溢，大圓桌上擺滿豪華豐富的食物，以白色瓷盤盛裝，盤子則依序放在桌子中央的大轉盤上。有汁液濃稠的肋排、烤得香酥的雞腿和帶血的小牛肉，翠綠的生菜沙拉上灑滿堅果，軟嫩的千層面覆著一層焦黃的起司，光看就讓人口水直流，食物轉盤中間還有一鍋熱騰騰的濃湯。

「原來妳們兩個結伴出門了，怎麼沒等我？快過來吃晚餐吧！」阿娣麗娜招呼我們。

凱特琳和賽門之間還有兩個空位，潔絲敏綳著臉入座，我擠出勉強的笑容，往剩下的位置移動。

「怪怪的喔。」阿娣麗娜納悶地瞟了我們一眼。

餐桌上一片默默無語，只有刀叉碰撞盤子發出的輕微聲響和咀嚼聲。吃喝的同時，幾乎所有人都在偷偷交換眼神，凱特琳以膝蓋輕輕觸碰我，我抬眼，正好迎上她的一臉徵詢，我聳肩，繼續把更多食物疊在盤子上，裝作非常忙碌的樣子。

就這樣，安靜的晚餐時光延續了十多分鐘，直到我不小心讓肋排的骨頭滾落……

那塊該死的骨頭溜出我的盤子，飛快地翻越潔絲敏的腿上，咖啡色的醬汁隨著骨頭一路滾過她草綠色的毛線洋裝，留下一道難看的油漬。

我張大嘴，潔絲敏則砰地扔下叉子。

「妳就不能少惹點麻煩？」她沒好氣地說。

「對、對不起！」我拾起餐巾幫她擦拭洋裝，卻意外擴散了油漬的面積。

「停，拜託別再擦了。」賽門說。

「抱歉。」我以眼尾餘光偷看潔絲敏，只見她一語不發，表情僵硬。

「有問題喔，妳們兩個剛剛去哪兒了？怎麼怪怪的。」阿娣麗娜歪著頭問。

「大有問題。」凱特琳翻弄著盤裡的沙拉。

「哪有什麼問題，只是我不習慣用刀叉切割肋排罷了，這是很精細的動作。」我嘀咕。

「不然妳們澳洲人都怎麼吃肋排？該不會都是用手抓吧？」阿娣麗娜詫異道：「我想起來了，妳下午吃披薩的時候也是用手抓。」

她語氣中的優越感刺痛了我，我回嘴：「別把澳洲人都當作茹毛飲血的原始人，是這塊肉的組織特別粗，很不好切！」

「不會啊，這是頂級的日本進口松坂豬耶，很貴。」阿娣麗娜反覆檢視盤中的肉。

她在諷刺我是個沒錢沒地位的次等人嗎？

吞下肚子的肉化作鉛塊，羞辱在我的胸口騰湧，明顯的貧富差距像是一堵冰冷的高牆，我將餐巾摔在桌上，瞪著滿滿的盤子，再也吃不下任何一口。

賽門似笑非笑，道：「波斯貓和流浪貓都是貓，波斯貓吃魚罐頭，流浪貓吃魚攤子上的肉屑，同樣是填飽肚子，波斯貓怎麼能嘲笑流浪貓不會開罐頭呢？」

「你這話什麼意思？」阿娣麗娜問。

「出身名門不代表姿態就可以高高在上，說話就可以大聲。」賽門答。

「阿娣麗娜才沒有擺態，請不要隨意曲解別人。」尼可拉斯怒目相視。

「有完沒完？一餐飯不鬥嘴，你們就食不下嚥？」凱特琳放下刀叉，瞪了賽門一眼。「怎麼會有人把自己比喻成貓咪？」

「我說的是妳們，我是獅子。」賽門淺淺一笑。

「我只是想讓玫芮迪絲感到賓至如歸而已，絕對沒有任何偏見。」阿娣麗娜滿臉通紅。

突然間，潔絲敏高舉雙手制止眾人的爭辯，她問：「有聞到嗎？」

「噓！」阿娣麗娜揮手示意大家安靜，並豎起耳朵仔細傾聽。「有人來了。」

說時遲那時快，幾枚金屬罐彈跳著滾進門內，宛如原子彈轟然炸開，白色的煙霧於轉瞬間衝出罐子，挾帶出刺鼻而強烈的臭氣。

「是煙霧彈！快遮住口鼻！」賽門高喊。

我反應不及，接連吸入好幾口嗆鼻的氣味。臭氣燻天的煙幕癱瘓了我的思考能力，我劇烈咳嗽，眼尾也淌出淚水，身體被一陣暈眩征服。

「咳咳，凱特琳，快帶著女孩子們去避難室！」煙霧瀰漫中傳來李歐夾雜咳聲的吼聲。

混亂之間我聽見腳步聲逼近，隨後一隻強而有力的手掌抓住我。

「麻煩精，跟我走！」凱特琳說。

我順從地接受凱特琳施加在我手上的力道，在能見度零的狀態下瞇起眼睛，像個瞎子似的跌跌撞撞地跟著凱特琳跑。我們奔過長廊，鑽出一道貌似後門的狹窄小門，然後和阿娣麗娜及潔絲敏撞在一起。

「快點，往這邊！」

在凱特琳的指引下，我們衝上一條鬧街，在暮色掩護下拔腿狂奔，我們推擠著路上行人，屢屢遭受白眼，可是連道歉都來不及，又彎進下一條巷弄。

過彎時，我不小心勾到算命攤子的桌腳，踉蹌之間先是把矮桌給掀翻，接著桌面上的鳥籠也跌落在地。我聽見裡頭那隻可憐的小白鳥驚慌失措地拍打翅膀，坐在凳子上的算命師則嚇得跳起來。

我慌忙道歉，後來是阿娣麗娜牽起我的手，拉著我倉皇逃離破口大罵的算命師傅和啾啾抗議的鳥叫。

凱特琳的金色馬尾在我眼前跳動，阿娣麗娜的體溫自掌心傳來，四周景物幻化為色彩繽紛的影子，片刻後我們轉進一條不起眼的窄巷，從一家中式餐館的後門穿越滿是油煙味的廚房。

我們放慢速度以避免打擾廚房裡的工作，金紅色的烈燄冒出炒鍋，火舌舔舐鍋子的嘶嘶聲不絕於耳，大廚們似乎習以為常，忙碌的身影完全不受影響。

「走廊底端的最後一間房間！」凱特琳吆喝。

我們連滾帶爬地衝到緊閉的鐵門前，腳步這才完全停下，因為已無路可去。

「怎麼進去？」有人問。

「生物辨識系統，前天剛裝好。」凱特琳回答。

她將雙眼貼近門上的窺視孔，喀噠一聲，芝麻開門。

我們魚貫進入餐廳裡隱密的倉庫，凱特琳在確定人員到齊後立刻摔上門，門鎖亮起紅燈，晦暗不明的紅光在漆黑中燃起代表安全的光暈，我們這才鬆了口氣，背倚著厚重鋼門大口喘息。

自由的空氣灌進我的肺葉，有那麼一段時間，我只顧著深呼吸，一邊發怔，一邊全心全意的呼吸。潔絲敏的一連串劇烈咳嗽將我拉回現實，我繃斷的腦神經終於重新接上線。

「這間是……避難室？」我問。

「其實是黑龍老大妹妹的餐廳，她把倉庫借給我們使用。」凱特琳的呼吸恢復平緩。

「那個黑道老大不是說會保障我們的安全嗎？怎麼會讓人在他的地盤裡亂扔煙霧彈？」阿娣麗娜氣急敗壞地問。

「我猜我們的敵人非常擅於掩人耳目。」凱特琳說。

「麻煩精，該不會是妳引來的吧？」潔絲敏再度咳嗽起來，末了，她還緊抓著方才的話題不放。「就跟妳說不要一個人往外跑，妳不僅偷溜出門，還非得插手管別人的閑事。」

我張口欲辯卻啞口無言，就事實看來的確是我的錯。我暗暗責怪自己太衝動了，也埋怨我們的敵人太會躲藏。討厭，沒事幹嘛還在香港開會呢，香港的外國人多如過江之鯽，混幾個敵人在街上根本就難以分辨。

「等等，是清潔婦！」我腦中靈光乍現，「青年旅館門口有兩個假裝成清潔婦的黑人，一待就待了超過半個小時。」

「妳出門時都已經傍晚了，確定沒看錯？」凱特琳問。

「雖然她們壓低帽子，但我瞥見袖子和手套之間的皮膚，是黑人，絕對沒錯。」我堅持。

「我也有看見清潔婦，不過因為她們背對著我，所以只知道是兩個女人。」潔絲敏說。

凱特琳沿著牆壁向前摸索，最後她找到開關，倉庫內光明大放。

四四方方的倉庫牆壁佈滿壁癌，地板積滿灰塵，看起來閒置已久。空蕩蕩的室內唯一的物品是掩在軍綠色防水布下、牆角堆放的那落物資。凱特琳掀開硬挺的防水布，藏在下方的七個背包於是現身。

「緊急背包。」阿娣麗娜揉著太陽穴嘆氣。「終於還是到了必須使用這些配備的時候。」

「現在請每個人前來領取屬於自己的背包，背帶上繡有名字的第一個字母，找到後打開背包，妳們會看見裡面有些人工智慧睡袋或飲水乾糧之類的東西。我要妳們從裡面找出一件上衣換上，上衣是高科技材質的液態防彈衣，把它套在衣服的最裡層，聚合物材質能夠自動調節溫度。」凱特琳一一取出介紹到的物品，雙眼炯炯有神。「妳們還會看見一條隱形腰帶，方便大家把私人物品和背包裡需要的工具藏入腰帶。」

我從繡著字母M的銀灰色背包內翻出所需，然後按照凱特琳的吩咐穿上衣服。帶黑邊的灰色衣物像量身訂做般合身，搭配的戰鬥靴也十分輕巧。

整裝完畢後我回過身來，發現潔絲敏已經褪下草綠色毛線洋裝，改穿上風衣和一條淺藍色牛仔褲。阿娣麗娜則將她的長髮綁成一個和表情同樣緊繃肅穆的長辮，像是古墓奇兵裡的蘿拉。

「很好，現在請找到和我手腕上一模一樣的手錶，這是衛星通訊器，可以讓我們以加密網路彼此聯絡，又不會被外人發現。只要長按螢幕十秒，就會啟動開關，關機也是相同的動作。」凱特琳示範按下螢幕，手錶旋即亮起。「尼可拉斯和我特別將功能設計得淺顯易懂，只要按下圖示，就能連接到通訊、求救和查詢功能。」

我把玩著手錶，看見螢幕上出現了幾個筆觸簡約的小圖，其中一個是古董電話圖案，還有一個繪有SOS的方形框框，不知道按下去會如何？

潔絲敏突然握住我的手腕，警告道：「別亂按，妳今天惹是生非的額度已經用光了。」

「知道啦。」我抽回手。

「對了，通訊器待機的續航力長達三週，但得使用接觸式電源才能充電，所以沒事不要開來玩。」凱特琳提醒。

「各位，我們也該回旅館看看了吧？不知道男生們怎麼樣了？」潔絲敏緊蹙眉頭，難得地真情流露。

幾乎是立刻，眾人全都點頭，這是我們首度意見一致。

我們沿著原路返回青年旅館後門，凱特琳走在隊伍的前方，然後是我和潔絲敏，阿娣麗娜殿後，一個個躡手躡腳地走向最後見到男孩們的地點，整棟屋子毫無動靜，我們穿越鋪著舊地毯的熟悉廊道，懸著一顆心邁向餐廳。

當餐廳門口映入眼簾，女孩兒們的堅強剎那間瓦解。

「怎麼搞的？」

餐廳像是歷經過一場險惡的打鬥，食物成了噁心的爛泥，餐盤全都摔裂在地板上，東倒西歪的椅子有幾張椅腳斷了，另外幾張則四分五裂，彷彿格列佛赤腳踩過小人國。

潔絲敏一臉不敢置信，她率先步入，在亂七八糟的垃圾堆裡翻找男朋友的蹤跡。凱特琳繞著餐廳走了一圈，她探頭望向窗外，接著檢查了窗框，我可以從凱特琳靜如止水的表情中讀出她毫無斬獲。

「餐桌上有張字條！」潔絲敏說。

我謹慎地跨過食物殘渣來到桌邊，偌大的餐桌上果然有張便條紙，紙上以潦草的字跡勾勒出糾結的字母。

「是英文嗎？寫了什麼？」我問。

潔絲敏的呼吸急促，低聲唸道：「我們手上有妳們要的東西，三天後，以物易物。帶伊莎貝來。署名克麗奧佩托拉與娜芙蒂蒂，底下還有一個位於美國紐奧良的地址。」

「天哪……尼可拉斯！」阿娣麗娜的呻吟破碎成片。

「絕對是那兩個詭異的黑女人！蹲在門口偷看我們的那兩個！」我雙手掄拳，信誓旦旦地說。

凱特琳走向潔絲敏，扶著她顫抖的雙手，把字條重新讀了一遍。

「妳們覺不覺得冒用埃及女王名字的作風很熟悉？」凱特琳緊閉雙眼，嘆道：「像不像某個我們曾經認識的人？」

潔絲敏的眼眶泛紅，咬牙切齒地說：「血腥瑪麗。」

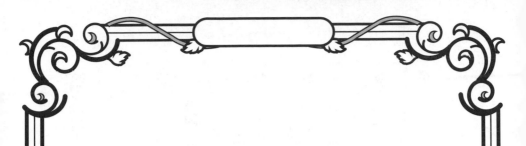

玫瑰愛情魔法咒語

【目的】庇佑戀人

【時間】週五晚上施法

【配方】15~20公分粉紅色蠟燭1支、打火機、紅色玫瑰花苞6朵、白色玫瑰花苞6朵、粉紅色玫瑰花苞6朵、花卉專用綠色鐵絲1捲、花卉專用綠色膠帶1捲、天然麻繩1捆

【作法】點燃紅色蠟燭，唸道：「這裡有我的熱情。」
點燃粉紅色蠟燭，唸道：「這裡有我的好意。」
點燃白色蠟燭，唸道：「這裡有無限光明。」
將鐵絲圍成一圓圈，把各色玫瑰花苞摻雜分布，每朵間隔3公分，將花苞織進鐵絲圈，最後以膠帶固定花環。然後把麻繩以順時鐘方向纏繞花環，唸道：「將花圈繞成圓形，讓愛和祝福形影不離。」

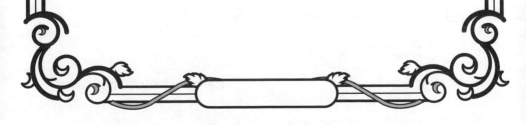

第五章

美國　波士頓

十幾個小時後的清晨時分，我們抵達波士頓的羅根國際機場。

「少了尼可拉斯、李歐和賽門，光憑我們幾個如何逮得住伊莎貝？我們是童話故事傳人，又不是電影中的超級英雄！」轉往旅館的路上，憂慮佔領了阿娣麗娜的眉心。

「妳的話前後邏輯有問題。要不是妳和尼可拉斯在七角樓內對我們開槍，血腥瑪麗也不會抱頭鼠竄，更不會掉進井裡，那些瘋婆子就不會綁架男孩們，我們也不需要跑這一趟，執行不可能的任務。」潔絲敏連珠炮似地抱怨起來。

「哇塞，潔絲敏一定很火大，要不就是很愛我們，我從沒聽過她一口氣說過這麼多話。」我促狹問道：「原來阿娣麗娜曾經向她開槍？」

「那是意外。」阿娣麗娜翻了個白眼。「嚴格說起來，是潔絲敏設局邀我和尼可拉斯去塞林鎮。」

「好了，現在不是互相指摘的時候，與其花時間鬥嘴，不如花心思想想怎麼救回男生。」凱

特琳打斷我們。

現實問題在我們胸口騰湧，令我們訕訕地閉上嘴。

十二月的波士頓比香港冷得多，我以為潮溼的香港已經夠嗆的了，沒想到零下的天氣才是凍瘡的親密友人。能夠調節體溫的液態防彈衣穿身上後，猶如套了件羽絨背心，但還不足以應付飄雪的室外環境。

習於美東氣候的阿娣麗娜帶我們在機場商店臨時添購雪衣和帽子手套，非得將每個人都裝扮成臃腫的雪人不可。也許是過於焦慮的緣故，她在威脅我們戴上彩色毛線帽時顯露出少見的霸氣，潔絲敏屈服了，我也只好跟進。

接著我們在咖啡廳囫圇吞下三明治，然後聽取凱特琳的早餐會報。

凱特琳說伊莎貝被關在東岸麻州的諾福克監獄，那是位於波士頓西南方二十五英哩的中等防衛監獄。因為伊莎貝在獄中的表現太差勁，現在他們要將她移監至西岸加州新月市的鵜鶘灣監獄，那裡專門收押重刑犯。很明顯地，獄方認為伊莎貝是十惡不赦的壞蛋，集中營才是她後半輩子的歸屬。

「我攔截到的劫囚計畫是這樣的，小組一共有八名成員，先安排一名組員埋伏在車隊前往機場的路上，繼而炸飛馬路上的人孔蓋，截斷前後警車的聯繫，孤立伊莎貝乘坐的那台巴士。之後會有另外兩名組員以武力突圍，他們打算槍殺司機和車上的警衛，然後把伊莎貝交給第四名和第五名組員，同時間剩下的三名組員會喬裝成為挾持者和伊莎貝的複製品，聲東擊西，掩護真正的目標逃離現場。」她說。

「即使劫囚計畫成功，通緝犯也很難躲過警網，逃出美國境內吧？」我問。

「如果伊莎貝配合就大有可能。」凱特琳回答。

「伊莎貝這麼有辦法？」阿娣麗娜問。

「她周旋於眾情人之間，認識一兩個願意替她賣命的幫派份子也不為過，畢竟她花了一輩子的時間鑽研如何操控他人。」凱特琳說。

「可是，就算我們一個人頂兩個人用，也不可能按照他們的計畫執行，更不用說破壞他們的計畫了。」潔絲敏一針見血地說。

「眼下也只能走一步算一步。」阿娣麗娜將樂器盒摟在胸前，不住嘆氣。

之後我們便前往租車，阿娣麗娜原本要求租一台性能優異的保時捷，加大引擎，雙排氣管，打算大幹特幹。她說什麼既然要劫囚當然得跑得快一點，在潔絲敏賞她一個大白眼後才作罷。似乎每和尼可拉斯多分開一秒，阿娣麗娜的理智就多喪失一些。

結果凱特琳以偽造駕照租了一台隨處可見的銀灰色福特休旅車，她選擇車款的首要條件是低調，最好是滿街跑的廠牌和車型，顏色則要易於隱匿在風雪中，就像雪地裡的小兔子，或黑夜裡的蝙蝠。

凱特琳帥氣地將休旅車駛出機場，車輛在公路上以安全速限的上限持續推進，緩緩飄降的細雪讓天空看起來像是籠罩在整片霧氣中，潮溼的地面很容易打滑，這讓我不得不佩服凱特琳選用戰鬥靴和四輪驅動車輛的遠見。

「為了移監飛越整個美國可真費事，伊莎貝究竟幹了什麼，讓她得坐一輩子的牢，再無自由？」我自後座望向窗外。

「還不都是因為海柔……」阿娣麗娜甫開口，凱特琳便意味深長地瞟了她一眼。

「凱特琳的姊姊？我記得凱特琳說她過世了，怎麼死的？」我問。

阿娣麗娜一臉為難，彷彿在斟酌著字眼。

「簡單來說，真正讓伊莎貝入獄的原因是她毒殺了四十九名神父。她為了引我出面，不僅蓄意謀殺我們教區的理查神父，還順道拉了另外四十八名神職人員陪葬，差點也讓我阿姨替她背了黑鍋。而伊莎貝這麼做，只是為了讓我成為她的同盟，與她合作。」潔絲敏替她回答。「這女人本質就是個瘋子。」

阿娣麗娜點頭稱是。「凱特琳說了，伊莎貝非常擅於操弄人心。」

「不過，若非當初阿娣麗娜把海柔捲進另外一件事情，海柔也不會喪命，伊莎貝更不會報仇。」潔絲敏陰沉地說。

阿娣麗娜的嘴角怪異地牽動了一下，尷尬地接不上話。

「過去的事情就別再提了。」凱特琳做出結論。

經過幾包打發時間的餅乾和二十六英哩後，我們抵達監獄的所在地——諾福克，暫時停在距離伊莎貝棲身之地的一個街區外。

諾福克是個寧靜的偏鄉小鎮，放眼望去，密集的樹幹比總人口數還要多，不過因為冬天大駕光臨，樹上的葉子都掉光了，光禿禿的枝椏在寒風中顯得蕭瑟，一支支冒出雪地的筆直樹幹宛如插在奶油蛋糕上的蠟燭。

我們驅車繞著監獄勘查地形，由於附近沒有更高的建築，所以我們只能瞪著監獄牆上高聳入天的電網，遙望積雪的三角屋頂，猜測那些牢房大約有四五層樓高。

當然，凱特琳事先做過功課，所以我們清楚知道伊莎貝被關在C棟一樓的牢房，我們也知道她會在離開諾福克監獄大門前就先上好手銬與腳鐐，然後被塞進押解犯人那種佈滿鐵窗和警衛的巴士，沿途還有警車開道。

可惜，光是掌握資訊還不夠，以我們現有的人力無法突破警網，遑論和另一組專業團隊戰鬥，所以我們只能把車停在樹林的另一邊，坐在車裡發呆，持續進行一場毫無進展的動腦會議……

「放學時間。」阿娣麗娜在學校敲響鐘聲前低聲道。

「聽力真好。」我抹開車窗上的霧氣。

「我有絕對音感，潔絲敏有超級鼻子。」阿娣麗娜的呼吸淺緩，回答得像是自言自語。

「真了不起，我開始期待自己素未謀面的法器了。有人想出因應方案了嗎？」我問。

「還沒。」凱特琳以手指敲打方向盤，說道：「車隊將在十八小時後從我們面前的這條馬路經過，打算和我們競爭的那組人員則隨時會到鎮上，而一輛在監獄附近徘徊的休旅車太過明顯，我想我們必須暫時離開，找個旅館，夜裡的氣溫會凍死人。」

「再等一等吧？」阿娣麗娜低聲懇求：「多在附近待一會兒，也許會觀察到什麼之前沒有發現的線索，像是隱蔽的制高點什麼的？」

「也好。」凱特琳允諾。

下課後的學童們不畏寒冷，從離開學校到進屋前已經打完兩輪雪仗。奔跑追逐的孩子們令我憶起童年時光，小時候我沒什麼朋友，男孩子們喜歡作弄我，女孩子們都討厭我，因為沒有母親，成長過程中也沒有姊妹，所以我一直覺得和人群格格不入，唯有潛入波光粼粼的大海中和魚群作伴才能真正得到放鬆。

算起來，此時此刻還是我生平頭一遭和女生們共處一室卻沒有打起來……

「下班時間。」阿娣麗娜喃喃說道。

汽車引擎聲和車輪輾過雪地的聲音逐漸增加，接著又慢慢消褪，車外的光線暗了，溫度也降低了，暮色如濃霧自四面八方包圍上來。時光匆匆流逝，我們卻一籌莫展，每多在車內呆上一秒，就多浪費救援時間的一秒，車內的氣氛彷彿也隨著夕陽下山而逐漸黯淡。

我不爭氣的臀部因久坐而發麻，只好不停地更換姿勢，在皮座椅上發出噪音。「想出辦法了嗎？」

眾人搖頭，車內空洞的靜謐好似在呻吟。

「不如我們搶先一步，壞了那組劫囚人馬的好事？這招叫做『我得不到的東西，其他人也別想要』！」我突發奇想。

「尼可拉斯在我原本的規劃中扮演重要角色，就算我們先發制人，也不可能同時撂倒對方八個。」凱特琳說。

「以現有人員遞補是絕對不可行的，我們必須想出替代方案。」阿娣麗娜表示。

語畢，車內再度陷入焦慮與沮喪交織而成的靜默。

夜色暗下，街邊一幢粉橘色牆壁的屋子亮起燈光，窗前晃動的人影正在替餐桌擺放餐具，我瞥見角落中裝飾著彩色燈泡的聖誕樹，忽地想起現在已經是十二月了。澳洲的聖誕節剛好在夏天，少了卡片中白雪紛飛的場景，卻絲毫無減我對過節的渴望。尤其是，母親總會於聖誕節回到澳洲，回到父親與女兒身邊，如同返鄉的候鳥。

記憶的片段漸漸鮮明起來，我不曾在下雪天裡慶祝過聖誕節，但我擁有一顆聖誕雪球，是某年母親送我的聖誕禮物。雪球沉甸甸的，裡面有一棵放滿禮物的聖誕樹、一隻馴鹿和一個圍巾的雪人，我喜歡將雪球翻轉兩次，然後凝望緩緩落下的雪花。

我閉上眼睛，母親的一個微笑、隻字片語的叮嚀和髮絲的香氣悄悄溜入我的腦中，彷彿光線湧入塵封的記憶閣樓……

「晚餐時間。」阿娣麗娜哀怨地說。

我從瞌睡中驚醒，車外一片漆黑，黯淡的路燈成為我們唯一的照明。

我空虛的胃部大聲抗議，而阿娣麗娜早有準備，她自機場紙袋中取出冷三明治和包裝水遞給大家，讓我們不至於陷入飢寒交迫的窘境。眾人撕開包裝大口啃食，這是自下午以來我們首度以此起彼落的咀嚼聲戰勝了寂靜。

我縮著脖子，像是享用最後一餐似的細細品嚐三明治中的萵苣和鹹火腿，姿態和我頹靡的精神同樣有氣無力……

「好吧，只剩下這個辦法了。」潔絲敏將吃完的包裝紙揉成一團，擦擦嘴說道。

「什麼辦法？」阿娣麗娜猛然回頭。

「太好了，我差點以為自己要像賣火柴的女孩一樣凍死在聖誕佳節了。」我驚恐地喘息。

潔絲敏不理會我，逕自說道：「我們搶在伊莎貝移監前潛入監獄牢房，偷偷把她帶出來。這樣就沒有動武的問題了，能夠把我們的劣勢降至最低。」

「怎麼進去？都說了我們不是超級英雄。」阿娣麗娜一臉困惑。

「就算不是，也相去不遠。」潔絲敏神祕兮兮地說。

阿娣麗娜倏地瞪大雙眼，棕色的眸子閃爍壓抑的激動，道：「妳的意思……和我的理解一樣嗎？」

「我們使用法器。我以魔豆種出擁有粗壯根部的植物，妳以銀笛讓植物加速生長。」潔絲敏的語氣堅決。「我們可以合力讓植物根朝伊莎貝的牢房方向延伸長大，最後再想辦法摧毀它，這樣一來一回，一條天然的地道就挖好了。」

「妳們能這麼做？」我一臉呆滯。

「沒問題！我辦得到。」阿娣麗娜用力點頭。

「不行！我反對使用法器！阿娣麗娜不是說過使用法器會顯化原罪天性？在索亞書之完成翻譯前，我們無法確定使用法器帶來的副作用有多嚴重。」凱特琳斷然道。

「如果妳有別的方法歡迎提出。可是現在已經天黑了，等到明天一早，伊莎貝就會被武裝車隊帶出來，然後在大街上被突擊小組轉移。我們幾個連槍都拿不穩，光靠妳一個人怎麼贏？」潔絲敏冷道。

「我不介意使用銀笛，我寧願承擔副作用，也不願尼可拉斯稍有閃失。」阿娣麗娜的語氣變得強硬。

無可奈何之下，凱特琳只好退讓。「好吧，但是臨場狀況還是由我發號施令，一旦我說撤退，就必須馬上離開。」

決議後我們迅速動作起來，匆匆檢查配備後跳出休旅車，在夜色掩護下宛如幽靈遁入黑暗的樹林。

我們藏身的樹林和諾福克監獄只有幾百公尺的距離，由於樹叢隱密，月光幾乎無法穿透枝椏，加上天空依然飄著細雪，導致能見度非常非常的低。

智慧型腕錶首度派上用場，凱特琳教我們啟動聚光燈功能，讓手錶搖身一變為手電筒。我們可自行調整光線的遠近與強弱，讓適中的光束自小巧的錶面射出，為我們照映腳下凹禿不平的泥巴路。

夜裡氣溫驟降，寒冷深入骨髓，我在蓬鬆的雪衣裡發著抖。澳洲是世界上最乾燥的地區之一，而且從來不下雪，起碼我的有生之年沒有下過。而現在我居然在冰天雪地裡！

我們四人緊縮起雪衣帽子的束口，只露出半張結霜的臉。阿娣麗娜說十二月的波士頓比起冰封的洛磯山脈只是小巫見大巫，可是我覺得自己恍如置身北極，剛下車時我還可以從口中哈著熱氣玩，現在我的鼻頭已經凍得像是關不緊的水龍頭。

想家嗎？是。後悔嗎？不。

潔絲敏在樹叢裡挑了個林木稀疏的空地，我們其餘人將她圍在中間，悶不吭聲地耐心等候施展魔法。

她伸長脖子，將雪衣拉開一道小縫，小心翼翼拉出一條磨損的皮繩，尾端則繫著一支形狀優雅的心型玻璃瓶。潔絲敏揭開瓶口軟木塞，一股森林特有的馨香氣息頓時撲鼻，有點像是沾染晨露的清新草地，也有點像是沐浴在雨中的公園。她小心翼翼地傾斜瓶身，倒出一顆翠綠色的圓形豆子，豆子飽滿潤澤如同一枚閃耀的珍珠，原來這就是傳說中的魔豆。

傑克的傳人將魔豆握在掌心，接著將玻璃瓶蓋仔細封好，再度塞回層層衣料之內，貼著她胸口的肌膚。

「妳決定好要種哪種植物了嗎？」凱特琳問她。

「荔枝。」潔絲敏的語氣篤定。「荔枝的側根很強壯。」

「妳確定冰天雪地裡種得出荔枝那種熱帶植物？」凱特琳皺眉。

「妳做好妳的工作，我做好我的。」潔絲敏搓搓凍得發紅的雙手，不耐地說道。

「好好好。」凱特琳高舉雙手作投降狀，說道：「伊莎貝的牢房在D103，也就是面向監獄空地的後排最左邊那幢樓房，接下來就看妳的了。」

潔絲敏轉身面向諾福克監獄，屈膝蹲下後開始以手套撥散積雪，沒過多久，錯落的白色雪堆中央便清出了一小塊肥沃土壤。潔絲敏像摟著嬰孩般溫柔地捧著魔豆，她凝視豆子好一會兒，隨後鬆開指頭，讓魔豆自掌心滑落。

我蹲在她身旁，看著她斂起雙目，將千言萬語化作無聲的默禱。那顆承載期待的綠色豆子舒適地躺在裸露的泥土上，這片土地即將成為應許願望的殿堂。

約莫兩三分鐘後，那粒珍貴遠超過世上任何珠寶的綠色豆子像是突然有了生命，它左右搖晃了兩下，於肉眼難察的剎那間鑽入土裡。

「魔豆……剛剛自己動了是嗎？」我們低聲耳語，交換驚喜的目光。

潔絲敏置若罔聞，她跪坐原地，十指交扣持續靜禱。

轉瞬間，魔豆消失的相同位置竟冒出一株青綠色的幼苗，這個小東西像是擁有意志似的伸展腰肢、張開包覆的嫩葉，隨著涼風婆娑起舞並且迅速向上生長。

我瞠目結舌，瞪著潔絲敏的荔枝從單薄的樹苗長成與人等高的樹叢，然後像是踩不住煞車似的繼續向上拔高。不僅如此，我確信自己腳下的土地傳來輕微震動，必定是荔枝的側根正努力朝正確方向前進，嚴謹一如它的主人，此番奇景肯定會徹底顛覆植物學家所知的定律。

十多分鐘後，荔枝已長為一棵頂天立地的大樹，甚至排擠到周遭其他原生植物的空間，讓林子變得異常擁擠。

「我的部份完成了，可是我沒辦法逆向操作魔豆，從現在開始，就交棒給妳了。」潔絲敏對阿娣麗娜說道。

「妳打算怎麼終結荔枝樹的性命？」我仰望茂密的樹冠問道。

「燒出一條路。」阿娣麗娜神色凜然。「把側根燒成灰燼，會比我們一鋤一鋤的砍出一條路來有效率得多。」

「等等，火光會引起不必要的注意。」凱特琳提醒。

「那怎麼辦？用火燒是除去側根最快的方法了，我沒有其他備案……」阿娣麗娜說。

「要不，我們試試聖艾爾摩之火？」我提議。

眾人面面相覷，彷彿從未聽聞船隻行駛於暴風雨中，桅桿頂端爆發藍白色閃光的自然現象。於是我解釋道：「聖艾爾摩之火不是真的火，它是一種帶電的冷光，經常發生在狂風暴雨的海面上。從前的人以為是守護聖人聖艾爾摩顯現神蹟，所以如此稱呼。」

「白鯨記裡好像曾提到過。」潔絲敏說。

「啊哈，約翰・帕爾唱過一首同名歌曲，七零年代還蟬聯告示牌排行榜冠軍兩週。」阿娣麗娜雙手一拍。

「那是誰？」我抬起凍僵的鼻頭，笑咪咪地問道：「妳到底幾歲？收集了多少黑膠唱片？」

「妳這個鬼靈精，我的品味比較古典嘛。」阿娣麗娜紅著臉說：「我想出辦法啦，我先演奏小約翰史特勞斯的《電閃雷鳴波爾卡》，為小鎮帶來一場暴風雨，接著演奏那首《聖艾爾摩之火》，燒光那些樹根。」

「風雨的點子不錯，可以掩護行動，不過妳以前有試過用法器演奏流行音樂嗎？」凱特琳問。

「沒有。」她誠實說道：「但我對自己和銀笛有信心。」

吹笛人後裔卸下肩頭的樂器盒，以優雅的姿態端起那把雕琢精緻的法器，銀笛在月光照映下晶亮如星，笛身上的藤蔓浮雕栩栩如生。阿娣麗娜微微翹起嘴唇，一段快活的曲調立刻自小巧的笛身流洩而出，樂聲在林間穿梭，世界彷彿靜止，只剩下貫穿靈魂的美妙音符。

暗夜中依稀可見天空烏雲密布，忽地狂風大作，雷聲與閃電撼動諾福克小鎮平靜的夜空，挾帶冰雪的雨水滴答落下，和著阿娣麗娜有如狂風驟雨的音樂表演，令我不禁著迷地跟著搖頭擺腦，這可是自然界與人類首度共同攜手演繹電閃雷鳴波爾卡舞曲。

銀笛清脆的音色時而急促、時而悠揚，我們蹲踞在繁茂的荔枝樹下躲避雨雪，等待阿娣麗娜將曲子反覆吹奏了幾遍，樂聲在如鼓擊的雷聲中結束，換成另外一首技巧沒那麼繁複卻同樣悅耳的曲子。

「電燒。」凱特琳伸手指向荔枝樹的根部。

我們起身後倒退幾步，看著宛如鬼火般的藍色螢光盤據樹根，飢餓地大口吞食起來。阿娣麗娜毫不畏懼電燒的光芒，她盤腿坐在樹下，一而再、再而三地重複同一首曲子，滂沱大雨徹底遮蔽了聖艾爾摩之火的煙硝味和詭異冷光，就連笛聲也為之掩蓋。

當最後一個音符落下，我們立刻滿懷期待的迎上前去，阿娣麗娜收起銀笛與我們並肩而立，轉眼間，火光已經將整棵大樹吞噬殆盡。

「應該沒問題了。」凱特琳走到焦枯的荔枝樹旁，腳上的戰鬥靴用力一踏，霎時泥土崩落，根部附近被踩出了一個大洞。「我先走，大家盡量讓手電筒的光線朝向地面，免得摔跤。」

她自腰際的戰鬥腰帶取出藍波刀，委身從洞口斜坡進入地道，邊走邊揮刀砍出一條路。阿娣麗娜和潔絲敏迫不及待地跟上，於是由我殿後。

荔枝樹的側根像是橫行霸道的流氓，將地平線以下兩公尺深之處硬生生擠出一條高約一百三十公分、寬不到五十公分坑洞，綿延不絕的坑壁因擠壓而砂土緊實，少部分地方還殘留焦黑的樹根。

地道裡瀰漫著剛剛燃燒過後的煙味，前段還得踩過流淌的雨水和融化的雪水，雨雪和著泥土成了鬆軟的爛泥，令我們舉步維艱。幾十公尺後就乾燥多了，路也相對比較好走，只是空氣依舊稀薄，氣味也難聞得像是穿越火災現場。

「凱特琳，等會兒面對伊莎貝，妳沒問題吧？」阿娣麗娜問道。

「當然，我們早就將彼此視為陌生人了。」凱特琳悶悶的聲音在地道中迴響。

「如果妳下不了手，讓我代勞。」我篤定地說。

「麻煩精，拜託妳別瞎攪和，妳牽連進去只會讓事情更複雜。」阿娣麗娜抱怨。

「我只是想幫忙。」我解釋：「其實伊莎貝還不算是最糟糕的母親啦，比起那些生了就棄養的毒蟲母親，伊莎貝還算有點良心。說起來，我媽也沒有好多少，她總是將愛情擺在第一順位，自己跑去和男人同居，一整年只回家探望我兩三次而已。潔絲敏的母親呢？應該也有些小毛病吧？」

「沒有，我媽是模範母親。」潔絲敏回答。

「哈？」我乾笑兩聲，一片好心頓時變為凝滯的尷尬。「起碼我媽從來沒有打過我、罵過我，而且我外公對我很好。」

「依我看，那些沒有準備好當母親的人，根本不該生小孩。」阿娣麗娜不屑地冷笑。

我彷彿被甩了一巴掌，臉頰登時燥熱起來。「阿娣麗娜，我明白自己沒多少教養，但妳也不該說這麼傷人的話。」

「啥？」阿娣麗娜回神，無辜地問道：「我剛剛說了什麼嗎？」

「妳剛才暗示我和凱特琳的母親不配當媽媽、不該生小孩。」我為之氣結。「潔絲敏，妳說說看，阿娣麗娜是不是這個意思？」

「嗯？」潔絲敏懶洋洋地悶哼。

「麻煩精，妳別氣了。阿娣麗娜盛氣凌人，潔絲敏無精打采，我看她們倆是方才使用了法器，現在變得腦袋不太清醒。」凱特琳一語道破。

「不好意思，我根本沒意識到。」阿娣麗娜恍如大夢初醒。「如果再有相同情況發生，拜託直接提醒我。」

這時，凱特琳停下腳步，宣布道：「現在進入監獄的五百公尺的範圍內了，為了避免我們身上的微電腦干擾監獄系統，請大家把手上的智慧型腕錶關機。」

「走了那麼久，也該是時候了。」我吁了口氣。

倒數短短半公里的路卻走了將近半個小時，荔枝的側根愈來愈細，最後的一小段路變得很窄，凱特琳必須以藍波刀幫忙掘開土壤，才騰出足夠的空間讓我們通過。

「好啦，我確信我們已經抵達牢房正下方，從五百公尺遠時我便開始默數步伐，每步五十公分，我們已經走了一千步。」凱特琳轉身面向我們。

「所以伊莎貝在我們上面？」我抬頭仰望漆黑的拱頂。

凱特琳以刀鋒刮開頭頂上方的土壤，砂石鬆動，細碎的粉塵撒落，露出了藏在泥土後方的金屬板。凱特琳以刀柄輕輕敲擊金屬板，猶如午夜報時的鐘聲，一種扁平而單薄的清脆聲響在她手中蹦跳，隨後於幽暗沉鬱的地道中奔走四散。

凱特琳繼而取出不知是焊槍還是雷射槍的工具，將通風管劃開一個足以讓單人通過的大洞。空氣從洞口灌入地道內，沖淡了原先的焦味，令我的精神為之一振。

我們魚貫爬入冰涼平滑的管道中，一公分一公分地手腳並用匍匐前進，將套著雪衣的臃腫身體蹣跚擠向前方未知的險境。

鑽出通風口後，映入眼簾的是一張床、一只馬桶和一個洗手臺。寥寥可數的簡陋設備全放在一個不到兩坪的長形空間。

床上蜷縮的人影背對著我們，她的背部隨著均勻的呼吸規律起伏，由於缺乏光照，只能依稀看出那是個短髮的纖瘦女子。

凱特琳朝潔絲敏點頭示意，後者掏出早已準備妥當的針筒，裡頭裝滿了劑量剛好的吐真藥劑，凱特琳則捏著一塊厚實的手帕，默契十足的兩人分別從不同方向啟程，躡手躡腳地靠近床邊。

阿娣麗娜與我在黑暗中屏息以待。

犯人突然翻身而起，動作快得猝不及防，她單手便掐住潔絲敏的脖子，身材嬌小的潔絲敏奮力掙扎，吐真劑的藥水隨著她揮舞的雙手在空中胡亂噴灑，一滴也沒按照原訂計畫流入對方的身體裡。

一聲悶響化作一個句點，凱特琳的介入瞬間結束了這場突如其來的攻擊，犯人砰然倒回床上，手臂還插著一支帶羽的小型管狀子彈。站在一旁的凱特琳雙手緊握麻醉槍，神色從容鎮定。

「她不是伊莎貝！我們是不是走錯牢房了？」阿娣麗娜壓低音量。

凱特琳皺著眉頭拔出麻醉藥管，繫回戰鬥腰帶。「怪了，我明明就是往北走了五百公尺，難道她臨時換房了？」

「偏了一度。」我說。

「什麼？」

「剛剛不是朝著正北方，最後人工挖掘的那段路角度偏離了一度。我有絕佳的方向感，隨便把我扔在太平洋、大西洋還是印度洋，我都能回到岸邊。」我稍微誇大事實。

「好吧，如果只有偏離一度，伊莎貝的牢房應該就在隔壁。」凱特琳指揮大家退回通風管道。

幾分鐘後，我們鑽出另外一間看起來一模一樣的牢房。一名披頭散髮的女性犯人側躺在床板上。

「是伊莎貝嗎？」阿娣麗娜不甚確定地問。

潔絲敏深深吸入一口氣，嫌惡地說道：「這次對了。」

凱特琳再次拾起手帕，潔絲敏則取出備用的吐真劑針筒，兩人逐步逼近熟睡中的犯人。

像是排練了幾百遍似的，凱特琳悶住伊莎貝口鼻的同時，潔絲敏的針頭插入了伊莎貝的血管，兩人合作無間。

「是誰？」床上的女人霍地坐起，嘶聲說道。

伊莎貝的容貌與凱特琳神似，只是伊莎貝的嘴唇更薄，眉心和嘴角也留下憔悴的深刻紋路，像是日夜耽溺在抱怨中、看什麼都不順眼的主婦。

「唉唷，原來是有朋友來看我啦？」伊莎貝臉上泛起一抹審慎的笑容。

我們往後退至牆角，潔絲敏別開臉，阿娣麗娜則垂下肩頭，兩人都不願意和眼前的瘋子打交道。

「不怕我叫警衛？」伊莎貝撓著滿頭亂髮。

「妳不會。如果警衛發現妳有訪客，恐怕美國政府就必須重新啟用惡魔島，單獨作為妳的貴賓室了。」凱特琳面無表情地說。

「凱特琳，我的寶貝女兒！」伊莎貝的視線找到凱特琳，眼神充滿怨毒。「最讓我驕傲的女兒，妳居然有本事溜進監獄裡頭，真是青出於藍、更勝於藍，完全可以繼承妳母親的衣缽了。怎麼？打算回敬我一場大火嗎？」

凱特琳的臉部線條緊繃，雙手微微顫抖，伊莎貝確實很有撩撥別人情緒的才能。

「噓！只要妳乖乖配合，我們就帶妳出去。」阿娣麗娜說。

「我才不出去，我預約的禮車時間還沒到呢。這裡吃得飽睡得好，還不用納稅。妳們憑什麼認為我想離開呢？」伊莎貝輕蔑地說：「妳們這些可憐的傻瓜，以為我失去自由被關在牢房裡嗎？其實啊，是牢房將我的敵人隔絕在外。如何？妳們被追殺的累不累啊？」

「就知道是妳搞的鬼！」凱特琳忿忿地說。

我擠上前去，說道：「我要討回我的法器！」

「妳是誰？」伊莎貝面露鄙夷：「我從來沒見過妳，莫非妳是美人魚漂亮的小雜種？」

「妳偷走我的家族法器，現在我要拿回來！」我努力不被她激怒。

「妳們家族才是所有罪孽的始作俑者，居然還有膽子來跟我討東西？」伊莎貝咧嘴一笑，口裡散發腐敗的味道。

「我聽不懂妳在說什麼。」

「還不就是妳那個不中用的母親……」伊莎貝的話語尚未凝結成句，凱特琳便一個箭步撲向她的母親。

沒想到伊莎貝的反射動作更快，她一把抄起枕下的利器，猛然回身戳向凱特琳的側腰。

凱特琳悶哼一聲，腰際蔓延的痛楚沒有令她退縮，下一秒她便將伊莎貝壓制在床上，反手把尖銳的利角轉向伊莎貝柔軟的喉頭。

「哈哈，要不是我睡前多喝了兩杯，現在頭有點醉了，否則怎麼可能對妳放水？」伊莎貝眼中的譏諷逐漸轉為迷惑。

「吐真劑的藥效起作用了。」凱特琳鬆開雙手，任伊莎貝如一灘爛泥倒臥。「妳以為一把磨利的梳子可以刺穿防彈衣？」

「妳還穿了防彈衣？這下子我更驕傲得無以復加了，明天起床後能夠四處向獄友炫耀啦。」伊莎貝聽了尖聲怪笑，然而當她抬頭時，眼中卻再無笑意。

「恐怕妳活不到明天啦！」阿娣麗娜低聲咒罵。

我拾起掉落地板的梳子，恫嚇地說：「快講，妳把我的家族法器藏在哪裡？」

「法器？」伊莎貝攤開軟弱無力的雙手，道：「我沒有，不在我這兒。」

「騙子！」我咬牙道。

「伊莎貝說的是真話，看來法器真的不在她手上。」潔絲敏打量她的反應。

「那魔鏡呢？原罪嫉妒的法器在哪裡？」凱特琳問。

「不曉得。」伊莎貝躺平，失神瞪視著天花板。

「藥劑劑量是不是太少？不然就是她在說謊吧！」我斜眼睨她。

「吐真劑沒有問題，說謊絕無可能。」潔絲敏雙手抱胸。

「那不就白來了？」我懊惱地往後靠向牆面。

所有問題的答案盡是無限延伸的嘆息，大家頓時垂頭喪氣。一想到此行目的全數化為烏有，我便覺得從頭到腳包圍著愁雲慘霧。

這時，隔壁似乎傳來動靜，若不是阿娣麗娜驀然轉過身子側耳傾聽，我也不會注意到那宛如烏雲掠過黑夜、輕不可聞的呻吟。

可惜還是太遲了，我們之前不小心拜訪的犯人居然從麻藥中甦醒過來，此刻她正用力拍打鐵欄杆、口齒不清地大喊救命！

監獄內霎時警鈴大作。

「這麼快醒來？那傢伙肯定藥物成癮。」凱特琳急忙推開通風口的蓋子，吩咐道：「撤離！」

「要帶伊莎貝走嗎？」我問。

「當然，克麗奧和娜芙蒂蒂指名要她！」阿娣麗娜說。

「來不及了，如果帶上她，我們就通通走不了。」凱特琳將我們一個個推進洞口。

莫可奈何下，我們只好匆忙自原路折返地道。

我們彎腰駝背地沿著低矮蜿蜒的洞穴快步前進，甚至來不及開啟腕錶上的手電筒，只能以雙手拂過兩側洞壁，讓指甲和指縫塞滿汙泥。四組交錯的腳步聲彼此追趕，奮力逃離彷彿緊追在後的警鈴。

我張大口換氣，滿是焦味的空氣灌滿我的肺部，搔刮我的氣管，令我一邊跑一邊喘、一邊喘一邊咳，仍不敢停下步履。

忽然間，為首的阿娣麗娜緊急煞車，讓跟在後頭的眾人險些撞成一團。

「怎麼了？」我問。

「有岔路。」阿娣麗娜的喉頭乾澀。「奇怪，我們來的時候沒看到岔路啊？」

凱特琳探頭向前，問道：「麻煩精，妳看我們該走哪條路？」

「正南方，左邊。」我信心十足地回答。

我們隨後繼續上路，又走了好一陣子，當潔絲敏說她聞到樹木的氣息後不到五分鐘，我們便鑽出地道，重見天日。

即使全身痠疼不已、雙腳也幾乎麻痺，我們依然不敢稍作停留。離開樹林後我們迅速回到車上，緊踩油門駛離現場。

我們累得沒有力氣交談，在曙光劃過夜與日的交界之前，連續好幾個小時，休旅車上的四個人總共只說了兩句話。

第一句是阿娣麗娜說的。

「距離交換人質的時間，只剩下十二小時了……」

另一句，則是凱特琳口中忽然冒出來的。

「麻煩精，妳不是方向感好，妳是跟魚類動物一樣，擁有磁覺……」

兩句截然不同的話，結果卻完全相同——都是彷彿無邊無際、永無止境的沉默。

魔咒幸運石

【目的】招來幸運

【時間】夜晚

【配方】白石頭一顆、眼淚一滴、葡萄籽油、肉桂油

【作法】將兩種油和眼淚混合，一邊塗在白石頭上，一邊唸道：「進入我眼前的這塊石頭，祝福你，賜予你能量，提昇我力量。增強這塊石頭，為我招來好運，此我所願，願其實現！」

第六章

美國　紐奧良

「確定這樣行得通？」阿娣麗娜擺出一副苦瓜臉問道。

「當然。」凱特琳擠出僵硬的笑容。「我計算過或然率，沒問題的。」

即便隱藏得很好，我依然看見凱特琳眼中閃過一絲遲疑。

離開諾福克時我們每個人都髒得像是剛結束一整天辛勤的勞力付出，毛髮糾結、滿臉塵垢，磨損的雪衣上泥土和雪水交融為爛泥，還將整台休旅車抹得到處都是。還車時服務人員氣得差點腦中風，還是阿娣麗娜額外添了筆可觀的清潔費和小費，凱特琳的假證件才沒有榮登租車公司的黑名單榜首。

我們在飛機從波士頓前往紐奧良起飛前梳洗完畢、整裝待發。過去幾天大概是我這輩子添購新衣最密集的時期了，我發現，窮人換取溫飽的錢財不過是富人妝點生活的存款零頭。不過阿娣麗娜說，要演好一齣戲，就算演員的演技不好，起碼也得有像樣的道具。

和波士頓的天寒地凍比起來，紐奧良堪稱涼爽，因應當地天氣，我們換上方便活動的羽絨外

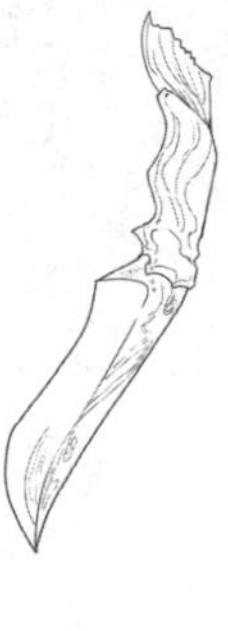

套，除了凱特琳身上另外罩了件寬鬆的深灰色斗篷外，每個人的穿著都與一般尋常遊客差不多。

「我還是覺得帶玫芮迪絲來不是個好點子。」阿娣麗娜瞥我一眼。

「我知道妳的顧慮是什麼，妳認為玫芮迪絲缺乏團隊合作的動機。可是放任她在外面亂跑只會讓團隊再度陷入險境，還不如把她帶在身邊。這個節骨眼上敵人無處不在，我們無法冒搞丟她的風險。」凱特琳說。

「嘿，我聽得見妳們說話。」我抗議。

阿娣麗娜不理會我，繼續說道：「或許我們可以把她藏在安全室或神父洞之類的地方，我總覺得她會搞砸整個計畫。她的綽號不是叫做冒失鬼嗎？」

「是麻煩精！」我氣呼呼地大喊：「我也是七個人的一份子啊，我也希望找回家族法器、翻譯索亞之書，說不定原罪可以解釋為什麼我的母親把男人的關注當做生命的第一順位。」

凱特琳點頭表示理解，問道：「妳會生氣嗎？關於妳的母親把妳扔在外公的門廊上？」

「不會。」我搖搖頭。「有些女人註定不適合當母親，說起來我也挺羨慕我媽，我還沒有談過戀愛，也許是愛情的額度全都被我母親提領光了。老實說，我不覺得原罪有對我造成任何影響。」

「相信我，妳不會喜歡的。」潔絲敏喃喃說道。

根據智慧型微電腦手錶上的導航系統顯示，綁架者字條上的地址已近在咫尺，我們把從機場租來的休旅車停靠在法國區外圍地段，開始徒步在街區裡繞圈子。

凱特琳囑咐我們邊走邊在腦海中繪出整幅地圖，只要能精確地掌握自己的位置，就能在撤退時臨危不亂。

這項練習對我而言難度很高，除了必須讓方向感受限於交叉的街道外，附近相似的殖民建築風格也讓這個街區儼然是座色彩鮮豔的大迷宮。相較之下，我寧可拿一望無際的大海來換。

我們轉進波本街的紅磚道，隱身於騎樓的廊柱之間。成排的磚房約莫兩三層樓高，二樓蓋有黑色雕花欄杆的露台，外牆則不約而同披上帶有灰階的顏色，像是偏橘的夕陽紅色、蒙塵的可可色以及有如陰雨天空的藍綠色。

除了色彩繽紛的屋舍以外，紐奧良的文化也很有特色。遊客們身披紅、金、綠三色的馬蒂格拉斯嘉年華珠飾，駐足於販售巫毒用品的店家櫥窗，瀏覽餐廳前印有鱷魚和青蛙圖案的菜單，大啖揉合殖民文化與沼澤動物的食物。

而熱情奔放的爵士樂則自餐廳與酒吧中傳出，在整齊排列的窗格間低鳴迴響。紐奧良很有個性，而且個性複雜。

複雜。我品嚐著這個字眼。

搭救男孩們是此行的終極目標，可是我們手上並沒有指定的交換人質。為此，凱特琳靈機一動想出了解套方法，一個騙人的伎倆。我們本該鬆口氣的，可是我的心情卻無比複雜。

「妳們會不會覺得，我們潛入諾福克監獄的過程太簡單了，順利得像是有人刻意安排好似的。」潔絲敏忽然說道。

阿娣麗娜抖了一下，尖銳地說：「妳太疑神疑鬼了。」

「我不覺得簡單啊，我們既沒有第一次就找到對的牢房，也沒有順利把伊莎貝帶出來，雪衣手套穿過一次就扔，我覺得好浪費。」我咕噥。

「唉，麻煩精，妳能不能別老是對那些便宜貨耿耿於懷？」阿娣麗娜搖搖頭。我扁嘴，提高音量道：「不只是錢的問題，妳知道全球暖化造成北極熊無家可歸和珊瑚白化嗎？」

「凱特琳，給我一副耳塞，我別無所求。」潔絲敏摀住耳朵。

「好了好了，大家別自亂陣腳，妳們個個都變得好奇怪，潔絲敏無精打采，阿娣麗娜情緒起伏不定，麻煩精嘛，拜託收斂一點。在索亞之書翻譯完成之前，我們只能仰賴頑強的自制力了。」凱特琳告誡眾人。

吵吵嚷嚷之際，我們沿著飾有希臘柱的門廊走回到行經多次的十字路口，最後在一幢芥黃色外牆、灰綠色三角屋頂的兩層樓房子前停下。

「到了。鬼故事與萬靈藥。」凱特琳停下腳步，抬頭檢視木頭招牌。「販售愛情與祇願咒語、考試香囊、和好香囊……」

從機場出發前，凱特琳便曾駭入地方政府的資料庫，查出這間結合了書店和紀念品店的複合式商店登記在『尖帽子企業社』名下。我對發生在塞林鎮的意外略知一二，所以不難將尖帽子與女巫聯想在一塊兒。

我們在店門口停頓兩秒，然後，彷彿下定決心似的，阿娣麗娜緊抿雙唇，率先推開那扇白色的木門——

「潔絲敏，如果我說錯任何一個細節，馬上打斷我。」凱特琳悄聲說道。

潔絲敏一語不發，以肉眼難察的動作微微頷首。

久未潤滑的木門咿呀大發牢騷，聒噪的風鈴跟著叮噹作響。店內十分陰暗，門邊擺著一支纏繞著藤蔓的掃把和繫有紅色緞帶的盆栽，一股陌生的異香襲來，令我聯想起女巫在森林裡圍著圈子裸舞的詭異畫面，不禁打了個寒顫。

「我真的、真的很不喜歡這個計畫。」我闔上門，小聲發起牢騷。

當大門將最後一道來自外界的光束驅趕而去，幽暗再度群簇而聚，店內空無一人，每個書架的轉角都有陰影潛伏

我轉過身，迷茫地凝望光線透過馬賽克燈罩傾洩而出，在上百本藏書的書名上倒映出繽紛的色塊，彷彿筆劃勾勒出的文字紛紛墜入了萬花筒……太華麗了，而斑斕的障眼法是海洋中的生存法則，動物性的本能催促我立即躲藏閃避。

「這店裡賣的書都是鬼故事。」阿娣麗娜隨機唸出眼睛掃過的書名：「紐奧良鬼屋探尋？全美百大知名墓區？拉勞利夫人之謎？聽說拉勞利夫人是個喜歡折磨黑奴的變態。」

我心神不寧地東張西望，穿梭於迷宮般的貨架之間。桌面上層層疊疊擺放著搗藥的大碗，窗邊倒掛著成排乾枯的花草束，矮櫃裡則堆滿各式各樣存放粉末的玻璃罐，標籤上寫著『愛情靈

藥』、『飛行軟膏』，兩旁分別擱著可以守護家園的人形塑蠟和紓緩懷孕不適的魔法茶包，以及一籃其貌不揚的『塔福』魔法杯子蛋糕。

「居然還賣幸運石，真的假的？」我咕噥。

阿娣麗娜從貨架上拾起一個年代久遠的鍍銅燭台，說道：「這些架上的商品還真是似曾相識，我猜我曾經在七角樓內見過一模一樣的復刻。再瞧瞧這些巫術崇拜商品，再想想紙條上的古怪署名，便覺得肯定跟血腥瑪麗脫不了干係。」

「妳們一直提到血腥瑪麗，她到底是誰？」我忍不住追問。

「是我妹妹。」櫃檯後方走出一位高大健美的非裔女子。

女人是黑白混血，她擁有拿鐵般的膚色和精緻美麗的五官輪廓，一雙杏眼明亮而靈活，正紅色的唇瓣柔軟豐潤，渾厚的嗓音和她的目光同樣懾人。女人頂著手法細膩的整頭辮子，一襲布料柔軟的墨綠色洋裝則完整呈現了她運動員般的曲線。

「我是娜芙蒂蒂，歡迎各位大駕光臨，真準時，想必是收到了邀請函。」她的視線落在凱特琳身上，不懷好意地笑了笑。「這位就是妳們帶來的禮物？」

凱特琳一臉不悅，藏在斗篷下的金屬碰撞聲將我扯回現實。

阿娣麗娜冷峻地點點頭，隨即一把掀開覆蓋於凱特琳身上的灰色斗篷，羊毛布料隨風揚起，露出凱特琳手腕上的不鏽鋼手銬。手銬在她白皙的皮膚上磨出兩圈羞辱的紅色痕跡，那是醜陋的金屬打造而成的刑具。

「沒錯，她就是伊莎貝。」阿娣麗娜粗魯地推了凱特琳一把。

凱特琳踉蹌向前，止步後回頭狠狠瞪了阿娣麗娜一眼，嘴裡念念有詞地咒罵著。我感到一陣呼吸困難，卻還是得配合演出。

「妳們要的我們已經帶來了，那準備交換的在哪裡？」阿娣麗娜猛然拽住凱特琳的袖子，彷彿她只是具沒有感覺的傀儡娃娃。

「急什麼？」娜芙蒂蒂笑了起來，耳垂上的綠寶石耳環也跟著左右搖晃。「既然來了，不妨做個占卜再走也不遲，克麗奧在裡面等妳們。」

娜芙蒂蒂逕自推開櫃檯旁的小門，旋身時裙擺飄揚，遁入簾幕後更深沉的幽暗。

阿娣麗娜向潔絲敏投以徵詢目光，後者臉上有股難以親近的寒意，神色戒備地打量那副珠簾。

「要進去嗎？」我遲疑地問，暗自希望大夥兒臨時改變心意。

可惜最終仍事與願違。

如同之前的沙盤推演，阿娣麗娜和潔絲敏一人一邊挾著凱特琳的胳膊，讓她看起來像是半推半就地讓人扯進了門，我屏氣凝神尾隨在後。

混合著辛香料的濃郁氣味撲鼻而來，我瞥見裊裊上升的白煙來自矮桌上燃燒薰香的小碟子，矮桌之後，一名長相酷似娜芙蒂蒂的女人坐在軟墊上，那人肯定就是克麗奧了。

克麗奧將滿頭長髮包覆在繡著金線的頭巾內，穿著淡金色的洋裝，身形和她的姊妹相比略顯瘦削。她擱歇在桌上的雙手十指交扣，手腕上則掛滿珠玉和金飾，杏眼微張，表情中帶有神職人員的平靜淡然。

立於門邊的娜芙蒂蒂高聲宣布：「奴隸制度的反抗者、印第安部落的誠摯友人祖魯協會創辦者後裔，巫毒之后瑪麗・拉弗的嫡傳弟子以及尖帽子企業資深顧問——紐奧良女巫克麗奧佩托拉歡迎各位前來。」

「請坐。」克麗奧的姿態雍容有如母儀天下的女王。

編織地毯上，四張流蘇軟墊沿著矮桌以ㄇ字型擺放，阿娣麗娜按下凱特琳的肩頭強迫她坐下，凱特琳則裝出一副桀驁不馴的模樣，稱職地扮演她的角色。經歷了幾輪眼神與肢體的惡意碰撞後，我們終於依序就座。

「妳怎麼知道我們總共會來四個人？」我問。

克麗奧笑而不答，她拾起桌上的塔羅牌，以順暢的動作不斷地洗牌、切牌，塔羅牌在空中翻滾，克麗奧的視線卻不曾離開凱特琳臉上。小房間內鴉雀無聲，我們彼此瞪視，聽著洗牌的唰唰聲響規律再三地重複，沉悶一如跳針的唱盤。

許久之後，我實在耐不住性子，於是打破沉寂問道：「所以妳們信奉巫毒？就是做那些拿針插布娃娃之類的事情？」

克麗奧突然間停止動作，凌厲如箭的目光向我射來，聲音卻像是在笑。她說：「下符、驅邪、治病、祈咒，女巫的術法博大精深，除了巫毒，我也師從過幾位知名的印第安巫醫和歐洲女巫。只要一個念頭，我就可以傳遞心咒。」

「喔……」我縮回原位。沒料到凱特琳居然哈哈大笑起來。

「妳真的相信世界上有巫術？」凱特琳幾乎笑到岔氣。「就算那些所謂的萬靈崇拜儀式和鬼畫符有效，大部分也都在獵殺女巫時期就被摧毀了，現今坊間的什麼塔羅牌和算命，不過是招攬觀光客的騙錢把戲而已。」

「妳說什麼？再說一遍，我就送妳親自去向血腥瑪麗道歉！」娜芙蒂蒂氣得噴出唾沫。

克麗奧冷淡地揮了揮手，金屬手環撞擊出聲，娜芙蒂蒂也跟著安靜下來。

「妳們送來的禮物真沒禮貌，我想我們得重新衡量這份賀禮的價值。」克麗奧對阿娣麗娜輕聲說道。

「閉嘴，伊莎貝，這裡沒有妳說話的餘地。」阿娣麗娜沉下臉，順勢問道：「他們還好嗎？我能不能見見他們？」

「占卜之後，自然能見。如何？要不要算塔羅？」克麗奧略作伸展，擺動腰肢時宛如一隻吐信的蛇。

「算命只是機率和心理暗示造就的籠統說法，我看不出塔羅牌和交換人質之間有何關聯。」阿娣麗娜皺眉，壓抑著泱泱不快說道。

「我算。」潔絲敏不耐地說：「趕快算，別拖延時間。」

「爽快。」克麗奧揚起下巴，金邊耳環在光影中搖曳閃爍。問道：「妳還是學生吧，想算什麼？學業還是感情？」

「既然妳是女巫，掐指一算應該就能知道顧客心裡想問的問題，何須由我開口？」潔絲敏反問。

克麗奧挑眉，雙手再度開始了洗牌的動作。塔羅牌在分開與重疊之間來回替換，速度愈來愈快，快得讓人瞪大雙眼也只能捕捉到色彩舞動的殘影，直到卡牌砰的一聲撞向桌面，我們才意識到命運即將吐露秘密，命運之神的旨意已經交付於克麗奧掌中。

接著，女巫將塔羅牌分作兩份，繼而依序掀開最上層的三張卡牌，一張接著一張，攤放於桌面之上——

第一張：牌上畫了兩隻狗，抬頭看著一個長了側臉和許多光芒的球。

第二張：牌上有兩個小人站在長了蝙蝠翅膀的巨人前面。

第三張：是個拿著鐮刀、騎著白馬的骷髏人。

我在心裡暗叫不妙，這是一場不公平的測驗，女巫可以隨意解釋牌面的意義，然後像是貓咪耍弄老鼠一樣，將我們玩弄於股掌之間。尤其這幾張塔羅牌的圖畫全都令人望而生畏，那個拿著鐮刀的骷髏根本就是死神，眼見死亡威脅前來敲門，就連素來喜怒不形於色的潔絲敏也摀著胸口。

「這幾張牌是什麼意思？」潔絲敏有點坐立難安。

「三張塔羅牌、三段時期、三個生命幽谷、三項抉擇……」克麗奧的頭突然向後一仰，接著身體規律地前後晃動起來。

潔絲敏、阿娣麗娜與我面面相覷，凱特琳則冷眼旁觀，偶爾不情願地扭動著肩膀和上銬的手腕，像是被逼迫觀賞一場糟糕的演出。

克麗奧停止搖晃，以飄忽的口吻呢喃：「女孩啊，三張塔羅牌分別代表著過去、現在和未來，妳的第一張塔羅牌是月亮，這表示妳過去的人生充滿恐懼，經常讓自己處於負面情緒，就像善變的月亮一樣。再來我們看看第二張牌吧，第二張是魔鬼，現階段的妳還沒有完全走出陰影，魔鬼無時無刻在向妳招手，而妳有時候的確會向他臣服，讓自己耽溺在消極裡。」

潔絲敏努力壓抑情緒反應，但從阿娣麗娜瞠目結舌的模樣看來，女巫說的大概八九不離十。

「還好有第三張牌。」女巫一個字接著一個字緩緩說道：「死神牌。」

我倒吸了一口氣，搖曳的燭光讓卡牌上的圖案彷彿活了起來，骷髏人獰笑，令人不寒而慄。

克麗奧露齒而笑，說道：「別緊張，第三張牌雖然是死神，可是擺放的方向是正位，這表示妳重新開始的時刻到了，要迎向未來就得揮別過去，沒有轉圜餘地。是不是準確無比？」

潔絲敏的下顎線條僵硬緊繃，像是要把昔日的傷痛嚥回肚裡。

「女巫，妳的說法可以套用在任何人身上。」阿娣麗娜轉向潔絲敏，不屑地說道：「別讓幾張畫著難看圖案的紙影響妳的心情，千萬不要對號入座。」

「是嗎？那我們就來驗證看看，下一個換妳啦。」克麗奧瞇著眼，開心地對阿娣麗娜說。

「不，我討厭算命。」阿娣麗娜斷然拒絕。

「除了人質，每位客人進了門就得算命！」娜芙蒂蒂走上前一步，兇巴巴地說道：「別不知好歹，妳們專程跑這麼一趟，必須要有能量平衡。」

「各位，在我的地盤就要按照我的規矩來，否則就算是談判破裂，我們的約定即刻失效。」克麗奧再次強調。

「好啦，我算就是了。」阿娣麗娜煩躁地嘆了口氣。

阿娣麗娜雙手緊抓斜掛於胸前的樂器盒，潔絲敏則下意識伸手輕撫魔豆項鍊，兩人像是溺水的人攀向浮木般握住自己的法器。

再一次的，克麗奧重複了一遍洗牌的過程，並在桌上陳列出代表著不同時間點的三張塔羅牌，但這回，她翻出卡牌的剎那，讓我不禁笑出聲來。

第一張牌很荒謬，是一個坐著的傢伙，前面有一對一黑一白的人面獅身，難道塔羅牌也講究種族平等？

第二張牌上有兩個雙手合十的人，腦袋瓜上方則有一位天使正朝著他們的用力吹號角。光用看的我就覺得耳朵好痛。

第三張更奇怪，是三隻長相奇特的動物推著一個大輪子跑。

「什麼鬼東西？」凱特琳嗤之以鼻。

「安靜！」阿娣麗娜斥責。

「女孩，妳的第一張塔羅牌是戰車的逆位，好勇鬥狠的王子站在裝備齊全的戰車上，由黑白兩種人面獅身拉車，這表示妳過去曾遭逢可怕的意外，那樁事件對妳的人生起了重大衝擊。」克麗奧輕聲呢喃。

「誰的人生沒有遭逢挫折，這麼說太籠統。」阿娣麗娜翻了個白眼。

「女巫克麗奧佩托拉的塔羅占卜絕對準確。妳的第二張牌是戀人，方向是正位，這表示妳目前感情順利。接下來我們看第三張牌，嘖嘖，命運之輪的逆位，這表示未來存在著不利的局勢，強盛的勢力逐步逼近，妳還有許多苦頭要吃。」女巫說。

我感到頭皮發麻，和潔絲敏交換了個錯愕的眼神。

「妳們要是真的那麼厲害，怎麼還沒趁機大撈一筆？」阿娣麗娜冷冷打量房內陳設，嘲弄和鄙夷在她眼中共舞。

娜芙蒂蒂沒理她，逕自雀躍地問道：「克麗奧，我們可以請客人喝茶了嗎？」

「還有一位客人沒算呢。」克麗奧直視我的雙瞳。

「那個紅頭髮的小鬼八成還沒駕照呢，有什麼好算的？還是直接喝茶吧！」娜芙蒂蒂的語氣中有掩不住的期待。

強烈的香料味道令我無法思考，而娜芙蒂蒂的輕蔑瞬間點燃我的怒火。不知怎的，我竟以拳頭叩擊桌子，大聲說道：「換我算塔羅了，我就不相信這麼靈驗！」

話甫出口我就後悔了，可是覆水難收，克麗奧盡責的雙手隨即開始工作。算了，反正我也沒什麼不可告人的祕密，頂多就是披露我被母親棄養的事實而已，這個大家早就都知道了。

幾分鐘後，三張與之前截然不同的塔羅牌映入眼簾，我長長地吁了口氣，命運之神似乎格外眷顧我。

第一張塔羅牌上有一座高塔，高塔旁有閃電。

第二張卡牌上則有一個吹號角的人。

第三張牌，空白。

簡單明瞭，沒有死神或骷髏，也沒有拿著武器打仗的人。

「看來我的牌比她們的好多了！」我說。

「那妳就大錯特錯了。」克麗奧挑眉，潑了我一頭冷水。「聽好了，小女孩，妳的第一張是塔，高塔上有閃電，代表慘烈的破壞和毀滅。我相信妳的過去經歷了痛苦的離別，而那段經驗徹底改變了妳的人生。妳假裝不在乎，其實心裡頭介意得要命。」

女巫的話有如一記熱辣辣的耳光，瞬間擊潰我嬉皮笑臉的偽裝。我感到喉頭乾澀、雙頰發燙，彷彿有人用箝子夾住了我的頸項。

四歲以前的我經常在外公的門廊上徘徊，母親不斷前往大城市裡追尋她的愛情，而我總是在原地等待。當時我想，或許有一天母親會帶我離開，也或許她會永遠地住下來。結果她卻總是短暫逗留，母親會留下禮物、親親我，然後和我道別。直到某一天我想通了，於是從門廊上起身，毫不留戀地奔向沙灘、躍入水中。

克麗奧將我的反應看在眼裡，繼而說道：「第二張是審判，審判卡表示死而復生、重新開始。所以現階段而言妳已經展開了新生活，算是踏上了嶄新的旅程，所以別再糾結於過往了，妳愈是灑脫，就愈有走下去的勇氣，反正最困難的部份已經結束了。」

初經來臨時的畫面在剎那間重回我的腦海，那年我十二歲。我依稀記得自己支吾其詞地找到外公，然後紅著臉接過衛生棉，原來細心的外公早有準備。可是無論外公和我有多麼親近，那段經歷至今還是難以啟齒，也讓我對母親的懷念中多了幾分怨懟。

想到這裡，我的皮膚彷彿再度感受到海水帶有生命力的鹹味，只不過這次是來自我的眼角。半天沒吭聲的凱特琳這時大聲嚷道：「好無聊啊，妳們占卜完了沒？可以談談正經事了嗎？我已經想到一籮筐讓妳們放我走的好理由了。」

「還沒！最後一張塔羅牌還沒解。」娜芙蒂蒂兇巴巴地說。

克麗奧以手指捏起向第三張塔羅牌，向每個人展示那片空白。

「說來有趣，妳們三人的占卜有著近似的未來，死神、命運之輪與空白。這表示命運之繩將妳們緊緊繫在一起了，再也難以分開。」克麗奧說。

「這張牌上什麼也沒有啊，應該是未來有無限可能的意思吧！」我爭辯道。

「這張是空白牌，有點類似撲克牌裡的鬼牌，至於如何解釋通常端看占卜者的個人見解。很多女巫覺得空白牌太過抽象，而我認為這張牌再簡單明瞭不過了，空白，代表的意義是虛無和結束。」她說。

「結束？」我驚愕地說不出話。

「根據我的推測，妳的未來一片空白，表示妳將會沒有未來。」克麗奧將塔羅牌扔回桌上。

隨著曖昧不明的白色紙牌飄落，空白延展至我的整個腦袋，只剩下嗡嗡作響。

所有外界的聲音聽起來都像隔了一層海水，朦朧之中，我聽見自己倒抽了一口氣。我不合作的大腦開始製造幻覺，一定是這樣，我才會以為自己聽見阿娣麗娜像是維護我般怒氣沖沖的質問。

阿娣麗娜生氣大喊道：「詭計多端的女巫，妳特地繞了一大圈來詛咒我們，先是說死神叫潔絲敏重新開始，然後又說命運之輪掌握我的未來，現在則是玫芮迪絲命在旦夕？根本胡說八道！小心我上法院告妳！」

「塔羅代表上天的旨意，這不是詭計，我也沒有作弊。」克麗奧明亮的雙眼浮現一絲狡詐。「可以奉茶了吧？」娜芙蒂蒂湊上前問道。

克麗奧點頭，雙手一拍。朗聲道：「娜芙蒂蒂，奉茶。重頭戲才剛要上場呢！」

「還得喝茶？我們已經把伊莎貝帶來了，也按照妳們的要求算過塔羅牌了，該是交換人質的時候了吧？」潔絲敏疲憊地問。

「我的地盤、我的規矩。」女巫冷道。

克麗奧招手，娜芙蒂蒂再回來時，手上多了一只雕飾古典的銀質托盤。盤上盛有四杯香氣氤氳的熱茶，分別裝在精緻高雅的天鵝白骨瓷杯裡。因為茶杯美得太過格格不入，這番禮遇反而像是浸過毒藥、垂涎欲滴的紅蘋果。

娜芙蒂蒂大步走向我們，沿著矮桌在每人面前遞放杯子，厚實的髮辮在每一次屈膝時滑落胸前。

「肉桂，金盞花，薄荷，白胡椒，迷迭香，石楠花，蜂蜜。」潔絲敏以清晰而篤定的口吻接連說出茶裡的原料，從頭到尾碰也沒碰杯子。

「嗅覺不錯，可惜沒有猜出最重要的一味，是我家族的祖傳秘方。」克麗奧說。

熱茶的蒸汽緩緩上升，飄散出香甜芬芳的氣味，眾人遲遲不敢貿然伸手。

其實我們早已達成共識，為了避免被下毒，絕對不吃喝任何飲料食物，潔絲敏甚至讓我們服下解毒用的草藥防患未然。而且我們還擬定了一套撤退計畫，假使對方不願交出男孩們，那潔絲敏便會做出以掌煽風的手勢，暗號則是「好熱」，阿娣麗娜和我就要在凱特琳與潔絲敏的掩護下迅速離開現場。

關於離開的人選我們也爭執了好久，阿娣麗娜和潔絲敏都不願意放棄為男朋友放手一搏的權力，而我也狠不下心拋棄扮演伊莎貝的凱特琳。最終潔絲敏說服了我們，她說阿娣麗娜是美國人，擁有較多的人脈資源，而我可以從鄰近的密西西比河走水路逃離。畢竟我們愈少人被逮到，贏面就愈高。

「主人請客人喝茶，別那麼沒禮貌。」娜芙蒂蒂催促。

「我們不喝。」潔絲敏直截了當地說。

「妳剛剛說了那麼一長串名單，不就證實了這只是一杯普通的花草茶，怎麼還不敢喝呢？」克麗奧問。

「我們才沒有傻到去喝女巫的茶，誰知道裡面有沒有死人骨頭或老鼠尾巴？」我悶哼。

「妳們不喝沒關係，但是她要喝！」克麗奧指著凱特琳，臉上的笑意一掃而空。

「我才不幹！」凱特琳翻了個大白眼。

「這是命令，不是請求。」克麗奧冷酷地對我們說道：「既然她的雙手銬著，那就有勞各位了！」

我的心臟猛烈撞擊胸口，血液直衝腦門，萬一那杯茶有毒怎麼辦？

見阿娣麗娜略顯遲疑，等候一旁的娜芙蒂蒂索性端起茶杯，直接往凱特琳唇邊送去，卻在凱特琳的閃躲中打翻杯子。

「真浪費！」娜芙蒂蒂罵道，又端起另外一杯。

「放心，喝下這茶死不了！我犯不著把一個好好做生意的地方搞成命案現場。」克麗奧甩動黑髮。「怪了，伊莎貝不過個犯下眾怒的殺人兇手，妳們何必那麼擔心她？」

「我們是怕被連累。」阿娣麗娜連忙撇清。

「我保證只要伊莎貝喝下這茶，馬上，妳就會得到妳應得的。」克麗奧說。

見女巫起了疑心，百般無奈下，阿娣麗娜只好示意大家動手幫忙。她和潔絲敏分別固定住凱特琳的雙手，娜芙蒂蒂則粗暴地以胳臂托住凱特琳的頭，再一手撐開她的嘴巴，強迫灌食那杯不知名的花草茶。

凱特琳拼命掙扎，喉嚨發出斷續的咕嚕聲和咳嗽聲，她渾身狼狽不堪，茶水順著嘴角淌下。

我得用力捏自己的大腿，才能避免自己失聲尖叫。

「好啦，大功告成。」娜芙蒂蒂滿意地往後退。

凱特琳頭一撇，以外套擦拭下巴，再抬頭時一雙藍眼冷如冰山，直勾勾、惡狠狠地盯著克麗奧。我見過那種眼神，倘若此時此刻凱特琳手邊有武器，惡毒的巫婆早就身首異處。

「要怪就怪妳自己。現在，輪到妳回答問題了。」克麗奧將塔羅牌洗乾淨，收進一個羊毛氈袋子裡。

「多有誠意哪，千里迢迢把我從監獄裡救出來，就是為了這一刻的促膝長談。女巫，妳有什麼想問的？第一個問題免費，就當作做口碑。」凱特琳挑釁地說。

「好。」克麗奧的詭詐瞬間被悲傷淹沒，她垂眼問道：「說吧，我妹妹怎麼死的？們想知道血腥瑪麗過世前的每一個細節，而靈擺會告訴我們伊莎貝老不老實。」

克麗奧拉開身旁矮櫃的抽屜，取出一個繫有金色長鍊的透明水晶柱。靈擺和她修長的手臂維持靜止不動，過了一會兒，水晶柱開始左右搖擺，接著又變成前後搖擺，最後順時針轉起圓圈。

我仔細觀察女巫的手，卻找不出她施加力道的蛛絲馬跡，靈擺像是擁有自己的意志似的自由擺動，就和阿娣麗娜的銀笛以及潔絲敏的魔豆同樣真實。

阿娣麗娜緊咬嘴唇，心思明白地寫在臉上。倘若靈擺的占卜跟塔羅牌一樣精準，那我們撒的漫天大謊便隱瞞不了多久。我環顧四周，通往櫃檯的小門是唯一的進出口，密西西比河的方向清晰可辨，我得為最壞的打算做好準備。

「從現在開始，我的靈擺會替我把關每一個問題的答案是否屬實。」克麗奧說。

「等等，我不認為我們有必要坐在這裡欣賞妳們審問犯人，伊莎貝屬於妳們了，該還給我們的也該歸還了吧？」阿娣麗娜出聲制止，耐性似乎已消磨殆盡。

「喔，不。我認為非常有必要。」克麗奧抿著一抹審慎的微笑。「誰知道這個金髮妞不是妳們隨便從街上抓來的替死鬼？」

「一個問題，就讓妳問一個。」阿娣麗娜伸出食指，說道：「等妳問完，我們就要離開。」

「喔，有何不可？」女巫握著靈擺，彷彿她手中持有的不是一塊水晶，而是一把可置人於死的利劍。「伊莎貝，告訴我，妳是什麼時候起心動念，決定害死血腥瑪麗？是看到我們傳家之寶的時候？還是巧取豪奪不成的時候？難道，一本古書會比一條性命還要寶貴？」

「我在乎個屁！」凱特琳大笑，裝出伊莎貝那特有的目空一切、唯我獨尊模樣。「凡是擋在我前面的，我都可以把他們通通趕到地獄去！」

靈擺左右搖曳，透過每一塊杜面的反射，水晶散發出璀璨的光芒。

「所以，妳早有預謀？」克麗奧揚起下巴。

「當然。」凱特琳回瞪她。

靈擺晃動得更厲害了，娜芙蒂蒂和克麗奧交換了一個了然於心的眼神。

「好熱！」潔絲敏以手煽風。

我偷偷瞄向阿娣麗娜，卻見她面無表情、無動於衷。

「我說啊，真的好熱！」潔絲敏瞪阿娣麗娜一眼，暗示都成了明示，後者仍然毫無反應。

突然間，克麗奧倏地起身，左手自軟墊下抽出一把彎刀。

「誰能解釋清楚，妳們為何帶來一個冒牌貨？」女巫嘶聲問道。

在眾人的驚呼聲中，凱特琳一掌掀翻矮桌，同時伸腿橫掃矮櫃，矮櫃上擺放的女巫器具霎時齊飛。我們迅速起身，準備執行約定好的撤退計畫。

下一秒，凱特琳卻頓失重心，整個人癱軟在潔絲敏身上。

「看來藥草茶發揮效果了。」娜芙蒂蒂一個箭步擋住大門，喜不自勝地說。

「呸，還敢說呢，我只交代了妳一項工作，就是好好按照步驟製香！結果妳連一件小事都辦不好！不然她們早就被薰香給迷暈了。」克麗奧厲聲道。

「快離開啊！」潔絲敏攙扶凱特琳，對我們喊道。

阿娣麗娜拼命搖頭。「巫婆，快點把尼可拉斯還給我！」

「我的頭好暈……」凱特琳呻吟。

我看看阿娣麗娜、又看看凱特琳，心中倍感煎熬，拿不定主意該走還是該留。

「一個都別想走！」娜芙蒂蒂伸手橫向擋住門口。大勢已定，撤退計畫宣告失敗。

克麗奧再次舞弄亮晃晃的刀鋒，提醒我們那把彎刀有多銳利。「現在我們就來談談，索亞之書在哪裡？」

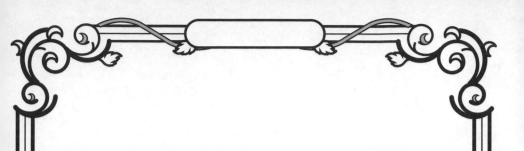

黑胡椒魔法香囊

【目的】面試或考試順利

【時間】逐漸月盈之週六晚上

【配方】15~20公分黃色蠟燭1支、打火機、水2茶匙、精油用燭火燃燒器1個、黑胡椒精油1罐、乾杜松莓1盎司、全新方形棉布或手帕1條

【作法】點燃蠟燭，唸道：「我召喚空氣元素，請讓我思緒清澈、意志堅定、頭腦專注。」然後江水放入燭火燃燒器並點燃，右手握著黑胡椒精油罐，專心想著目標，然後滴入6滴精油。將乾杜松莓放在棉布中央，滴入6滴精油，並將棉布四角相互打結，完成香囊。

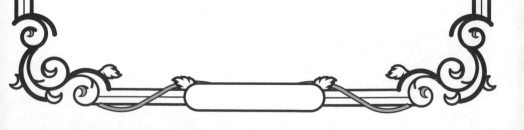

第七章

美國　紐奧良

『鬼故事與萬靈藥』店門被人撞開，大地為之撼動，門框上的風鈴應聲落下，在摔得粉碎前淒厲呼喊。

接著是櫃子傾倒和物品撒落的聲音，彷彿颶風過境，猛烈攻勢猝不及防，幾名彪形大漢衝進店內橫掃貨架，一路直搗櫃檯後方，嚇得娜芙蒂蒂花容失色急忙後退。

堵住小房間門口的一共有四人，來者頭套深色面罩，只露出漆黑如夜的眼珠，身穿卡其工作服與多功能野戰背心，打扮如出一轍，活像銀行的武裝保全人員。他們每人手上都握有一把銀色的半自動手槍，亮晃晃的槍管在幽暗的室內閃爍冷冽光芒。

「妳們好陰險！不僅下藥，居然還安排了打手？」我咬牙道。

「那些不是我的人。」克麗奧舉起彎刀，一臉寒意。「妳們在外頭究竟有多少仇家？居然還把這些傢伙引到我店裡？」

我在腦中迅速評估局勢：空間狹小，唯一的出入口被堵住，凱特琳服下藥茶後仍癱軟無力。

四把槍，六個活靶，中獎機率高得讓我們不敢輕舉妄動，看來只能乖乖束手就擒。

為首的匪徒將武器瞄準手持彎刀的克麗奧，他頓了頓槍口，意圖逼克麗奧繳械，沒想到女巫竟面無懼色，僅是目不轉睛地望進對方冷酷無情的眼底。

「我個人很佩服妳的勇氣，可雖然我不是什麼武器專家，也能輕易看出彼此的實力懸殊。」我輕聲說道。

克麗奧握刀的指節發白，沒有回話。

雙方僵持不下，這時第二名匪徒竄入小房間裡，在驚呼聲中一把揪住娜芙蒂蒂的衣領，將槍枝指向她的腦袋。娜芙蒂蒂驚恐地不住顫抖，有如一隻受傷的小鹿般杏眼泛淚，克麗奧這才嘆了口氣，任彎刀自她鬆開的掌心脫落。

片刻後，匪徒以手勢示意我們回到前方的商店中，不知何時，門外停了一輛看似運鈔車的廂型車，碎玻璃四散的店內地板上則多了好幾個大紙箱。

對方要我們個別躺進大紙箱內，我們照做了，沒有人敢起身反抗。眼下唯一擅長拳腳功夫的夥伴被女巫該死的藥茶弄得迷迷糊糊的，別說反抗了，凱特琳就連罵兩句髒話都有困難。

所有事情皆發生在短短的幾分鐘內，我躺進宛如棺木的紙箱中，雙手被膠帶纏繞，嘴巴也被膠帶貼起，頭上還套了麻布袋。訓練有素的四名歹徒從頭到尾一語不發，仰賴十足的默契和敏捷的行動。

之後紙箱便讓人給封了起來，我聽見外頭的歹徒以流暢動作撕扯封箱膠帶，確認肉票無法逃脫後我們便被當作貨物抬起，然後摔進後車廂，接連幾道碰撞聲響後我聽見引擎聲大作，車子在顛簸中揚長而去。

車子催油門發出的噪音和女孩們在紙箱內滾動的呼救聲此起彼落，莫非女巫的占卜應驗得那麼快？我覺得自己像是待宰的牲畜，只能憑藉很勉強的感官知覺臆測自己的處境。

我的猜測是：死定了！

密閉空間裡的氧氣隨著時間流逝而逐漸消耗，呼吸窘迫令我的胸口疼痛不堪，而膠帶拉扯皮膚的痛楚也愈來愈難以忍受。

經過無數次轉彎時的翻滾和碰撞，我終於認清事實：舌頭再怎麼拼命向外頂，膠帶也不可能脫落。雙手再怎麼使勁扭扯，手腕上的膠帶依然不動如山。

忽然間車子熄火了，箱子被人抬起，我忍受著有如船隻在暴風雨中行進般的猛烈搖晃，經過一段上上下下的階梯，箱子被人粗魯拋下，於轉瞬間失速撞上地面，摔得我眼冒金星。

朦朧之間，我聽見陌生的交談聲、接連的碰撞聲以及膠帶與紙箱吻別的銳利拉扯聲，其他的箱子也被陸續扔在地板上，紙箱驀地開啟，隔著一層麻布袋，我可以感覺到眼皮之外的世界亮了幾度。

某個粗魯的傢伙扯開了我的麻布袋，然後自我臉上撕下膠帶。

突如其來的光明大放令我睜不開眼，我的五官相互糾結，等待畏光的雙眼慢慢適應環境。待視力一點一滴恢復正常後，我同時發現了令我興奮不已與沮喪不堪的事情——

興奮的是我們正在海上！嚴格說起來是我們身處於某艘船的船艙內，而船隻正穩坐某個平緩的海域，光憑這點便大大降低了歹徒的主場優勢。

至於令我沮喪的由來，則肇因於某張熟面孔。

「又見面了。」穆薩脫下面罩，揉了揉凌亂的黑髮，咧嘴一笑。

「你真是有史以來最陰魂不散的追求者了。」我繃著臉說。

「那是因為我相信投注於妳身上的投資報酬率非常值得。」穆薩說。

其他幾名歹徒也分別卸下偽裝，並遵從穆薩的指示替女孩們鬆開頭部的麻布套。我數了數，凱特琳、阿娣麗娜、潔絲敏與兩個女巫都在，一個也沒少，大家看起來也都還好。唯獨凱特琳的眼神依然渙散，藥效持續發揮作用。

「其實呢，我這個人有收集的癖好，愈難到手的我愈愛，尤其是限量或稀有的東西更是不可能放過。這次算是買一送五，所謂物以類聚，美女的朋友果然全都是美女。」穆薩哈哈大笑。

「你是怎麼找到我的？」我向前傾，手銬再次扯痛手腕。

「我的人在波士頓機場發現妳們，然後就在妳們車上裝了追蹤器。」穆薩的笑容中難掩得意。

「我就說吧！進出諾福克時順利得超乎尋常。」潔絲敏以細不可聞的音量說道。

「歡迎光臨君主號，這艘世界上最奢華的遊艇長達一百公尺，排水量是五百噸，擁有三部

ＭＴＵ引擎，時速可高達近六十公里，只配國王使用。各位能在有生之年親自參觀君主號，應該要感到慶幸才是。」穆薩說。

這時我才注意到我們不只是在船上，而且是在一艘我畢生所見最豪華的遊艇內。這是一間位於甲板下層的起居室，裡頭有寬敞的真皮U型沙發和打過蠟後亮晶晶的地板。

「如此大費周章地抓住玫芮迪絲，你是什麼人？」阿娣麗娜瞟他一眼。

「小美女，妳的朋友不只跟妳一樣漂亮，個性也和妳一樣嗆辣哩。好極了，我早就厭煩了家鄉那些溫順得像是綿羊般的女人們，我喜歡反應激烈的女人！」穆薩搓搓手，眼裡燃燒著渴望。「無論是書和還是女人，我通通都要弄到手。」

「去死吧！」我的背抵著牆，伸出一隻腳作勢踢他。

「很好，繼續保持這火辣的模樣，別讓我失望。」穆薩舔舔乾澀的嘴唇，同時動手解開皮帶扣環。「讓我教教你何時該閉嘴，何時該叫喊。」

「離我遠一點！」

「我的父親大人替我命名為穆薩，就是聖人的意思。在我的家鄉，女人可是前仆後繼而來。」穆薩炫耀地說。

「穆薩大人？」起居室的艙門開啟。一個稍微年長的男人現身門後，沿著旋轉樓梯走下甲板，來到穆薩跟前微微欠身。

「哈里希，什麼事？」

「船長說河岸碼頭的管理員特別搭乘小艇前來關切，說要跟船東說點事情，麻煩您上來一下。」

我鄙夷地哼一聲，道：「違法船隻是不可能來去自如的，這下子被逮到了吧。」

「誰說我們違法了？無論是漁業還是貨運，我所擁有的船隊全都是百分之百合法。沒關係，碼頭管理員不就是想趁機撈點好處嘛，我父親早就打點好了。」穆薩無所謂地擺擺手，獰笑道：「妳等著，晚點我再來收拾妳！」

「噢，我會的，我一定會親眼等到看見你不得好死的那一刻！」我從齒縫擠出話來。

穆薩揚起眉毛，步上樓梯前再度吩咐兩名護衛：「你們守在門口，這些女人要是不聽話，晚一點就拿她們來餵鯊魚。」語畢，穆薩轉身大步離開，哈里希則亦步亦趨跟在後方。

兩名護衛隨後步出起居室，臨走前不忘鎖緊艙門。

我從靠牆的位置蹣跚起身，擠到凱特琳和阿娣麗娜中間坐下。

「凱特琳，好些了嗎？」我關切地問。

「頭還是有點暈。」凱特琳虛弱地問：「麻煩精，那個叫做穆薩的傢伙是誰？」

「誰知道，我只有在黃金海岸的沙灘上被他搭訕過一次。」我說。

「又是因為妳？先是香港街頭的小混混，現在還招惹後台這麼硬的？」潔絲敏擺出晚娘面孔。

「肉慾應該排名原罪之首才是，就像木馬屠城記中的海倫，相較之下，其他問題都沒那麼嚴重了。」阿娣麗娜悵然搖頭。

我咬著下唇，因羞憤而感到面目通紅。

「閉嘴，玫芮迪絲從來不曾在妳們倆受原罪影響時打落水狗，在妳們貶低他人的同時，就是彰顯自己的缺失。」凱特琳忍著不適，厲聲對她們倆說道，接著向我擠出安慰笑容：「別理她們。」

「謝謝。」我咕噥。心裡對凱特琳的感激和好感瞬間攀升了好幾倍。

「對了，那個男人剛剛是不是說，書和女人通通都要弄上手？」女巫克麗奧神色不善地問道。

「對，我也聽到了。」娜芙蒂蒂結巴地說道：「他們一定是衝著索亞之書來的。」

「喔？妳們對書了解多少？」阿娣麗娜眯起眼。

「不多不少，剛好是一個守門人的後代該知道的份量。」克麗奧回答。

「守門人？什麼意思？」眾人譁然。

克麗奧的眼神冰冷。「妳們這些小偷不需要知道。守門人只對書的擁有者吐露實情。」

「我想，我們應該就是妳口中的擁有者。」凱特琳清了清乾澀的喉頭，斟酌著字眼。「我們去塞林鎮並非偶然，奪走索亞之書也不是為了錢，而是因為真的迫切需要知道書中的內容。」

「叫她們拿出證明。」娜芙蒂蒂插嘴。

「沒問題啊，只要妳們同意將血腥瑪麗的意外一筆勾銷，並且無條件履行字條上的歸還約定。」阿娣麗娜說。

「不行！這樣太便宜她們了！」娜芙蒂蒂大叫。

克麗奧狐疑地打量我們，道：「先看看她們怎麼證明吧。」

阿娣麗娜點點頭，她調整姿勢，以極其柔軟的肢體動作壓低身形，弓起背將扣著手銬的手腕繞過臀部與雙足，繼而對潔絲敏說道：「向妳借根髮夾。」

「可以是可以，不過妳得自己拿。」潔絲敏繃著肩頭說。

阿娣麗娜交扣的雙手靠近潔絲敏的側臉，指尖自編髮中挑出一根黑色髮夾，接著靈巧地扭出一道閃電形狀。髮夾被小心翼翼地插入手銬鎖孔，眾人屏息凝神，直到鎖孔傳出輕微的喀啦聲響，宛如變魔術一般，手銬轉眼間被解開了。

「天哪，妳會解鎖！」我心悅誠服地說。

「很簡單哪，我因為好玩而向尼可拉斯學了這招，沒想到有一天真的會派上用場。」阿娣麗娜回答，一邊替所有人解開手銬。

鬆綁後要逃就容易多了，眾人焦慮的情緒也隨之沉澱下來。

「別告訴我妳是在什麼情況下學會解鎖的。嘿嘿。」我伸手戳她。

「肉慾，沒水準的色情狂。」阿娣麗娜嘀咕。

「高傲，目中無人的婊子。」我回敬她。「不過我會原諒妳，誰叫妳會解手銬呢，而且我已經習慣妳那副跩樣了。快點秀出妳的拿手絕活，讓女巫們長長見識，承認我們就是索亞之書的擁有者。」

「說不過妳。」阿娣麗娜抿著笑，解開斜掛於胸前的樂器盒，取出那把佈滿藤蔓浮雕的銀笛。

「等等，外面的人會聽到。」克麗奧警覺地瞥向艙門。

「放心，阿娣麗娜的笛聲只會讓那幾個笨蛋如痴如醉。」我說。

銀笛貼近阿娣麗娜的嘴唇，她輕輕吐息，悠揚的笛聲隨即羅織為一張由旋律編成的網，讓龐雜的思緒從網格間濾過，其他知覺彷彿迅速退場，只剩下專注而澄淨的聽覺。

剎那間，遊艇的馬達聲消失了，我們彷彿徜徉在微光閃爍的湖面，任水波帶領船隻靜靜漂移。眾人完全投入在阿娣麗娜的樂音中，渾然忘我，直到克麗奧打斷演奏。

「我剛剛吹的是德布西的小舟，妳們都有感覺到笛聲對遊艇造成的影響吧。如何？這樣的證明夠嗎？還是要來首韋瓦第的海上風暴？」阿娣麗娜問道。

「到此為止便可以了。」克麗奧若有所思，眼裡的敵意盡褪。

「就算她們的確是書的擁有者，也該為血腥瑪麗的死付出代價！」娜芙蒂蒂不服氣地頂撞。

克麗奧轉向她的姊妹，神色黯然：「血腥瑪麗向來任性妄為，要是她沒有搞那些亂七八糟的夜間導遊行程，也不會惹禍上身，守門人百年來竭力隱藏的祕密，卻被不爭氣的後人公開，要是霍桑地下有知，八成會氣得再死一次。況且，如果血腥瑪麗有點腦袋，便會意識到受索亞之書吸引而來的很可能是擁有者。是我們倆沒有盡好督導之責，太過溺愛么妹，妳我都有責任。」

「血腥瑪麗聰明漂亮，可惜就是太驕縱。」娜芙蒂蒂垂下眼睫。

「真的很抱歉。」凱特琳真誠地說：「我們對發生在塞林的那樁意外感到惋惜，關於伊莎貝的所作所為，我們也該負上責任。」

「所以妳的確不是伊莎貝？」克麗奧問。

凱特琳頓了一下，搖了搖頭。

「好吧，畢竟擁有者已經寂靜了兩百年，我能夠理解妳們對索亞之書的渴望。不過，我還是希望書本最後能歸還給現任守門人。」克麗奧要求。

「妳們不就是守門人嗎？」我問。

「霍桑是守門人，但我們不是。守門人的人選在霍桑過世後更換了，直到伊莎貝大鬧七角樓前，索亞之書都安然無恙地躺在密室內，所以繼任的守門人遲遲沒有更換藏匿地點。」克麗奧說。

「直到伊莎貝大鬧七角樓以前。」凱特琳重複她的話，語氣充滿無奈。

「血腥瑪麗遭逢意外時，我們本以為是和守門人有關，畢竟索亞之書由已經由我們家族保管了很長一段時間，也是時候物歸原主了。後來新聞報導伊莎貝被捕，我們才排除守門人介入的可能性，因為歷屆守門人都是男人。」克麗奧又道。

「家族中，除了妳們姊妹三人，還有其他成員知道索亞之書的存在嗎？」凱特琳問。

克麗奧搖頭，金色耳環叮噹作響。

「事情鬧那麼大，我非常肯定現任守門人馬上就會出現，而且會為了我們搞丟索亞之書而大發雷霆。」娜芙蒂蒂嘀咕。

「當守門人登門造訪時，希望妳們能配合歸還書本。」克麗奧表示。

凱特琳嘆了口氣，纖長的睫毛低垂。她道：「克麗奧，我們並沒有打算霸佔索亞之書，只是想弄清楚一些問題罷了。倘若守門人真的找上門來，希望我們能商量出一個皆大歡喜的解套方法。妳知道這個守門人機制的背後由誰控管嗎？」

「不知道。」克麗奧回答。

「真可惜，我還以為我們能找到互利的盟友。」我說。

「也可能找到的是制衡我們力量的敵人。」潔絲敏低聲道。

潔絲敏的話猶如遠方響起的喪鐘，令我不寒而慄。

假設守門人掌握七原罪的祕密並擁有制裁能力，那我們不就成了四處遊盪的假釋犯人？再悲觀一點，倘若他們根本就完全掌握我們的動向，那不就有如退居幕後的操偶師？而我們則是牽線木偶……

我開始氣急敗壞地按壓手錶螢幕。「什麼鬼智慧型微電腦？什麼衛星定位？根本一點用處都沒有！」

「潔絲敏，妳最足智多謀，快想想看怎麼用魔豆破壞那道門啊！」阿娣麗娜說道。

潔絲敏席地而坐，單手擁抱屈膝，另一手無力地握著胸前的玻璃瓶，一語不發。

「凱特琳，好點了嗎？」阿娣麗娜問。後者用力眨眨眼睛，似乎還是不太舒服。

「女巫，妳們給凱特琳喝的到底是什麼啊？」我從齒縫擠出這句話。

「類似肌肉鬆弛劑的草藥。」克麗奧回答。

「真是害人不淺！妳們最好祈禱凱特琳馬上恢復正常，否則我就……」我氣得語無倫次。

「就怎樣？也不想想是誰先假裝成伊莎貝的？」娜芙蒂蒂不甘示弱地說。

「安靜！妳們怎麼跟幼稚的孩子一樣吵個沒完？」阿娣麗娜厭煩地喊道。

「妳又多成熟？」娜芙蒂蒂回嘴。

「停！」克麗奧站了起來，黑色長髮披散而下，宛如一圈懾人的光輝，轉眼間恢復了坐鎮於『鬼故事與萬靈藥』店鋪內目空一切的從容氣勢。她定定地說：「現在我們都在同一條船上，我們必須團結，化被動為主動，殺出一條血路。」

「克麗奧說的沒錯。」我不情願地附和道：「團結才有機會救回凱特琳。」

「好，我們想辦法逃跑。」阿娣麗娜扳起指頭計算起來。「不算掌舵的船長，穆薩和哈里希以及兩名護衛總共是四個人，這應該是我們要應付的最少人數。我們加上凱特琳總共有六個人，如果一對一，理論上有兩個人逃得掉。」

「一對一也行，但是要怎麼走出這扇門？」克麗奧問。

「我親眼看過潔絲敏以魔豆破壞建築，甚至築起一道城牆般的叢林。」阿娣麗娜說。

「我無法專心，我辦不到。」潔絲敏低語。

「不對，我見過魔豆挖出地道。潔絲敏，妳一定有辦法把門弄壞對吧？拜託妳！」我乞求著。

潔絲敏置若罔聞，她以雙手矇臉，低語道：「沒有用的，當初我就不該讓賽門捲入這些事情。」

「喂，現在不是自怨自艾的時候！」阿娣麗娜用力推她，她依然無動於衷。

「妳們別這樣，別讓原罪影響妳們的理智！」我張開雙手擋在她們倆中間，對阿娣麗娜說道：「請妳停止用莫名其妙的高標準評斷別人，多學著尊重！」我隨後轉向潔絲敏，道：「還有妳，最好改改那副臭脾氣，免得男朋友跑了！以我的美貌，賽門若是和我先認識，根本就輪不到妳！」

我據實以告的美意令阿娣麗娜和潔絲敏氣炸了。

「瞪我幹嘛？救人要緊，我才不管妳們兩個高不高興呢。」我忿忿地說。

「算了，說服那幾個固執的女孩倒不如靠我們自己，裝死、裝病、裝淫蕩，隨便裝什麼都好，反正把守衛騙進來就是了。」克麗奧對娜芙蒂蒂說。

「騙進來了以後呢？」娜芙蒂蒂問。

克麗奧直視她姊妹的雙眼，認真說道：「我牽制住守衛，妳快跑。」

「我不要。」娜芙蒂蒂嚴正拒絕。

「為了祖先的巫法後繼有人，沒有別的法子了！」克麗奧柔聲勸著。「剛剛阿娣麗娜也說了，六比四，只有兩個人能夠脫身。只要妳能順利逃出，我情願自己留下。反正，我也沒辦法游泳。」

「妳不會游泳？都什麼時代了，怎麼還有人不會游泳？」阿娣麗娜訝然。

「又來了？尊重別人有那麼難嗎！」我沒好氣地提醒。

「我不是不會游泳，是不能游泳。唉，鐮型貧血，討厭的遺傳疾病。」克麗奧緩緩坐下，她以雙手環抱屈膝，忽然顯得好嬌小。

娜芙蒂蒂在她身邊坐下，摟著姊妹解釋道：「這種病就是紅血球的外觀形狀有如鐮刀，攜氧量也比較少，患者很容易缺氧或是血管堵塞。克麗奧不能進行劇烈運動，脫水和缺氧的狀態很有可能造成劇烈疼痛和心臟衰竭。」

「妳游泳沒問題？」我問。

「克麗奧是我們母親與前夫的小孩，所以姊妹中只有她有。」娜芙蒂蒂答。

「同時自父親與母親雙方遺傳到異常的血紅素基因，非裔族群的中獎機率是六百分之一，這種小孩只要有一個就夠多了。」克麗奧淒然一笑。

「沒辦法醫治嗎？」阿娣麗娜看了我一眼，小心地選擇用字，道：「我男朋友認識幾個有名的醫生，只要妳們放了尼可拉斯，他一定很樂意幫忙。」

「放了誰？」娜芙蒂蒂茫然問道。

「尼可拉斯、賽門和李歐呀。」阿娣麗娜抽出藏在樂器盒內的紙條，唸道：「我們手上有妳們要的東西，三天後，以物易物。帶伊莎貝來。」

「妳們搞錯了吧，我沒有抓走妳們的男人。我是女巫，不是綁匪。」克麗奧澄清。

「那紙條上寫的以物易物是什麼意思？」阿娣麗娜皺眉。

「是伊莎貝逃出七角樓時沒帶走的東西。事後我們仔細搜索過七角樓，在閣樓的地板下找到她的背包，靈擺告訴我那兩件物品非常重要，所以我就收起來了。」語畢，克麗奧掀開裙擺，露出左腿上的繫帶。

娜芙蒂蒂彎腰替她解開纏著大腿的帶子，取下藏在兩腿之間的絨布袋。克麗奧接過布袋，鬆開袋口的抽繩，從中掏出一柄橢圓形的化妝鏡。樣式古典的鏡台上鑲有晶亮的碎鑽，古銅色的鏡柄則略帶歲月磨損的痕跡。

「是伊莎貝的魔鏡！」潔絲敏瞪大雙眼。

「現在是凱特琳的了。」阿娣麗娜接過魔鏡，轉身交給凱特琳。

「謝謝。」凱特琳將得來不易的法器塞進隱形腰帶裡，臉頰慢慢恢復血色。

「我特地保養並且淨化過那把鏡子，既然我們讓錯的對象喝下她不該喝的藥茶，現在物歸原主也算是能量平衡了。」克麗奧又從腿上卸下另一件物品，是一把帶鞘的匕首。「還有這個，也是背包中找到的。」

「好眼熟，這是……」我在腦海中搜索關於匕首的片段記憶，卻只找到幾個短暫的畫面。

「那是妳的家族法器。」阿娣麗娜朝我鼓勵地點點頭。

我接下沉甸甸的匕首，感受著指間與心口並存的重量。匕首的刀柄似是以鯨骨製成，外型雕刻成人魚尾巴的樣式，細緻的鱗片栩栩如生。覆蓋在刀面上的刀鞘材質則像是海豹皮革，散發出年代久遠卻依然鮮活的野性氣味。

我揭開深褐色的皮製刀鞘，露出匕首線條優雅的刀鋒，兩側刀面上都刻有浪花般的精巧飾紋。我將匕首就著光源反覆觀看，亮晃晃的反光刺痛了我的雙眼，卻也令我勇氣倍增。這是一件既美麗又危險的法器，而且是屬於我的法器。我會用它劈開前方的危險，保護我關心的人。

「我能活到二十八歲已是奇蹟，也許今天就是我該回歸大地之母的日子，骨髓移植才會始終找不到適合的配對。」克麗奧心滿意足地笑了笑。

「不會的，我們一定可以找到最後的配方。」娜芙蒂蒂的鼻頭泛紅。我也跟著心頭一緊。

「不。」克麗奧再度拉起裙擺，這次露出以綁在右側大腿上的黑色小藥瓶。她取下藥瓶轉交給姊妹，道：「放在妳那裡，以免我遭遇不測。」

「那是什麼？」阿娣麗娜問。

「我們成功複製了一個根治鐮型貧血的古老藥方，偏偏就少了一個重要配方。」女巫說。

「藥方？」潔絲敏彷若大夢初醒，問道：「少什麼配方？我熟悉藥草與植物，說不定我可以幫忙找到。就算找不到，我也有辦法培養出來。」

克麗奧和潔絲敏交頭接耳地談論藥草的同時，一個想法如流星自我腦中閃過，我正色問道：「阿娣麗娜，妳有辦法用銀笛催眠守衛嗎？」

「讓我想想……」阿娣麗娜揉著臉想了一會兒，倏地睜大雙眼說道：「有了！寶寶搖籃曲。」

「妳有辦法只催眠他們而不影響我們嗎？只要門外的那幾個傢伙睡著了，就有機會以匕首破壞門鎖。」我再次確認。

「不只這樣，只要找到船上的廣播系統，我可以催眠整艘船的人。」阿娣麗娜說。

聽到她這麼說，我們的眼睛全都亮了起來，彷彿在黑暗中看見一線生機。這時，潔絲敏皺起鼻子。「回來了。」

嘻嘻哈哈的笑聲由遠而近，是穆薩和他的跟班回來了！我感到心一沉，他身上那股嗆鼻特殊的煙草味道宛如一團陰鬱的烏雲，遮蔽了我們的一線生機。眾人立即退回原位，並將雙手與手銬藏在背後，裝做若無其事的模樣。

嘻笑聲終止於起居室外，艙門推開，穆薩大搖大擺地走了進來，另一名穿著卡其工作服的男子跟在後頭。

「久等了，我已經將碼頭管理員打發走了，可是不知怎的，君主號似乎出了點技術上的小問題，太陽能板故障了，風力發電機也運轉的不太順暢。可惡的便宜貨！」穆薩毫不在意地說。

「活該。」我幸災樂禍地對阿娣麗娜擠眉弄眼。

穆薩逕自宣布道：「等遊艇的汽油加滿和電力充飽還需要一點時間，我要找位漂亮的姑娘為我填補空檔。」忽地他伸手擰住潔絲敏的臉蛋，另一手則順勢滑向潔絲敏的胸口。

潔絲敏漲紅了臉，伸手給他一個耳光。「去死！」

五根指印烙上了穆薩驚異的臉龐，他向後跌坐在地，前一刻的笑容盡失，眼裡燃起兩團黑色的熊熊怒火。「臭婊子。」他揚起右手。

「王八蛋！」凱特琳的反應更快，她自地板上一躍而起，側踢向穆薩的肩膀。

毫無戒備的穆薩被踹得倒向一旁，迎頭撞上牆壁。其他人也一擁而上，制服了另外那名跟班，反過來把手銬用在物主身上。

「我好多了，走吧，阿娣麗娜，我們去找廣播系統。」凱特琳咬牙撐住自己的重心。

「只有妳們兩個去嗎？我不放心。」我說。

凱特琳搶過穆薩腰側的槍，咧嘴一笑，道：「沒問題的，他們也許會守住出入口，但絕對料不到我們會衝進船長室，妳們待在這兒，等我們暗號。」

阿娣麗娜和凱特琳離開後的每分每秒我都如坐針氈，我魂不守舍地數著自己的心跳，好似靈魂也跟著她們倆去找船長室了，直到天花板附近的擴音器傳來耳熟能詳的搖籃曲。

「有了！」我鬆了口氣。

銀笛吹出的音符幻化為母親溫柔的雙手，溫柔而有節奏地撫慰著聽眾的心，娜芙蒂蒂一臉陶醉地將頭靠在克麗奧的肩上，向來自制的潔絲敏也忍不住呵欠連連。

在音樂的撫慰之下，眾人鎮定下來，除了我之外。我走向門口，在門邊焦急徘徊。

「不知道守衛睡著了沒？」我喃喃自語地瞪著面前堅固的門鎖，並壓抑著拿匕首去敲打門鎖的衝動。

這時，艙門被人驟然推開，力量之猛竟差點把我撞倒。

「凱特琳？」我摀住嘴。

「嗨，麻煩精！真想念妳那幼稚的扁嘴表情。」凱特琳露出大大的笑容，摸了摸我的頭。阿娣麗娜跟在後頭。

「我哪有扁嘴！」我抗議地說，心裡卻流過一絲暖意，眼角也有些濕潤。

「把藥瓶給我！」潔絲敏自娜芙蒂蒂手中奪下女巫藥瓶，快步走上前來，打開瓶蓋問我：「妳以為她們回不來嗎？催眠曲成功了，妳開心嗎？」

「超級開心。」我大力點頭，幾乎喜極而泣。

「別動。」潔絲敏把瓶口湊上我的眼角，刮了一下。「大功告成。最後一種配方，人魚之淚。」潔絲敏塞回瓶蓋，將藥瓶遞給克麗奧。

「我們得趁其他人發現前快點逃走！」凱特琳機警地門外張望。

「快來！」我向兩個女巫招手。「克麗奧就交給我，我很會游泳。」

於是娜芙蒂蒂和克麗奧相偕起身，阿娣麗娜與潔絲敏緊跟在後，大夥兒一個接一個踏上旋轉階梯，躡手躡腳地步出遊艇起居室。

由凱特琳領隊，我們沿著門廊向前走，一路上緊緊依偎著彼此，小心提防轉角的視線之外可能出現的危險。

搖籃曲的效果比預期來得更好，除了起居室門口那兩名靠著牆壁呼呼大睡的守衛，遊艇的其他區域也毫無動靜，我希望是搖籃曲的音波穿越了層層牆板，讓遊艇成了睡美人的國度。笛聲的魔力為敵人帶來了睡意，也為我們帶來希望。

抵達室外的路途暢行無阻，沒有遇到醒著的人，倒是經過了幾個詭異的房間，其中一個房間裡塞滿各種像是跳蚤市場買來的破銅爛鐵，另外一間房裡則懸掛著不同品種的魚類標本裱框。

之後我們順利登上甲板，戶外的空間比船艙中更為驚人，這艘頂級遊艇擁有銀色的流線形船身，罩有太陽能板和一座在夜間交替使用的風力發電機。我們站在船首的位置，眼前有一個冒著泡泡的超大溫泉池，四周散落著洋傘和躺椅。

君主號真的不是普通的豪華，這代表了兩件事：第一，穆薩真的很有錢，超級有錢，要想擺脫他絕非易事。第二，此時此刻要擺脫他其實也沒那麼困難，畢竟君主號是有錢人的遊艇，所以肯定配備精良。

「這下更好，不必游泳了。」我指向船尾的救生艇。

我自願殿後，肩負指揮眾人登入艇內並扛起放下小艇的重責大任，那五個女孩默契十足且彬彬有禮，沒有人再針對此事辯駁，在這汪洋大海中，當然是美人魚說了算。

最後，我以匕首鋒利的刀刃割開救生艇的纜繩，將平整而明顯的切口當作贈送給穆薩的禮物，然後躍入水中，迎向數隻朝我伸長了的手。

救生艇甫靠近港口，碼頭上奔跑的人影便引起我們的注意。

「潔絲敏！凱特琳！」金髮男子用力揮舞雙手，接著又將手掌放在唇邊圍成圓形，高聲呼叫道：「潔絲敏！」

「李歐！」潔絲敏面帶笑容向他揮手。

救生艇駛近船席，凱特琳將繫纜扔向李歐，高大壯碩的德國人幫我們將小艇綁在繫船柱上，然後協助大家一一登上碼頭。

「潔絲敏，親愛的，妳還好嗎？」李歐一把摟住嬌小的潔絲敏，粗壯的雙臂幾乎遮住她整個人。

「李歐是他的教父兼監護人。」阿娣麗娜對我耳語道。

「我沒事啦。」潔絲敏報以微笑，拍拍他問道：「你是怎麼找到我們的？尋人石帶你來的嗎？」

「真的沒有使用尋人石，為了抵消原罪貪食帶來的好食慾，我可是每天固定晨跑呢。」李歐搔搔凌亂的金色短髮，冰藍色的雙眼洋溢著少見的熱情。「從我們在香港走散以後，我就一直密切注意妳們的出入境資料，賽門在假護照完成後有先讓我鑑定過品質，所以妳們使用的每一張護照姓名我都記在腦袋裡。

「可是我每追蹤到一個國家，妳們就動身前往另一個新的地點。先是美國的波士頓，接著又是紐奧良，等我抵達紐奧良以後，妳們忽然又不見了。最後是尼可拉斯設計的腕型微電腦裝置發出求救訊號，我才火速趕來港邊。」李歐說。

「你沒用尋人石，我就放心了。」潔絲敏點點頭，放鬆的笑容裡隱約摻雜了幾許擔憂。

「原來這玩意兒真的有用。」我舉起手錶。

「當然。腕型微電腦裝置只是尼可拉斯在海神號和新工作的銜接中，閒暇時打發時光做出來的玩意兒。」阿娣麗娜臉上洋溢著驕傲。

「對了，怎麼只有你來？」潔絲敏轉頭四處張望。「賽門呢？還有尼可拉斯呢？」

「那兩個男孩跟我一樣，願意為了妳們赴湯蹈火，我得要把那兩個男孩敲昏，才能跑出來呢。」李歐不好意思拍拍胸脯，說道：「這次匆匆忙忙來到紐奧良，身上什麼裝備都沒帶，我原先是打算親自來探路，有個計畫後再聯絡賽門和尼可拉斯過來。」

「所以真的是我們誤會了。」凱特琳對女巫們靦腆說道。

李歐這才斂起不斷在潔絲敏身上打轉的關愛目光。「咦？這兩位是？」

「她們是克麗奧與娜芙蒂蒂，血腥瑪麗的姊妹。」凱特琳簡單解釋了來龍去脈，問道：「我們一起經歷生死關頭，還不曉得兩位的真實姓名呢。」

「女巫不以真實姓名示人。況且，名字不過是個稱呼的代號罷了。」克麗奧抿了抿豐厚的雙唇，像是猶豫再三似的吐露了心聲：「道別前還有一件事情必須據實以告，在七角樓內，我們不只發現了伊莎貝的背包，還找到兩根棕色的髮絲。」

「呃，可能是潔絲敏或阿娣麗娜的。」娜芙蒂蒂臉頰泛起紅暈。

「當時不知道妳們是無辜的，所以用棕色頭髮進行了詛咒儀式。回家以後，我馬上會想辦法取消或反轉那項儀式，一有消息會立刻向各位通報。」克麗奧歉然低頭。

「詛咒？」凱特琳問。

「一項祖傳的古老洗淨儀式。」克麗奧的臉上寫滿罪惡感。「真的很抱歉。」

「都超過半年了，我和潔絲敏都還好好的，說不定不是我們的頭髮呢。」阿娣麗娜莞爾一笑，道：「搞不好是娜芙蒂蒂的材料又出了差錯，是吧？潔絲敏。」

潔絲敏不置可否，問道：「妳們想對伊莎貝下咒嗎？」她取出一支收藏在透明夾鏈袋中的針筒。「兩天前我曾以這隻針筒替伊莎貝施打吐真劑，上面應該沾有她的體液或ＤＮＡ，送給妳。」

克麗奧雙眼發亮，連連道謝，還掏出一冊薄薄的小書作為能量交換。「這是家傳的影子書，送給妳們作為回報，總之，任何狀況我們都會和妳們聯絡，就此一別吧。」

「為什麼我們不用魔法幫她們？」娜芙蒂蒂對姊妹擠擠眼睛。

「這不是屬於女巫的戰役，如同四百年前的一樣。」克麗奧回答。接著她轉身面向我，裙擺在空中飄揚。「妳的名字是玫芮迪絲對吧？好名字，大海的守護者。謝謝妳的淚水和熱心，願意挺身而出帶我一同游回岸上。我在塔羅中看到妳的未來，妳很重要，無論妳們七人打算前往何地，妳都絕對不能缺席。記得克麗奧的話，空白的塔羅牌也代表無限可能。」

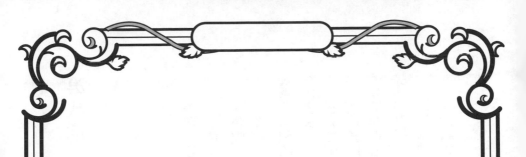

安眠仙客來

【目的】防止惡夢侵擾

【時間】夜晚

【配方】裝有木炭的防火盤1個、打火機；柯巴脂、杜松莓、乾燥仙客來花混合的焚香；15~20公分黑色蠟燭1支、仙客來盆栽1盆、60公分紅色緞帶1條

【作法】點燃木炭、灑入焚香，點燃黑色蠟燭，唸道：「黑暗女神黑卡蒂，光明女神維納斯，請為我帶走惡夢、換來好夢。」將紅色緞帶穿越煙霧，唸道：「純淨美夢與我常存。」然後繫在盆栽上，打蝴蝶結。最後將盆栽放在房間內照料。

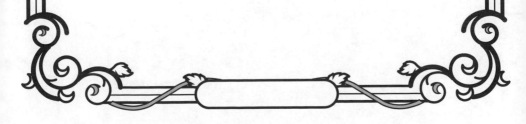

第八章

美國　紐奧良

「就是這裡？」我問。

「嗯哼。」李歐再度戴上冷漠的面具，恢復他的硬漢形象。

李歐衝到港邊尋找我們，其實是一連串行動的最終結果。早在我們七人於香港走散後，他便透過假護照的姓名比機場入境資料，進而得知我們抵達美國境內，並於波士頓短暫逗留後啟程前往紐奧良。

在智慧微電腦腕錶發出求救訊號前，男生們已經進行了相關佈署。

透過賽門一些見不得光的人際網絡，他們找上紐奧良當地的黑幫勢力，承租下一幢由幫派份子經營的古老旅舍及其周邊的保全系統，認為這樣就可以完全避免陌生人接近和偷襲，是萬無一失的好計畫。

「以基地而言，你們選擇的旅館面積似乎太大了，會不會難以掌握？」凱特琳問。

「面積大但是死角多，易守難攻。」李歐回答。

旅館其實是一幢古宅，位於道路寬敞且路樹茂密的住宅區。而所謂的保全，就是小弟們輪流在十字路口站哨，幾秒鐘前我們才和幾名神色不善的年輕人擦身而過。

車子於一幢磚紅色的宅邸前停下，這棟三層樓高的建築物擁有整齊排列的白色窗格，院落之內，面街方向的一二樓皆是開放式敞廊，繞有雕花繁複的白色連拱鐵欄杆。夕陽餘暉讓大宅看起來有如沐浴在燃燒的火焰中，前院裡的幾棵樹木在冬日裡將滿身葉子脫了個精光，細索裸露的枝椏拉長了的影子自地面攀向白色窗櫺，令冷清的旅館更添蕭瑟。

「這房子看起來不像旅館，倒比較像是學校，而且是那種會鞭打小孩的寄宿學校。」我不甚確定地說。

「孤兒院。」李歐面無表情，熄火後拔出鑰匙。「聖文森旅館的前身是孤兒院，當時因流感死了不少孤兒，所以成為紐奧良知名的鬧鬼旅館。」

「鬼屋？」我的下巴差點掉下來。

阿娣麗娜緊挨著車窗打量旅館，嘀咕起來：「選擇這裡，是因為鬧鬼傳聞會讓遊客聞之卻步嗎？除了香港的青年旅舍以外，我從來沒有住過五星級以下的旅館，糟糕的床單會讓我皮膚過敏。」

「我們之所以包下整座旅館，是因為老闆同意讓我們臨時加裝保全系統，並且調派閒置的人手定時巡邏。再加上賽門那些駐守定點的朋友以及白天湧入的大批好奇觀光人潮，應該足以嚇走我們不友善的訪客。」李歐耐著性子解釋。

「意思是說旅館夜裡的訪客多半都很友善？」我對阿娣麗娜眨眨眼，戲謔地笑道：「放心，今晚妳肯定不會因為床單太糟糕而過敏，因為床上的派對會讓妳沒有空間睡覺。」

「玫芮迪絲！」阿娣麗娜白了我一眼。

「來吧，旅館的中庭有大草皮和游泳池，沒有妳們想像中的可怕。」李歐敞開車門，見我們動作慢吞吞、猶豫著要不要下車，於是他乾脆說道：「賽門和尼可拉斯都在裡面唷。」

聽他這麼一說，潔絲敏和阿娣麗娜立刻如上緊發條般動了起來，我們跳上人行道，像一群小雞般亦步亦趨跟著李歐，一邊緊張兮兮地閃躲黑暗中的假想敵，最後在旅館入口前擠成一團，讓一位貌似園丁的老伯替我們拉開鑄鐵大門。

老伯應該有一百歲了吧，冷風襲來，鬆垮的皮膚自他高舉的手臂垂下，宛如迎風飄逸的歲月旗幟。他以沙啞嗓音指引我們踏上前庭小徑，登上被踢踩至體無完膚的露天臺階，最後魚貫進入旅館大廳。

「各位的房間已經準備好了，七間連號套房的其中四間。」管家是一位禮貌中帶著冷淡的老太太。她應該也有一百歲了吧。

「謝謝妳，維歐拉。」李歐從老太太骨瘦嶙峋的手裡接過鑰匙，交給我們一人一把。

我握著手上沉甸甸的銅製鑰匙，心裡直發毛。雖然剛才還頗能從惡作劇中自得其樂，但親眼看見了磨損嚴重的地毯和油漆斑駁的牆壁，以及年齡足以比擬古宅的園丁與管家，我就再也笑不出來了。

李歐引領我們經過昏暗的迴廊，廊間的牆上懸掛了百年前孤兒們的黑白合照，泛黃的老照片帶有一種詭譎的氛圍，我趕緊移開目光，避免與照片中的面無表情的孤兒們有視線接觸。但願這幢陰森的建築不僅是嚇著了住客，也真的能嚇退穆薩甚或其他來意不善的人。

我們沿著大廳的旋轉樓梯蜿蜒向上，甫登上二樓，便聽見遠處傳來急促的奔跑聲和呼喊聲。廊道彼端冒出兩道模糊人影，等到人影變成我們熟悉的模樣，先是阿娣麗娜，然後潔絲敏也跟著拔腿狂奔起來。最後四道迅如疾風的殘影在廊間相聚，融合為兩團交纏的身形。

「現在的年輕人也真是的，就這麼迫不及待？」李歐撇撇嘴，言語間妒意濃厚。

「呵呵，李歐有身為父親的心情唷，改天潔絲敏和賽門結婚，他八成會淚灑紅毯。」凱特琳詼諧地說道。

「這幾個孩子都年輕得足以當我的兒女了，我當然會多幫老朋友梅蘭妮和克勞德多注意一點啦。」李歐以舊皮鞋的鞋尖踢著地毯，喃喃說道：「朱利安瘋了，卡拉過世了，也順便幫他們這個忙。」

「還有伊莎貝，還有希妲。希望所有上一代的恩怨到此為止，七個家族由我們這一代團結起來。」凱特琳搭上他的肩，微笑道：「李歐，你是我們的大家長。」

李歐搔搔頭，那張有著鷹勾鼻的寬臉霎時竟變得親切許多。

「大叔，你有老婆小孩嗎？」我問。

「離婚了，沒有小孩。幹嘛？」他不自在地問。

「為什麼離婚？」我又問。

「妳的問題還真多，問問題的技巧也不太妙。麻煩精，如果妳是打算以後朝新聞業發展，最好馬上開始練習如何婉轉說話，否則肯定會經常碰壁，就像現在。」李歐垮下臉。

「小氣。又不是跟你討糖果屋的門板或柱子，幹嘛像死守盤子裡的食物似的保守秘密？」我嘖嘖出聲。

李歐不理會我，轉身對凱特琳說道：「看來他們還要摟上好一陣子，唉，我先去街上買點東西，抵達羅馬的時候會用得到。另外還要搬幾箱啤酒回來，今晚必須開會討論如何進出梵蒂岡，這將是一個漫長的夜晚，希望大家在繃緊神經前能適度放鬆。」

「咦？等等，我還沒有同意要參加呢。」凱特琳一怔。

李歐長長嘆了口氣，道：「別逗了，根據妳們方才描述潔絲敏與阿娣麗娜這一兩天的惡化情形，私人恩怨已經不再納入考量。」

凱特琳陷入沉默，縱然金色假髮遮住了她的後腦的燒傷，她的痛苦依然明顯的表現在臉上，我彷彿可以從她急促的呼吸中感覺到紛雜的情緒。這令我不禁思忖，凱特琳是否還難忘舊情？不曉得李歐打得如意算盤是什麼？莫非真要請莎拉賣凱特琳面子？呃，這個念頭讓我渾身不舒服。

阿娣麗娜與尼可拉斯、潔絲敏和賽門手拉著手走了過來，經過一連串的擁抱親吻與繾綣細語，分別數日的兩對小情侶終於心滿意足，令人豔羨……天哪，我真的好想知道關於莎拉的所有細節。

「嘿，男孩們，李歐要進市區採買物資，聽說是要搬啤酒呢，你們一塊兒去吧？幫個忙，順便幫忙把我租的車開回來，我挺喜歡那輛車的。」凱特琳說。

「安全嗎？」潔絲敏問。

「放心，已經和角頭打過招呼了，地方上一有風吹草動就會和我們聯繫。」賽門說。

「我可以幫忙。」尼可拉斯一口答應，他拉拉女友的手，一臉深情地問道：「要不要和我去？」

「我真的很想去，可是我覺得自己下一秒就要睡著了。我們幾個女生為了伊莎貝和女巫的事情已經很久沒能放鬆心情了，現在尋回凱特琳和玫芮迪絲的法器，終於可以好好休息。」阿娣麗娜撒嬌地把頭靠在男友肩上。

「經妳這麼一提醒，我也覺得好累。」凱特琳伸了個懶腰。

「我不行，我得留下來照顧潔絲敏。」壯碩的賽門摟著嬌小的潔絲敏，彷彿賞玩著一只精緻的陶瓷娃娃。「潔絲敏的原罪天性愈來愈明顯了，在索亞之書翻譯完成之前，我要寸步不離地守著她。」

「去吧，我沒關係。」潔絲敏說。

李歐不自在地別開頭，說道：「讓女孩子們好好睡一下吧，等我們回來以後，還得熬夜討論呢。」

「我也要去，我的時差一直沒有搞定，現在精神好得很！」我舉起手毛遂自薦。

「麻煩精，妳不累？」凱特琳大感意外。

「女巫說了，無論這個團隊要去哪裡，身為關鍵人物的我，絕對不能錯過任何重要任務。」我咂舌。

「女巫的確這麼說。」阿娣麗娜雙手抱胸，挑眉道：「不過買啤酒算是重要任務嗎？」

「說不定在路上就會開個動腦會議嘛。」我說。

「好吧，想去的人都可以去，可是妳們得擔任搬運工，別指望我當妳們的保姆。」李歐撂下狠話。

「李歐，別趁機惡整賽門。」潔絲敏說。

「別擔心，我們的李歐爸爸是標準的嘴硬心軟、鐵漢柔情。」凱特琳抿嘴一笑，同時將車鑰匙拋給尼可拉斯，後者於半空中精準接住。

我們重返市區，步行經過『鬼故事與萬靈藥』店鋪時發現大門緊閉，女巫們也不知所蹤。李歐說君主號已經被港務人員盯上，遊艇和穆薩等人已經成為列管的黑名單榜首，暫時不會現身紐奧良。

天色逐漸暗下，但夜色並沒有掩沒這城市的繽紛色彩，相反地，濃厚的墨色將林立的酒吧霓虹燈襯托地更為耀眼燦爛。法國區的波本街，儼然是立法公開的不夜城。

很難想像地方政府居然開放在大街上公然飲用酒精飲料，這項開明的法條讓遊客陷入極度亢奮，滿街都是捧著鮮豔飲料高聲談笑的人們，彷彿街頭就是露天的酒吧。愉快的氣氛讓我想起澳洲的黃金海岸，人們在海水裡耗盡體力後，便會起身前往酒吧點杯雞尾酒，延續那暢快淋漓的感受。

我向來滴酒不沾，一方面是外公不允許，另外一方面是我的母親在飲食上非常養生，她只喝茶，最好還是有機的茶，為了討好她，即便外公偶爾在餐後會喝杯啤酒，那冒泡的金色液體大大方方地擺在桌上，我也不曾費心偷嚐一口。

「看哪，滿街醉鬼。」我對一旁的賽門小聲說道。

「有機會我帶你去泰國清邁玩，保證更有看頭。」賽門淘氣地眨眼。

「省省吧。」我說。

聽說酒精能麻痺理智，還能剝奪行為能力。我看見兩個男人攙扶著一個喝醉了的女人經過，女人一會兒拳打腳踢，一會兒又放聲大笑，步履蹣跚地讓人拖著往前走，臉上的妝容花成一團。詭異的是，旁邊的人似乎見怪不怪，也許這番奇異的光景早已成為紐奧良的日常平凡。

正當我好奇打量那兩男一女時，波本街頭的下一幕才真的讓我目瞪口呆——

前方幾公尺外，另一對醉醺醺的男女駐足於街道中央，他們朝酒吧二樓的露台吹起響亮的口哨，接著女人拉起上衣，當場露出兩只肥胖的乳房，毫不羞澀地左搖右晃。

「當街露奶？我開始喜歡紐奧良了。」賽門興味盎然地說。

「潔絲敏八成不會太喜歡。」我白他一眼。

露台上的酒客大聲叫好，同時扔下幾條代表馬蒂格拉斯嘉年華的紅、金、綠三色珠鏈，這種紀念品在波本街上隨處可見，幾乎人手一條。只不過此刻之前，我並不曉得珠鏈是公然裸露的加冕。

這時，那名上空女子的男伴跟著出招，只見他俐落地將褲子褪至腳邊，下一秒，大方展示起他的傢伙。

賽門的笑容瞬間僵在臉上。「噢。我同意妳的看法。」

這次露台上響起更多熱烈掌聲，閃爍金光的珠鏈從天而降，那對男女拾起戰利品，得意洋洋地掛在脖子上，還一邊揮手並一邊送出飛吻，彷彿頸子上的不是塑膠玩具，而是奧運金牌。

「天哪，我覺得買酒似乎不是個好主意。」我低語。

「多麼美好的夜晚，不如先喝一杯吧？」李歐裝作沒聽見，自顧自地往街角一間酒吧走去。

「我也需要來一杯壓壓驚。」賽門說。

「這樣好嗎？阿娣麗娜不會喜歡我們喝酒。」尼可拉斯躊躇原地。「況且剛經歷了女孩兒們被綁架的事情，我只想趕快回去阿娣麗娜身邊。」

「都說了我兄弟會罩，小酌兩杯而已，我女朋友是絕對不會插手這種小芝麻小事的。怎麼？你是嬰兒嗎？保母阿娣麗娜會不高興？」賽門促狹地探問。

「阿娣麗娜只是習慣照顧別人而已。」尼可拉斯冷道：「你儘管多喝幾杯，據我所知，潔絲敏肯定不會在你耳邊嘮叨，頂多就是像個諜報家一樣收集吵架的材料，等到哪天心血來潮，再一次把總帳算清楚。」

「說得好。」我咕噥著表示同意，目光持續跟隨李歐。

大叔的身影倏地消失於酒吧門後，這下可好，我的梵蒂岡情報來源下定決心要灌醉自己，我怎能不把握這大好機會！

「我豁出去啦，你們不進去就別擋路。」我擠過兩人，大步往酒吧走去。

百葉門在我身後自動闔上，傍晚的店內已經坐了七成滿，幾名胸口扣子敞開的年輕侍者穿梭在桌子間，點酒、送酒，與客人高聲談笑，她們盡力讓短裙在旋身之際飄揚，促使男人的興頭和圍裙中的小費漸漸鼓脹。

紐奧良是爵士樂的發源地，瀰漫的煙霧與悠揚的爵士樂在酒吧裡相互交纏，一組五人樂隊在舞台上進行現場演奏，樂手們略有年紀，吹奏薩克斯風和小喇叭時架勢十足。酒吧裡還有一面掛滿了爵士樂手相片的牆壁，我對爵士樂所知甚少，依稀記得路易斯阿姆斯壯的名字，卻認不得他是照片中的哪一個。

我匆匆穿越數張桌子，在眾多不懷好意的注目禮中找到李歐，大叔已經自顧自地找了張空桌坐下，正在和一個擁有性感厚唇的服務生打情罵俏。

「我推薦經典薩茲拉克，最適合你這樣的硬漢了。」女服務生嚼著口香糖，嗓音有如被酒精灼燒過般的沙啞混濁。

「太好了，波莉，就給我來杯那個吧！」李歐對她笑嘻嘻地說。

我扮了個噁心反胃的鬼臉，拉開椅子於桌邊坐下。隨後，賽門和尼可拉斯也加入我們。

才剛就座，賽門便迫不及待地指著尼可拉斯說道：「麻煩給這個小寶寶來杯杏仁奶酒。」

「杏仁奶酒，嗯嗯。」波莉複誦。

「請問你們有普洱茶嗎？這位先生對亞洲文化非常熟悉，尤其是最需要耐性的品茶。」尼可拉斯意有所指地說。

「沒有。」波莉將口香糖嚼得咂咂作響。

「那就替這位先生點長島冰茶吧，我請客。」尼可拉斯故意拉長『茶』的音。

「你們倆可真成熟哪，通通喝醉了那誰來開車？這下子別說幫凱特琳把車開回旅館了，就連原本開來的車都開不回去。」我以手撐住下巴，瞇起眼睛。

「好的，一杯薩茲拉克、一杯奶酒和一杯長島冰茶。」波莉的鉛筆快速在紙上書寫。「小姐要點什麼呢？」

「她還小，不能喝酒。」李歐對女服務生微笑。

「喔？我當然可以，管它的呢。請問酒單上有什麼適合女生的嗎？」我賭氣道。

波莉咬著鉛筆，說道：「馬丁尼、紅粉佳人、螺絲起子、蘭姆可樂——」

「給她蘭姆可樂，不加蘭姆。」李歐插嘴。

「——琴湯尼、教父、雪莉登波、古典雞尾酒、瑪格麗特，還有環遊世界。」波莉一口氣說完成串罪惡化身般的名詞。

「環遊世界聽起來不錯。」我對服務生點點頭。

「好，各位帥哥的飲料馬上就來。」波莉的眼神掃過男生們的臉龐，隨即搖擺著腰肢離去。

「很好，你們都不擔心我向你們的女朋友打小報告嗎？」我瞇起眼睛質問。

「麻煩精，別這樣，尼可拉斯需要放鬆一下。」賽門伸手摟我的肩膀。

我拍開他的手，大眼一翻。

「我知道妳肯定會守口如瓶的，對吧？像妳這樣大喇喇的漂亮女孩，通常哥兒們比好姐妹多出數十倍。」賽門露出瞭然於心的笑容。

我頓時無言以對。

賽門將我看穿了，成長過程中沒有母親與姊妹，所以我不太曉得如何和女孩子相處。絕大部分同儕都因為我超齡的美艷外型而將我視為眼中釘，我是無所謂，反正我深知自己的優勢，也不屑刻意討好別人。

不過，和阿娣麗娜、潔絲敏以及凱特琳連日來的相處卻發展出超乎預期的情誼，我驚覺自己開始為她們著想，而尼可拉斯和賽門對我而言已經不是『男人』，而是『朋友的男朋友』這種嶄新的生物。

「那也不代表你我的關係已經火速發展為可以勾肩搭背的哥兒們。」我撇撇嘴。

「等妳三杯黃湯下肚，就會對人際關係有一番新的解讀，所有男人都變得順眼起來，通通可以勾肩搭背。」賽門咧嘴一笑。

「玫芮迪絲只能喝一杯。」李歐咕噥。

「而在場所有男性中又屬我最有魅力，到時候妳就會自己靠過來了。」賽門信心十足地說。

「未必，搞不好我覺得整間酒吧裡最讓我感興趣的是波莉。」我吐舌。

「妳喜歡女人？這我倒沒想過。」賽門抓抓頭髮。

「誰知道呢？搞不好我等會兒就會對人際關係有番新的解讀。」我說。

「那也不錯，代表妳和李歐品味相近，會很有話題。」尼可拉斯挑眉。

李歐聞言後面紅耳赤，賽門與我則被逗笑了。

端著盤子的波莉回到桌邊，她將四杯色彩繽紛的飲料放在桌上，邊嚼口香糖邊奉送了一個充滿誘惑的微笑。「還需要什麼嗎？」

「沒有了，謝謝。」我急著打發她，深怕她將別人的男朋友生吞活剝。

「好吧。」波莉瞪我一眼，自討沒趣地離開，招呼別的客人去了。

我將視線挪回面前的雞尾酒『環遊世界』，努力不讓自己看起來像個張大嘴巴的呆瓜。這杯酒美得令人歎為觀止，高腳杯中由下而上延伸出泛著螢光的漸層色，深藍、淺藍、墨綠、黃綠色再到接近透明的青色，杯口還燃燒著一簇火焰，彷彿將冰山、沙漠、湖泊、草原和火山全都濃縮為一杯雞尾酒。

我小心翼翼啜了一口，噁，根本像搞砸了的綜合果汁。我推開外型比口味吸引人的雞尾酒，觀察起男孩們對飲料的反應。

「尼可拉斯，需要幫你換成奶瓶嗎？」賽門指著飄散奶香的杏仁奶酒問。

「不必，一點酒味都沒有，根本是拿鐵。」尼可拉斯狂飲一大口奶酒。「我警告你，別再拿阿娣麗娜開玩笑了。」

「我以為你對自身的戀母情結毫無芥蒂。」賽門朗聲說道。

「我沒有戀母情結，阿娣麗娜只是過度擔憂她母親原罪天性的惡化，所以變得比較神經質。」尼可拉斯的深邃黑眼閃爍起醉意與惡作劇的光芒，他回擊道：「我看你才有戀童癖咧，潔絲敏看起來比麻煩精還小！」

「知道尼可拉斯的厲害了吧？」我抿嘴竊笑。「對了，你的吸管是粉紅色，杯緣還有檸檬片耶，好娘！」

賽門面前的長形玻璃杯中滿是碎冰，氣泡從冰塊四周緩緩上升，粉紅色的吸管和半透明的檸檬片組合出一種充滿女性表徵的氛圍，和擁有它的那個肌肉發達的大塊頭完全搭不起來。

「好喝。」賽門含著吸管用力吸了一大口，對我們眨眼說道：「潔絲敏雖然纖細嬌小，可是我就愛她那種聰穎又善解人意的神祕氣質。」

「善解人意？我看是難搞吧！」尼可拉斯差點把奶酒噴出來。

「喂，放尊重點！」李歐將矮杯中的醇厚的琥珀色佳釀一飲而盡，以手勢再度向波莉點了一杯。

「你呢？每次阿娣麗娜吩咐你事情，你就像是搖尾巴的小狗狗一樣乖乖聽話。」賽門將杯中的長島冰茶吸得一滴不剩。

「起碼阿娣麗娜說話直接了當，不需要去猜測她的心意。至於你那喜怒不形於色的女朋友呢，我看你可能得向女巫拜師學藝，才能占卜她的想法。」像是某種競爭似的，尼可拉斯的酒杯中也一乾二淨。

波莉很快地將第二輪雞尾酒送上桌來。

「其實你們兩個不需要批評對方的感情狀態，阿娣麗娜太愛掌控，潔絲敏則太鑽牛角尖，基本上你們算是難兄難弟，也沒什麼立場嘲笑別人。」我將嘴唇貼上溫熱的杯緣，慢條斯理地品嚐自己的雞尾酒和深刻評論。唉，還是一樣不好喝。

「如果真要挑剔的話，只能說潔絲敏的防衛心太重，除非親近的家人朋友，否則很難讓她吐露心聲，再加上她很喜歡獨處，而我習慣交遊廣闊的生活，一開始交往確實花了很多心思和時間磨合。光是要說服她一起到香港，就花了我整整一個月的時間呢！」賽門坦白地說。

「這樣啊，潔絲敏還是對我和阿娣麗娜心存不滿嗎？」尼可拉斯眼中浮現疑慮。

「也不是不滿，只是她情願在地球的某個角落裡寧靜的生活，也不想面對不愉快的過去，潔絲敏現在仍隨身攜帶父母留下的童話手抄本呢。」賽門無奈地說。

「都快三年了，這可不是什麼好現象。」李歐搖頭。

「她一定很想念過世的家人，我還以為潔絲敏說她已經放下過去，不再追究了。」尼可拉斯感嘆地說。

「哪有這麼容易，潔絲敏這孩子，總是個寧願自己痛苦也不想麻煩他人。」李歐說。

賽門與尼可拉斯喃喃點頭表示同意。

「什麼過去？她想追究什麼？」我不明就裡地問。

賽門若有所思地看了我一眼，避重就輕地說道：「身為七原罪的傳人也不是我們自願的，有時候，我擔心她是受到原罪懶惰的驅使，才會對許多事情提不起勁。」

「我能理解，我的狀況剛好和你相反。阿娣麗娜喜歡事情按部就班、有條不紊，現在她母親的聽力忽然變得比動物還要靈敏，也不知道索亞之書裡到底有沒有解套的辦法，這讓她變得有點歇斯底里。」尼可拉斯輕嘆。

「真搞不懂你們是在說謎語還是說醉話。」我雙手抱胸，斜睨他們。

「同是天涯淪落人，乾杯。」賽門舉杯。

尼可拉斯讓兩隻杯子輕輕撞擊，兩個男孩在苦笑中嚥下香甜的酒，尋求暫時的解脫。

第二輪結束後，接著又是第三輪、第四輪，雞尾酒的競賽停不下來。

也許是爵士樂太適合在朦朧的感官條件下欣賞，總之，昏暗的燈光和震耳欲聾的音樂讓眼前的一切都變得唯美，十幾分鐘後，酒精在男孩子們的血液中奔騰流竄，我發現他們的臉部肌肉愈來愈放鬆，笑容也跟著狂放起來。

「尼可拉斯，你說得對。有時候我的確猜不透她的心思。」賽門自言自語地說。

「別難過，兄弟。」眼神渙散的尼可拉斯搭上賽門的肩。「我女朋友習慣替我做所有決定，她甚至為我們規劃了逢年過節去拜訪我父親的活動。」

「如果朱利安是我父親，我也不太想去拜訪他。哈哈！話說回來，我連自己父親是誰都不曉得呢！一年以前，潔絲敏積極地幫我找回家族法器，接著我發現金援我的慷慨阿姨居然是不想養育我的親生母親，怪了，潔絲敏怎麼能確定我想了解自己的身世呢？連我自己都不知道呢！」藉著幾分醉意，賽門高舉他手上的寶石戒指，吃吃笑了起來。

「你沒講她怎麼會知道？不過我確定她若是知道你醉成這樣，肯定會火冒三丈！」我自半空中拉下他的手。

「你們這些問題都算不上是真正的問題！」李歐搖晃著酒杯，憨直地說：「原本我也可以跟朱利安或卡拉一樣擁有孩子的，可是我沒那個膽，我一直擔心自己的後代會和先人一樣坎坷，所以我偷偷跑去結紮了。」

「結紮？」賽門和尼可拉斯同時瞪大眼睛，隨即捧腹大笑。

「對啊，我瞞著我太太自己跑去動了手術。」李歐也笑了，一雙藍眼卻透露著苦悶。「我太太為了懷孕嘗試了各種方法，我卻不敢跟她吐露實情，因為一旦承認了結紮，就必須將身為原罪的事情全盤托出。我怕她無法接受我的身分……結果當她發現我做的事，還是離開我了。」

「原來你結過婚啊？」

「當然，我太太當年可是校花呢。」

「可想而知。」幾口雞尾酒令我頭昏腦脹，於是斜趴在桌上，把玩著杯中的吸管說道：「你不該欺騙你太太的，坦白會讓她握有去留的決定權，欺騙則讓她退無可退。」

「哎呀，妳不懂男人的心啦。」賽門拍拍李歐，又幫大夥兒叫來第九或是第十輪的雞尾酒。

「有時候男人為了保護關心的人，的確是會撒點小謊，寧可打落牙齒和血吞。」尼可拉斯點頭附和。

「唉唷？喝了酒以後，你們就成了知己莫逆了嗎？」我悶哼。

難怪酒吧裡的酒客大多都是男人。原來這種生物喜歡喝兩杯，是因為酒能讓他們輕鬆說出平常說不出口的話，然後平常對立的兩人會突然變得惺惺相惜，這就是男人之間的友情。

當場景不是在維護自身利益的會議桌上時，我發現這幾個男生其實滿有趣的，賽門是個狂妄的痞子，尼可拉斯是個冷面笑匠，而彪形大漢李歐擁有一顆玻璃般易碎的心。三名個性截然不同的男人卻擁有一項共同點，那就是對於關心的人都同樣呵護倍至，他們不吝於付出愛。

「現在看看你們這幾個傢伙！」李歐摸了摸每個人的腦袋瓜。「好像有孩子也滿不錯的哩！」

很好，他醉了。

「一群呆瓜。」我搖搖晃晃地起身，道：「我要去廁所。」

「快去快回，妳還趕得上下一輪。」賽門朝我揮揮手，送出飛吻。

雖然神智清醒，但是我感到一陣飄飄然，世界彷彿天旋地轉，這八成就是喝醉的前奏。在酒精的催化下，我的每一步都彷彿踩踏在餘波盪漾的水面上，走往盥洗室的路途變得曲折離奇，還險些跌坐在某個傢伙的身上。

「嘿，小心。」蓄著漂亮八字鬍的男人對我笑道。

「不好意思喔。」我扶著桌子，投以歉然的微笑。

之後的過程就順利多了，我並沒有如網路上酩酊大醉的短片主角那樣糗態畢露，既沒有將衛生紙像長尾巴一樣夾在褲子裡，也沒有抱著馬桶吐，我甚至記得要洗手。

當我走出盥洗室，隨即意識到大事不妙，那個蓄鬍子的男人在門口堵我。

「嗨，我是亞歷。」他說。

「嗨，亞歷，麻煩你讓一讓。」我試圖擠過他身旁。

亞歷以身軀擋住我的去路，上半身向前傾，酒氣燻天的嘴巴湊上前來。「妳想離開酒吧了嗎？」

「不想耶，我和朋友一起來的。」我試圖推開他。

忽然間，一道咻咻聲劃破空氣，一顆黑色小石子以漂亮的弧度先擊中亞歷的手臂，接著又迴旋彈開，讓亞歷痛得顫聲吸氣、髒話連連。

鮮血飛濺，不過一秒鐘的光景，橫擋於我面前的那隻手便皮開肉綻，傷口看起來不像石頭砸傷，反而像是槍枝造成的擦傷。

下一刻，亞歷被人騰空舉起，接著向後拋開—

我在驚訝中瞥見李歐冷峻的臉。

「尼可拉斯，帶玫芮迪絲先走。」李歐吩咐。

「妳還好吧？」尼可拉斯上前扶我，他的臂膀支撐著我的重量，我這才發現自己的雙腳像果凍一樣軟弱無力。

「還好，我們走吧。」我點點頭。

回程的路上，我忍不住問道：「李歐，你那招真是太帥氣了，沒想到你還會摔角。還有，剛剛射的那是什麼暗器啊？」

「你看錯了。」李歐迴避我的問題。

「我們都看見你拿尋人石當飛鏢使了。」尼可拉斯說。

「放心，在場沒有人會把你的祕密說出去，不用擔心親愛的乾女兒會找你麻煩。」賽門眨眨眼睛。

「這可不一定喔。」我掀開上衣取出夾藏在腰際的匕首。匕首出鞘，露出線條優雅的刀鋒和兩側刀面上浪花般的精巧飾紋。這把匕首儘管歷經千年的波折卻依然銳利，需要以柔韌的皮革刀鞘包裹才不會傷人，不曉得它是儀式用刀還是戰鬥用刀？

「我也很想知道匕首的功能是什麼，如果你們願意教我怎麼用刀，我就不把今晚的事情說出去。」我狡猾地勾起嘴角。

「這是敲詐啊，也不想想方才的糾紛是因誰而起。」尼可拉斯苦笑。

「我倒覺得這個想法很好。」李歐沉吟道：「我們七人是一個團隊，儘速提昇玫芮迪絲的戰力，對大家都有好處，麻煩精，就讓凱特琳、賽門和尼可拉斯輪流替妳進行訓練吧。

「耶。」我高聲歡呼。

這是我第一次被既像是朋友又像是家人的團體包圍，我猜，擁有手足的感覺約略就是這樣，你可以和對方爭論得面紅耳赤、可以隨意說出心中的想法即便對方不認同，但是在危及時刻，家人絕對不會拍拍屁股走人，家人會站在你身邊，為你惹上的麻煩挺身而出。

「既然各位這麼爽快，我也必須有所貢獻，剛剛有個想法在我腦子裡成形了，我有把握聲東擊西，讓大夥兒闖入梵蒂岡宗座宮殿。」我說。

「麻煩精，妳又想出什麼鬼點子了？這回是打算讓我們再打上一群架，還是害得我們被逮捕？」賽門挑眉。

「都不是。」我故作神祕地微笑道：「你們覺得，讓上帝顯現神蹟如何？」

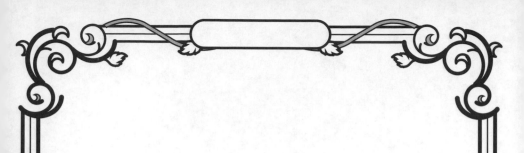

覆盆子葉茶包

【目的】緩和孕期痛苦

【時間】滿月的夜晚

【配方】15~20公分淡藍色蠟燭1支、打火機、乾燥覆盆子葉9片、15*7.5公分全新棉布1條、縫針1根、白色縫線1捆、剪刀1把、有蓋容器1個（用來裝完成品）、茶杯1只

【作法】點燃蠟燭，唸道：「滿月，孕育生命的子宮。」將覆盆子葉放在掌心，唸9次以上：「萬物之母、大地之母，請四與分娩時的自在與放鬆。」然後將葉子放在棉布中央，對摺後縫好四邊，完成茶包並唸道：「請保佑。」

【備註】使用草藥之前請先諮詢專業醫師

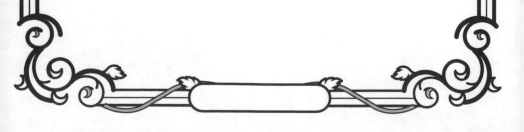

第九章

梵蒂岡城國

「再告訴我一次，為什麼我們要自己送上教廷門來？」凱特琳連連嘆氣。

隨著距離愈拉愈近，城池也愈來愈清晰可見，巍峨的黃褐色磚牆足足有十幾公尺高，厚度則難以估計。光陰荏苒，經年累月的征戰卻踏不平也穿不透厚實的古城牆，梵蒂岡城國屹立不搖了好幾百年，讓親臨城下的遊客有種穿越時空、步入中古世紀的錯覺。

「基督教在歷經千年的演化後，衍生了許多分支系統，其中又以天主教的結構最為嚴謹。梵蒂岡是天主教的權力核心，以冠冕和聖經牽引這個世界的動向，所以時至今日若還有獵殺女巫的行動，教廷不可能不知情。各位想知道是什麼單位策動一連串的綁架嗎？無論檯面上的命令還是檯面下的祕密，我們都能在這裡找到解答。放心，我在行動之前都會先想好計畫。」李歐朝城門點點下巴。

「是嗎？那昨天晚上喝醉的事怎麼說？」凱特琳問。

「也在計畫之內啊，妳不覺得經過了昨晚，大家變得更有向心力了嗎？」李歐聳肩。

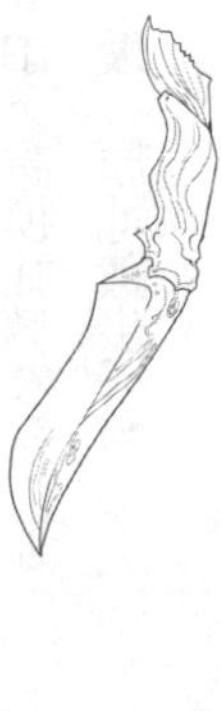

「我在現場，知道內幕，要堵我的嘴就要遮口費。」我說。
「給妳一巴掌比較快。」賽門推我的頭。
「不對，滅口比較快。」尼可拉斯建議。
這兩個男孩之間的火藥味確實消失了，他們談話時的語氣比較像是哥兒們之間的相互調侃，就連尼可拉斯也卸下防衛心，開始懂得說笑了，這一點讓我不得不佩服李歐。
「凱特，我覺得妳太緊繃啦，是因為馬上得和莎拉碰面的緣故嗎？」李歐挑眉，凱特琳則緊抿雙唇瞟他一眼。
從羅馬的地鐵站便可直接步行抵達梵蒂岡城門，來自世界各地的觀光客湧向拱型城門，排隊準備通過安檢。在高聳寬闊的城牆下，隊伍宛若一列渺小而匆忙的工蟻，為了相同的目標前進。這樣也好，我們本來就分屬於不同國籍，現在更是自然而然地混在人群內，以各式各樣的膚色和語言作為掩護。
梵蒂岡的主要通行語言是義大利文，而瑞士衛隊則以瑞士德語溝通，所以身為德國人又曾在神學院求學的李歐佔有相當大的優勢，成為我們此行的嚮導。
雖然計畫明確，緊張卻在所難免。
進入梵蒂岡後，男孩們臉上的笑容消失了，彷彿聽見校園鐘響，瞬間由下課模式轉變為上課模式，個個顯得正經八百。凱特琳則出現一反常態的慌張，拉衣服、扯頭髮、原地踱步。對照之前在紐奧良時那個悉心指導我舞弄匕首的冷靜女子簡直判若兩人。

在這之前，我們花了將近一週的時間待在紐奧良，凱特琳等人輪流教我使用匕首，潔絲敏則對女巫的家傳影子書產生濃厚興趣，一有空就研究魔藥。

我的法器長度是介於小刀與短劍之間，短小鋒利、攜帶方便且容易隱藏，緊急情況下還可投擲，是近距離搏鬥的有效武器。

我的動作愈來愈流暢，擊、刺、挑、剪都非常順手，我比較喜歡接受凱特琳的指導，賽門擁有體格上的先天優勢，所以打鬥時像是衝鋒陷陣的戰士，凱特琳則比較像遊俠，她的訓練講究巧勁，更適合我的體型。

每日的基礎訓練也是必要的，針對靈活度和瞬間爆發力，賽門替我設計了一套負重折返跑和一百公尺衝刺練習，凱特琳都會很有耐性地陪著我跑。可是今天的凱特琳看起來失魂落魄，奇怪得很。

我將她一連串的小動作看在眼裡，心裡雖不是滋味兒卻也莫可奈何，前方兩百公尺就是教廷國了，既然走到這一步便已經沒了回頭路。

我瞄向歲月踩遍的黃褐色粗糙磚牆，耐著性子跟隨隊伍緩緩移動，直到城門的陰影將我們吞噬其中，我彷彿縱身一躍，跳進女巫獵殺悲傷的歷史洪流。我們終於如願進入世上最迷你的國家，同時也是大權在握的國家。

「讓潔絲敏與阿娣麗娜留在紐奧良真的是個好主意嗎？」我壓低音量問道。

「我們已經說好了，每天都會以腕型微電腦裝置聯繫，確認彼此的安全。」賽門笑著回答：

「剛下飛機時我有和潔絲敏通過話，她今天的心情還算穩定，原罪控制得宜，還足足和我聊了十幾分鐘呢。」

「難怪我怎麼撥都撥不通！」李歐眉頭一皺。

「說到這個，阿娣麗娜和我今天還沒說上半句話呢。」尼可拉斯再度看錶，問道：「賽門，潔絲敏在電話中有提到阿娣麗娜嗎？」

「沒耶，老兄，別窮緊張。」賽門拍拍他的肩。「讓我們把該處理的事情辦妥，然後立刻趕回紐奧良。」

我們信步走向聖彼得廣場，面對全世界最大的教堂。聖彼得大教堂確實壯觀，對稱的半圓形羅馬柱廊與廣場上高聳的方尖碑像是在較勁，裝飾華美的教堂圓頂則氣勢恢宏，屋簷上佇立著數十尊栩栩如生的聖徒雕像，宛如延續一場橫越數世紀的神聖會議。

遊客們很興奮，我從廣場的角落裡就能看見。相機快門聲此起彼落，人們急著取景，將畫面擷取為個人收藏，深怕錯過任何細節。我本人沒有宗教信仰，不過即便是以我三流的藝術眼光品評，美輪美奐的聖彼得大教堂也絕對稱得上首屈一指。

當然，這裡還是少不了瑞士衛隊的嚴格監督。

這些傭兵簡直像是勤勉不懈的小蜜蜂，他們負責保護梵蒂岡入口國界和教宗住所，據說全是訓練精良的年輕人，雖然身穿有澎澎袖與燈籠褲的條紋制服，看起來頗為滑稽，但實力卻絕對不容小覷。廣場的青銅門旁就有兩名瑞士衛隊，每當有神父經過，他們便會收回長戟高聲頓腳，讓黑亮的金屬環扣鞋併攏。

又過了十多公尺，大夥兒重新加入排隊隊伍，預備進入名聞遐邇的教堂。

「梵蒂岡城戒備森嚴，想在眾目睽睽下溜進宗座宮殿難如登天，我們為何不趁著夜黑風高時潛入莎拉的住處？」我問。

「要在上萬個房間中找出莎拉的房間太困難了，但是她工作的地點卻只有一個，目標相對簡單。」李歐回答。

「雖說相對簡單，其實也不太容易。國務祕書處是權力中心，涵蓋有三個法庭、三個辦公室、九個聖部和十一個理事會。我們必須在像是迷宮般的建築物內找出一間正確的辦公室。」尼可拉斯提醒。

「反正，只要找對辦公室，就解決了此行最大的問題。」李歐聳肩。

「別忘了她的一大票同事。」凱特琳補充。

「好吧，再加上敲昏她的所有工作同仁，兩個問題待解決。」李歐咧嘴一笑。

漫長人龍的彼端出現一道類似機場海關的安檢門，如同事前調查，我們現在正準備通過此行的第一個危險關卡。為此，我只能被迫將人魚匕首放在羅馬地鐵的置物櫃裡，讓凱特琳替我加上一道複雜的密碼鎖。

「為什麼尼可拉斯可以隨身攜帶法器，我就不行？」我訕訕地問。

「尼可拉斯保證他的手斧不會被X光機掃瞄出來，妳的匕首可能就沒那麼好運了。」李歐耐著性子第三百遍回答我的問題。

凱特琳可能連我的安全感也一併鎖在地鐵置物櫃裡了，我嘟著嘴，惦記著才剛久別重逢便骨肉分離的法器，我可是愈使愈有心得了呢。

為了避免尼可拉斯的小玩具形狀過於明顯，我們將掌上型發射器拆作五塊結構，再分別藏進每個人的隨身物品中，打算等進入教堂內再行組裝。這個發明關乎此行成敗，若是稍有閃失，通宵熬夜想出的計畫就泡湯了。

前方遊客魚貫通過檢查，然後，先是凱特琳、再來是我，緊接著賽門和尼可拉斯也依序完成安檢，分散的幾人重新聚集，在安檢門的另一頭耐心等候剩下的李歐。過了這關，今天的重頭戲就要登場了。

「李歐好慢，年紀大了走不動嗎？」我回首張望。

緩慢移動的人龍忽然間完全靜止，隨即騷動起來。

「糟了！」凱特琳低喊。

眾人一愣，只見李歐被攔截盤查，穿著黑色西裝的安檢人員大手一揮，以手勢和怪腔怪調的英語要求李歐打開隨身行李。李歐略作遲疑，隨即順從地卸下肩上的背包，大方拉開拉鍊，讓對方在背包內東翻西找。

我屏住呼吸，感覺全身上下的血液急速冷凍，完蛋了，瑞士衛隊找到李歐藏起的發射器裝置了嗎？

賽門的防禦機制瞬間啟動，他雙拳緊握，微微踏出一步，隨即被凱特琳以側身格擋，以凌厲眼神制止賽門的衝動。

「看看我，我是良好公民哪。」李歐單手撐著桌子，手指不耐煩地敲打桌面。「您是在浪費力氣，還耽擱了我跟上帝敘舊的寶貴時間。」

「這是什麼？」安檢人員拉出一個黑色布袋。是尋人石。

「私人物品啦。」李歐作勢想搶。

「收回你的手，先生。」安檢人員迅速倒退一步，滿臉不信任。「告訴我這袋子裡面裝了什麼？」

李歐為難地嘆了口氣。「拜託您別打開它，真的只是無關緊要的小東西。」

「先生，你應該知道武器和違禁品是不被允許攜入梵蒂岡的吧？」安檢人員一臉責難，同時扯開袋口，將尋人石整把倒在掌心上，瞇起眼睛問道：「這玩意兒是啥？」

「我的膽結石。」李歐無辜地說：「放在身上，會帶來好運。」

排在李歐後方的遊客吃吃笑了起來，少數幾人則露出噁心的表情。

「這是哪門子的迷信？」安檢人員的臉皺成一團，他火速將尋人石塞至李歐懷裡，同時揮手放行。

我衝著李歐會心一笑，恭賀他成功化險為夷。李歐很快地加入我們，隊伍也再度移動起來。幾分鐘後，我們成功進入聖彼得大教堂。

教堂外部已是不可多得的藝術品，走入細看，巴洛克風格的教堂內部更是金碧輝煌，整幢建築物以各色大理石堆砌裝飾，廊柱上精緻的雕刻令人目不暇給。

驚呼與讚嘆在精緻的壁龕中迴盪，尤其是當我走至聖體傘下、抬頭仰望教堂的大圓頂時，藝術家讓色彩艷麗的畫作結束在最完美的剎那，又讓後人駐足逗留於時空交會的永恆，幾乎忘卻此行的目的。

幸好別人還清醒著。

一晃眼，尼可拉斯便將發射器組裝完成，轉手交給賽門。

隨後我們四散而開，假裝是瀏覽作品的觀光客，趨步朝聖母瑪利亞擁抱過世耶穌的雕塑《聖殤》邁進。這幅作品以大理石呈現出布料般柔軟的質地，聖母的神情憂傷，衣裙自然垂墜，令乳白色的石像彷彿有了生命。

我們面對聖母與聖子雕像，行動即將開始！

尼可拉斯朝李歐微微頷首，李歐接獲訊號，立刻嘗試與四周的陌生人搭訕，最後他鎖定一位看起來頗為熱心的老太太，兩人話匣子打開後相談甚歡，一同對著《聖殤》作品的聖母面容品頭論足起來。

凱特琳和賽門也有了動作，凱特琳看起來像是在玩平板電腦，實則以雜訊干擾附近兩百公尺內的監視系統。賽門則悄悄自暗袋取出剛組裝完成的掌上型發射器，偷偷塞入兩枚潔斯敏特製的彈藥一幾可亂真有如鮮血卻又能輕易洗淨的色料。

我們的共識是除非必要，否則盡量不使用法器，以免原罪的後遺症愈來愈嚴重。因此，這趟任務幾乎完全仰賴尼可拉斯的發明和潔絲敏的魔藥。

除了足以媲美電影特效的色彈以外，影子書還教潔絲敏調製了一劑無色無味的致幻噴劑，效果有如麻醉劑，能暫時阻礙神經傳達，帶來遲緩和陶醉恍惚的感受，堪稱女巫專用的神祕蘑菇。潔絲敏把噴劑裝在香水瓶子裡。

「啊，味道真不好。」我皺著鼻子，順勢取出香水瓶朝四面八方亂噴一通。

很好，我們擬定的計畫正按部就班地進行著。解毒劑早已服下，發射器神不知鬼不覺地換了手，李歐依然口沫橫飛，音量大到引人側目，這也是計畫中的一部分。

此時，賽門從容不迫地將手中物品靠近臉部，乍看之下像是在講電話，只有我們幾個知道，他是技巧性地瞄準前方的靶子——也就是那幅《聖殤》作品。希望他的準頭夠好。

突然間，李歐的低語轉為高喊，他對老太太吼道：「看！聖母流淚了！」

老太太先震驚地說不出話，隔了兩秒鐘，竟跟著大吼大叫起來：「聖母流淚！聖母瑪利亞顯靈了！」

驚叫聲瞬間吸引了所有人的注意力，遊客如潮水般湧向《聖殤》。瘋狂且密集的拍照聲隨處響起，我們的策略奏效了。

「快走！」凱特琳附在我耳畔說道。

現場亂成一團，更多人吆喝著跑進聖彼得大教堂，重複著『聖母顯靈、聖母流淚』的字句，年輕人嚷嚷著要拍照打卡，消息在實體與虛擬世界裡無孔不入，馬上傳遍整個聖彼得大廣場和網際網路。

來梵蒂岡一遊的觀光客本來就是虔誠的教友或藝術品的朝聖者，絕大多數則兩者都是，這樣的結果正中下懷，製造混亂就是我們的目的。即使堅守崗位的瑞士衛隊人員試圖制止奔跑的人們，依舊寡不敵眾。

聲東擊西之後，我們撥開人群，帶著耳際的尖叫吶喊和眼裡的自鳴得意離開教堂，轉往隔壁的梵蒂岡博物館。

接下來的計畫是到法衣室內換上今早準備好的神職人員衣物，喬裝改造後再經由鮮為人知的通道前往宗座宮殿。

「走聖馬太樓旁邊的國王階梯。」李歐帶領我們穿越國王大廳，抵達空蕩蕩的西斯汀禮拜堂。

西斯汀禮拜堂是樞機主教們進行教宗選舉之處，選舉期間會於禮拜堂內放置黑色鐵爐，每經過一輪投票，朝外的爐管便會焚燒出摻有瀝青的黑煙或代表喜訊的白煙。我曾在電視上看過教宗加冕儀式的新聞，所以略知一二。此時長方形的聖殿中杳無人跡，踩在花紋繁複的地板上的跫音依稀可辨。

「再過不久瑞士衛隊就會察覺聖像流淚和監視器遭受干擾的關聯性，之後就會著手清查整個梵蒂岡，時間不多了，必須儘快更衣。」李歐急急說道。

「好，大家先待在這個角落，給我半分鐘癱瘓監視攝影機。」凱特琳啟動智慧型微電腦。

「完畢，開始著裝。」

大家都自動自發轉身面向牆壁，我脫下外套後摺好放入背包，再將有白色領子的黑罩衫直接套在T恤和牛仔褲外面，裝扮成一名修女。這身衣袍讓我很不自在，尤其是緊貼脖子的高領，更是令人呼吸困難，裹著臉龐的頭巾也是。

我動手整理額際凌亂的髮絲，以手指將與主人同樣任性的紅髮一束束塞回頭巾內，抬頭時猛然瞥見天花板上的精緻壁畫，如拼圖般的壁畫組合成複雜華美的教堂穹頂，其中一幅繪畫吸引了我的注意力，那是聖經故事《創世紀》。

圖畫正中央是一棵粗壯的大樹，茂密的枝椏上滿是墨綠色的掌形葉片，樹幹上則纏繞著一條半人半蛇，正打算把手中的物品遞給左側全身赤裸的男女。樹的右邊是一名懸浮於空中的紅衣天使，他揮舞棍棒驅趕男子和女子，很明顯地，這張圖畫的是亞當和夏娃偷食禁果的故事。

繪畫中的人物肌肉線條分明，神韻自然生動，我對那條引誘夏娃的蛇尤其感興趣，那正是亞當的第一任妻子、也是七原罪的祖先——巫術之母莉莉斯。因為莉莉斯對上帝的復仇，才誕生了擁有原罪的七支血脈以及後世側寫的童話故事。

「都準備好了嗎？」李歐粗嘎的聲音打斷了我的思緒。

男士們也著裝完畢了，在李歐的技術指導下，他們綁好腰間繫帶、翻出包覆脖子的羅馬立領，長至腳踝的黑色呢絨罩衫十分合身，乍看之下幾可亂真，和真正的修士並無二致。

「等等，別忘了這個。」李歐遞給我們每人一條鍍金十字架項鍊。

我套上項鍊，讓陌生的宗教符號貼在我的胸口，聆聽我鼓譟的心跳。

「穿越這棟樓後可以從聖達瑪穌大院進入宗座宮殿，尼可拉斯、賽門和我走在前排，凱特琳和玫芮迪絲走後排。記得表情盡量放鬆，擺出一副很超然的模樣。」李歐囑咐。

「噢。」我拍拍臉，鬆弛自己的臉部肌肉。

我們按照李歐的要求成兩橫排，態度不卑不亢，步履不快不慢。我瞪著前方男生們樸素黑袍的下擺，保持平靜無波的表情，努力跟上大家的速度，其實心臟狂跳不停。

李歐彷彿將整幅梵蒂岡地圖銘記於心，每個轉角毫無猶豫經過達瑪穌大院後，一名瑞士衛隊的守衛佇立於豪華電梯前，他宛若雕像般抬頭挺胸動也不動，旁邊則站了另一名穿深色西裝並掛著耳機的男士。

宗座宮殿到處都有瑞士衛隊站崗已在意料之內，我們也早有應對之道。

這身神職人員打扮就是為了應付瑞士衛隊的盤查，李歐特別準備了兩個公文封套，淺紅色的在他自己手上，裡面裝有使徒生活部的公文。白色的則在凱特琳手中，那是一封證明文件，上頭載明我倆是新任協助打理教宗日常活動的聖心會修女。

只見李歐和穿西裝的男士簡單交談了幾句，對方檢查過公文後，便替我們按下電梯按鈕，放我們通行。電梯門開，穿著深藍色制服的年輕男子已經在內等候。男子單手按著電梯門，以義大利語向我們打招呼。

我們步入深色木料裝飾的電梯內，李歐咕噥了幾句回禮，發光的樓層數字緩緩增加，接著隨著電梯門開，門外另有兩名瑞士衛隊站崗，在我們通過時收回長戟、高聲頓腳，在光潔的大理石地板上發出清脆聲響。

我們繼續向前穿越間隔著玻璃窗的敞廊，途中和潛伏於每個轉角的西裝男士頷首示意，並佯裝自然地和每位擦身而過的神父打招呼，在經過數間辦公室後，終於在一扇厚重的木門前停下。

「就是這裡了。」李歐站定，若有所思地瞄了門上寫有『電腦處理中心』的木製招牌一眼。

「呼，好緊張。」我喘息。

臉色慘白的凱特琳嘴角抽動。

「按照計畫，我和尼可拉斯在門口等候，你們三個進去找人。」賽門吁了口氣，轉過身去。

李歐點點頭，他先是敲了敲門，然後轉開門把，讓辦公室內明亮的日光燈灑向敞廊。

那是一間電腦螢幕遠比工作人員還多的辦公室，五張辦公桌內有四名工程師在工作，卻有十幾台電腦同時開啟，為數眾多的電腦螢幕以不同角度相互輝映，彷彿是遊樂園裡令人困惑的鏡宮。

剩下的一人作修女打扮，她背對我們，正比手畫腳地指揮她的同伴，嘹亮嗓音在隆隆作響的送風機中顯得格外有份量。

「傑米負責麥可伺服器，藍道負責路西法伺服器，奈特負責加百列伺服器，你們三個清查伺服器中有沒有被植入病毒，另外法蘭克，你儘快修復監視器畫面，搞不好故障並非來自網路內部，而是透過硬體的蓄意破壞。」修女連頭也不回，便向我們揮手說道：「隊長，請回去告訴主教閣下，網路不像虔誠的信眾，不是三言兩語那麼好搞定。」

李歐尷尬地搔搔頭。「莎拉，是我，李歐啦。」

「李歐？」莎拉驚訝地轉身，她的個子中等，有一雙明亮慧黠的棕眼和微翹的鼻頭，鼻樑上掛著一副古銅色的眼鏡，給人神采奕奕的感覺。「什麼風把你吹來了？」

李歐欲言又止的摸摸下巴，他向側邊跨步，挪開龐大的身軀，露出站在他背後的凱特琳。

莎拉臉色一凜，轉身對下屬道：「傑米，我今天沒有安排會客吧？」

「對，莎拉修女。」一名為傑米的工程師回應。

「那還不送客？」莎拉蹙眉。

「莎拉，我們需要談談。」李歐低聲懇求。

「我不想談，也不想關心你們的需要。」莎拉說。

「凱特琳！」李歐歪著頭，示意凱特琳幫腔。

凱特琳嘆了口氣，她上前一步，對莎拉說道：「給我們五分鐘，當作是我為了妳跑到歐洲去妳卻避不見面，所以欠我的五分鐘。」

「看在往日的情份上，五分鐘一過我們就走，拜託。」李歐說。

莎拉眯起眼睛，視線在李歐與凱特琳之間來回逡巡，忽地她雙眼圓睜，以耳語音量急切問道：「該不會監視系統出問題是你們搞的鬼吧？你們想害我丟飯碗？」

「事出有因，若不是十萬火急，我們又怎麼會千里迢迢找來梵蒂岡？之前我就寫了好幾封信給你，可是你都不回嘛。」李歐低聲道。

「當然不回。」莎拉氣呼呼地說。

「莎拉修女！」我擠開李歐與凱特琳，對她說道：「梵蒂岡是個男尊女卑的國家，想在教廷裡爬上部門主管的位置肯定不容易，要是我走出這扇門，大喊妳對我始亂終棄的話，妳猜大家會不會相信？」

「小鬼，妳威脅我？」莎拉鼻翼怒張。

「如果妳想要在妳的手下面前丟臉，就儘管再大聲一點。」我笑嘻嘻地說：「對了，我還未成年呢。」

莎拉惡狠狠地瞪我一眼，這才勉強說道：「好吧，就給你們三百秒。我們進主管辦公室裡談。」

莎拉轉身，一拐一拐地領著我們走進一牆之隔的小房間，我發現她的腳有問題，繼而回想起凱特琳提過的夏令營縱火。

「你們還剩下兩百五十秒。」莎拉撐著瘸腿走向窗邊。

李歐聞言，口沫橫飛地快速說道：「我們手上握有一份攸關性命安危的古老文件，這份文件造就十六世紀的女巫獵殺，如果不好好處理，可能會掀起另一波世界大戰！所以我們只能仰賴信得過的人。」

「什麼文件？」她問。

「索亞之書。」凱特琳說。

莎拉一愣，道：「不可能，那只是傳聞而已，從來沒有人親眼見過索亞之書。」

「我們不僅翻閱過，而且還握有正本。」李歐扯開背包拉鍊，取出幾張拷貝，試圖遞給莎拉。「這份史料裡記載了幾支擁有特殊力量的古老家族，凱特琳她們家是其中一支，我家也是，為了將這些不尋常的人們斬草除根，才會衍生出女巫獵殺。由此可知，我們是冒了多大的風險才進入梵蒂岡找妳。」

「謝謝你的提醒，讓我再度想起伊莎貝哪副嘴臉。」莎拉雙手抱胸，說道：「我才覺得奇怪，教宗怎麼突然說要召見幾名教團的大教長，方濟會托缽教團啦、歐里歐內神父教團，連耶路撒冷、羅德島和馬爾他聖約翰主權軍事醫院騎士團都被召來。」

「俗稱馬爾他騎士團的那個教團？他們不都在世界各地進行人道醫療計畫嗎？這還真古怪。」凱特琳說。

「這意謂著教廷政治暗潮洶湧，十之八九和索亞之書以及女巫獵殺有關。」李歐思忖。

「連那些恐怖的聖騎士好像也被重新啟用了。」莎拉說。

「聖騎士？」我眨眨眼。這年頭還有騎士？

莎拉把主管辦公室的電腦螢幕轉向我們，秀出一個會議室的監視畫面。

只見年邁的教宗表情嚴肅、眉頭深鎖坐在主位，其他教長繞著桌子圍坐，其中一名約莫六十初頭的男子特別引人注目，他的身形魁武，有一對上揚的劍眉和下垂的薄唇，抬頭挺胸時塊頭幾乎是教宗的兩倍大。

一排身披兜帽的人影站在桌子後方，看起來神色不善，不像教士，倒像是恐怖份子。

「聖騎士就是專門貫徹教廷意志的地下組織啊，聽說是一支七人小組，打著天使的名義，分別持有教宗御賜的聖器，誓言剷除與『上帝之善』所不相容的惡行，早就是梵蒂岡內公開的祕密了。我和其中一個交手過幾次，那位聖騎士真的很變態，不僅全身上下佈滿刺青，還對疼痛毫無感覺。」李歐說。

「我聽說為首的聖騎士最近破格換成一個女的。據說她是三屆自由搏擊冠軍，能輕鬆撂倒一整個步兵連。」莎拉指指畫面。「你見過站後面的那個女人嗎？欸，距離太遠，這樣看有點不清楚。」

李歐一看臉色大變，支吾其詞道：「沒……沒見過。」

我狐疑地瞟他一眼，嘟噥道：「真有那麼恐怖，把李歐都給嚇傻了？」

「教廷內部的派系鬥爭從來沒停過。」凱特琳嘆息。

「對，這就是問題所在，我不想捲進這些惡鬥，也沒有義務幫你們翻譯。」莎拉用力將電腦螢幕轉了回去。

「我們可以付錢給妳，一大筆錢。」李歐大力搖晃手中的書頁。

「修道生活就是安貧、守貞、服從，我如果愛錢，就不會當修女了！回去以後別忘了告訴伊莎貝這點。」莎拉沒好氣地說。

「拜託，莎拉。」凱特琳瞥了腕錶一眼，垂頭喪氣地說道：「如果妳不幫忙，就解不開這個謎團了。」

「時間到了，你們可以離開了。」莎拉揮揮手，像是在驅趕討厭的蒼蠅。

「等等。」我奪下李歐手中的索亞之書拷貝，靈感在我腦中逐漸成形。

莎拉對我們的敵意太過強烈，以她這樣罕見的學者，居然對神祕的索亞之書瞄都不瞄一眼。這表示她的自尊心太強，心高氣傲，不會被輕易收買。這種愛恨分明的脾氣我再熟悉不過了，就跟我母親一模一樣！對付這種人只有一種辦法，那就是激將法。

「莎拉，妳的希伯來文不比國務祕書處那七名神父差，這點妳我心知肚明。」我說。

幸好來此之前，我特別打聽過莎拉是萬中選一的希伯來文專家，還惡補了幾個相關的教會常識。

「哼，他們說祕書處辦公室裡只有神父的位置，身為女性，我無法擔任教宗的希伯來文翻譯，成天只能架架網站、弄弄機房。要是一般職務也能比照《主的普世羊群教諭》票選，我就不相信那些投入聖餅盤的對摺紙張中會少了我的名字。」莎拉悶哼。

「我認為到時候整串紙條超過三分之二都是妳的名字，西斯汀禮拜堂的煙囪則會冒出白煙，除非投票的人都是瞎子。」李歐附和。

大叔的表現不錯，我起了個頭，他就懂得要跟進，打蛇隨棍上。

「那是當然。」莎拉說。

「是啊，不參加主業會、普世博愛運動、新教義課程、聖愛智德團體，沒有人提拔、或是替你美言幾句，就休想大展鴻圖。」李歐挑眉問道：「還記得嗎？一九九九年的新聞？」

「兩個穿長袍的傢伙在聖安娜門附近的廣場槓上了，還互賞巴掌，這麼精采我怎麼忘得了？」莎拉忍俊不住，哈哈笑了起來。「唉，有純潔的鴿子，也有奸險的狼。」

「所以說，難道妳對索亞之書的內容沒有一點好奇心？如果我讀得懂希伯來文，就絕對不會把成為全世界第一個讀者的榮幸拱手讓人。」我攤開拷貝，在莎拉面前搖晃紙張上艱澀的字串。

「無關私人恩怨，這確實是任何一個學者都不願錯過的大好機會唷。」李歐提醒。

「好吧，我考慮考慮。」莎拉的態度軟化下來。

「謝謝。」凱特琳伸手擁抱莎拉。「我會記得妳的恩情。」

才剛步出梵蒂岡城門，尼可拉斯便迫不及待地檢查起智慧型微電腦腕錶。

「奇怪，一整天都沒接到阿娣麗娜的電話。」尼可拉斯不放心地說。

「我們現在就飛奔回去找她們。」凱特琳安慰道，接著她向李歐說了幾句悄悄話，李歐隨即拆下腕錶交給她。

「如果不放心，讓凱特琳幫忙聯繫看看？」李歐說。

話才到嘴邊，尼可拉斯的腕錶便傳來嗶嗶聲。

「就說會打電話來吧！阿娣麗娜哪有可能放棄掌控你的生活？」賽門取笑他。

我們在城牆邊圍成小圈，讓尼可拉斯站在圈中，尼可拉斯按下按鈕，微電腦腕錶上方便浮現高約三十公分的3D投影畫面，啟動視訊電話功能。

「阿娣麗娜？」尼可拉斯急切喚道。

光影聚合，投影畫面中熟悉的棕髮女孩卻噙著淚，下一秒，阿娣麗娜被人推開，這回出現的是潔絲敏憤怒的臉。

「潔絲敏？怎麼了嗎？」賽門狐疑問道。

畫面再度產生變化，潔絲敏也消失了，我們眼前浮現的臉孔換成穆薩——那個綁架了我兩次的變態。

「想我了嗎？」穆薩愉悅地笑道。

「你這個混蛋！要是小敏少一根頭髮，我就剁了你十根指頭！」賽門暴怒。

「你到底想怎麼樣？」我忿忿地說。

穆薩的嘴角上揚，享受著勝利的一刻。他說道：「我誠摯邀請各位到我府上作客，我會傳座標給你們，帶上玫芮迪絲、帶上索亞之書，還有，別忘了帶上那些具有神奇力量的小玩意兒。記得千萬別報警，就算你們把自身秘密公諸於世也沒有用，白宮也不敢與我對著幹！」

「我看你是惹錯人了，你可知道我們是誰？」賽門咆哮。

「當然知道。」穆薩眼中散發瘋狂的光芒，他邊轉動肩頸邊說道：「我的軍隊需要你們，我將會主導最終的聖戰。在我把各位訓練為超級武器之前，會先在這幾個女人體內播下種子，看看聖人和魔鬼的結合會誕生什麼玩意兒！」

畫面喀地消失，彷彿也截斷了我們的心跳。

「我要宰了那個傢伙！」賽門朝半空中揮拳，擊向畫面原本的位置。

「阿娣麗娜……」尼可拉斯怔怔地說。

「我不該讓兩個女孩留在紐奧良的，都是我的錯。」李歐用力擰抓短髮，痛苦地緊閉雙眼。

「這不是任何人的錯。」我於心不忍，溫柔拉開李歐的手說道。

「各位，穆薩是個本該解決的問題，現在只是提前處理罷了。」凱特琳舉起手臂上的腕錶說道：「電腦剛剛回傳資料，我已經查到維納斯號和君主號的來頭了，現在跟船主有關的訊息也在陸續回傳中。」

「我們會打贏這場仗的。」我對眾人說道。

「對，我們會打贏這場仗的。」凱特琳允諾。

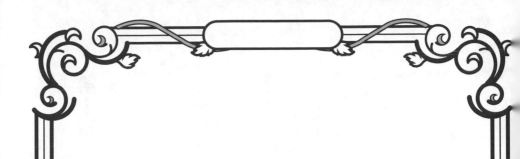

魔法守門員

【目的】守護家園遠離厄運

【時間】夜晚

【配方】白色蠟燭3支、空玻璃罐1個、筆1枝、滾水、黑色蠟燭1支、打火機、防熱盤1個、網球大小的黏土1團、黑莓刺藤的刺1個、鐵釘1個、乾燥桂葉1片、杜松莓1個

【作法】把白色蠟燭隔水加熱融化，點燃黑色蠟燭，唸道：「黑卡蒂、黑安妮、凱莉賽克麥特、莉莉斯，見證並賜給我魔法力量吧。」把黏土做成10公分高的人形模子，放在隔熱盤上，接著將融化的白蠟倒入模子中，並放入黑莓刺、桂葉、鐵釘和杜松莓，唸道：「以尖爪利齒保衛這個家，讓邪惡無法進入。」等到蠟乾涸堅硬，將黏土撥開，把蠟像守門員埋入家的前門或後門附近。

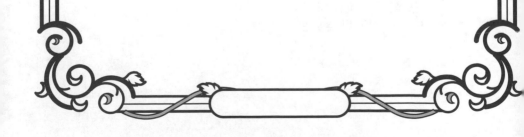

第十章

歐洲　黑海中央

噠噠噠噠噠……

汽艇的馬達震動宛如報喪女妖的尖嘯，泛起了陣陣漣漪，陪伴我們逐漸接近穆薩提供的座標─位於黑海中央，一艘龐大的艦艇。

李歐徘徊在理智崩潰的邊緣，阿娣麗娜與潔絲敏被挾持為人質一事讓他大受打擊，我猜身為七原罪大家長的他，八成自責到無以復加，所以，當凱特琳忙於以平板電腦在虛擬世界中探查穆薩的底細時，他則狂食雷根糖紓解壓力，雖說他拍胸脯保證沒再使用尋人石，可是我覺得他肯定有。

面對即將到來的戰爭，女朋友落入壞人手中的尼可拉斯和賽門難以集中精神，尼可拉斯變得鬱鬱寡歡，賽門的暴躁則有翻倍的趨勢，或者說，人在這種被逼急了的情況下，喪失理智才是所謂正常。

我們沒有過多的討論和戰略，只是有志一同地邁向目標，如一枝枝飛向靶心的箭，迅速、肯

定，沒有任何遲疑。

凱特琳費盡心力駭入的資料庫告訴我們，維納斯號確實在澳洲登記有案，可是，那艘綁架我的漁船是近期才轉讓給當地漁民的，約莫半個月前，維納斯號隸屬於一支歐洲船隊，公司持股最多的股東名叫法哈德，是一個臨時軍政府的頭子。

「我入侵了衛星遙測系統，一一比對所有附近的船隻，確定停泊在密西西比河港灣的遊艇是全世界獨一無二的昂貴遊艇君主號。妳猜怎麼著？君主號也是屬於同一家船公司。」凱特琳說。「最重要的是，法哈德和穆薩這兩個名字不僅源自相同語系，他們還擁有相同的姓氏。穆薩，意思是聖人。哈里希，意思是耕耘者。至於法哈德這名字的意義，則是豹子……」

我的喉嚨乾澀，口水難以下嚥。

「妳還好嗎？」凱特琳問我。

我聳了聳肩，不確定穆薩和莎拉哪個人讓我比較煩躁。「妳還對初戀念念不忘是嗎？」我忍不住問。

凱特琳噗哧一笑，道：「妳對我和莎拉的擁抱很介意嗎？」

我板著臉，再度聳肩。

「妳想多啦，我只是趁機把智慧型微電腦腕錶塞給莎拉，希望她再次考慮請求。」凱特琳說。

我駭然瞪大雙眼，冒險，真是太冒險了！在尚未確認莎拉的意願和忠誠度前就把存有索亞之書頁面的資料庫雙手奉上？凱特琳是怎麼想的？

「順便告訴妳個好消息，我們並沒有選錯幫忙的對象。」她說。

「莎拉願意翻譯索亞之書？」賽門插嘴。

「不只願意，而且效率超高。」凱特琳回答。「因為時間不太夠，所以莎拉目前只翻譯完畢幾個段落，不過，起碼我們知道原罪天性是如何影響傳人了，之前我們相信原罪天性和使用法器的頻率相互關連，這點已經在莎拉的翻譯中受到證實。但是樵夫的法器又更為特別，金斧可以點石成金、銀斧則能點石成銀，不過有固定的使用週期，而不勞而獲的代價便是原罪污染。」

「所以尼可拉斯雖然用了金斧幾次，卻沒有變得貪婪。」李歐恍然大悟。

「這解釋了我的龐大家產從何而來。」尼可拉斯點頭。

「那不就一輩子不仇吃穿了？要怎麼點石成金？」賽門問。

「發財不是目前的重點吧？」凱特琳嘖嘖兩聲，又道：「莎拉還查出，魔鏡不只可以幻化外貌，還可以當做反射盾牌使用，說不定堅固程度不輸金斧呢。」

「也許每一件法器都還有很多值得繼續探索的祕密。」尼可拉斯說。

這時，我們搭乘的汽艇和前方的軍艦只剩下不到一百公尺。

「各位，我們是七原罪，是莉莉斯的後人，除非上帝派出大天使加百列驅逐我們，否則我們肯定可以把這裡鬧個天翻地覆。」凱特琳鼓舞大家。

刺耳的噪音止於最接近的一刻，汽艇停下，我們藏好自己的法器，聽從安排陸續被接上軍艦。

接下來，七原罪就只能靠自己了。

「麻煩精，記得，如果到了無法挽回的地步，妳趕快跳船離開，我們會掩護妳。」李歐說。

我默不作聲。

「吭個氣嘛，倘若我們註定喪命此地，還需要留下一個活口將七原罪的英勇事蹟傳頌千年呢。」賽門道。

我吸了吸鼻子。

「麻煩精，別忘了按照我們講定的，帶走金斧，然後聯繫莎拉，金斧和索亞之書能保妳一輩子不仇吃穿。」尼可拉斯淡淡地說：「萬一我們大難不死，我會再跟你討回來。」

「雖然有了點石成金的法器，但也要改改脾氣，行事低調些，不能再招搖過市了。」凱特琳補充。

「噢，閉嘴啦。」我抹抹眼睛，推了凱特琳一把。

我們抵達位於頂層的主甲板，甲板上陽光刺眼，四周是一望無際的海洋，冰冷的海風迎面颳來，拉扯著我的頭髮，讓我全身起了雞皮疙瘩。一般而言，我會很享受海面上清新且帶有鹹味的空氣，現在可高興不起來。

這艘船艦色調統一，設計則以實用為主，牆壁上鑲著漆了保護色的管線，四處瀰漫著柴油氣味。船身配有飛彈、反潛火箭以及多座雷達裝置，這是一艘銀灰色的現代化驅逐艦，名副其實的航空母艦殺手。

幾名穿著淺褐色迷彩服的軍人迎上前來，居中的是一名蓄有整齊鬍鬚卻禿頭的年長男子，穆薩站在男子右側，白髮蒼蒼的哈里希則站在左側，被人群簇擁著的、臉上有道長疤的男人，想必就是法哈德了。

這幾人都戴著墨鏡，穆薩將濃密的睫毛隱匿在反光的雷朋鏡片後，看起來更像無法無天的紈褲子弟。哈里希穿上軍服後則不再是個卑躬屈膝的老管家，他揹著槍，模樣就像是每一個冷血無情的反動份子。

是的，他們全都揹著槍。

「兩度讓各位從手中溜走，這次是在大海中央，看你們打算往哪兒跑？」穆薩邀功道：「父親大人，客人到了。」

「非常好。」法哈德的嗓音則沙啞嚴峻，有種梟雄般的領袖氣質，他開門見山地說：「把東西交出來，我要索亞之書。」

「你們為什麼對索亞之書那麼有興趣？那本書是私人珍藏。」凱特琳說。

「什麼私人珍藏？」哈里希拱起眉毛，臉上的皺紋令他看起來像是一隻忠心耿耿的老獒犬。「索亞之書是神賜予的恩典，讓脫穎而出的優秀領導者能藉由書中的神器一統天下，在伊甸園重建宮殿，實現神的榮耀。」

「伊甸園？」

「那個在牢裡的女人告訴我，索亞之書中有伊甸園的地圖，我們已經擁有賈比爾‧伊本‧哈揚的著作『七十本書』和『平衡書』，到時候全世界都會向我們俯首稱臣。」穆薩洋洋得意。

「你說的那兩本書都是煉金術著作，難道你們真以為伊甸園有寶藏？這就難怪了。」李歐轉而對我們說道：「根據創世紀的伊甸園記載，有一段說道『在那裏有金子，並且那地的金子是好的，在那裏又有珍珠和紅瑪瑙』。從很久以前，許多君王就夢想以煉金術製作萬靈藥和長生不老藥。」

「神經病，伊甸園不過是聖經中的故事罷了，就算真的曾經存在，現在也早就成為廢墟了。」我冷冷地說。

「少囉嗦，快把書拿來。」法哈德面露微笑，笑容連帶牽引了一道傷疤，那條疤由嘴邊延伸至眼尾，活像一隻蜈蚣攀在臉上。

「銀貨兩訖前總得先驗貨，如果不讓我們看看那兩個女孩是否安好，這筆生意如何進行得下去？」凱特琳不卑不亢。

「妳沒本錢跟我談條件，說不定那兩個女的已經被我解決了呢？」他冷笑。

法哈德的目光緊緊攫住凱特琳，臉上平靜無波，兩人彷彿在進行一項看誰先會先眨眼的競賽，看來敵方是沒有公平交易的打算了。

結果最先沉不住氣的是賽門，他扭轉死亡之吻，針尖出鞘成為致命的手指虎。

其他人見狀，紛紛亮出各自的法器，尼可拉斯高舉金斧，李歐手握尋人石，凱特琳則祭出魔鏡，我也抽出人魚匕首。

我們並肩而立，神情凜然而絕決，把原本對原罪污染的擔憂通通拋諸腦後，隨時準備豁出性命。

「把潔絲敏還來！」賽門大吼。

他接連撂倒最近的兩名士兵，西點軍校肯定有近身搏擊訓練課程，而賽門學得很好，壯碩的肌肉群令他的每個動作紮實而到位，敵人根本只有挨打的份，就像是練拳的沙包。他以驚人速度在士兵中穿梭，見一個揍一個，而死亡之吻有如蜻蜓點水，被垂青的士兵全都立刻倒地。

李歐立刻跟進，即便身上揹有來福槍，過長的槍管在近身搏鬥中反而變成士兵的累贅，李歐他拿出國際刑警應有的水準，手肘砸在一名士兵的臉上，接著他將尋人石作為暗器，以肉眼難以捕捉的速度拋出，接連擊傷周圍的敵軍，只見士兵們像是中槍似的，瞬間被瓦解了戰力。

尼可拉斯和凱特琳也加入戰局，前者雙手各持金銀斧頭，沿途將擋路的武器槍械甚或不鏽鋼機具通通砍得稀巴爛，後者的魔鏡幻化為光盾，誠如索亞之書上寫的，任何攻擊來到魔鏡前方皆自動反彈，好比女巫的三倍反還力量！

陌生人以難懂的語言高聲哀號，我們很快地佔了上風。

這時候，一個手持藍波刀的士兵挑中了落單的我，步步朝我逼近，我揮舞手中匕首，心中的恐懼陡升，雖然密集練習了一週，雖然凱特琳讚美我擁有刺客的身手，實際面對荷槍實彈的對手還是讓我緊張到腎上腺素狂飆破表。

「滾開！」我尖叫。

士兵轉瞬間撲了上來，我側身閃避，對方的藍波刀則因為用力過猛而甩了出去。殺紅了眼的士兵轉而用雙手掐住我的脖子，重力壓迫我的氣管，令我無法呼吸，只覺得腦袋一緊，臉部迅速漲紅。

我完全沒有意識到自己在做什麼，匕首便插入對方的心窩了——

我奮力一刺，士兵鬆開雙手，掙扎著想撲過來。

接著我又刺了一下。

沒想到，士兵居然在我面前整個人消失無蹤，變成一團肥皂泡泡……就像有人把洗衣水倒在甲板上，然後又刮起了一陣風……

陽光下的泡泡綻放七彩光芒，然後一個個破碎、消逝，如同童話故事中人魚公主的最後結局。

「天哪，我殺人了。」我全身不可遏抑地顫抖。

我以為的玩具，竟是取人性命的凶器，在腎上腺素帶來的震撼褪去後，我只感受無比的空虛。

「麻煩精，妳還好嗎？」尼可拉斯替我擋去下一波攻擊。

凱特琳則趕至我身邊，摟著我柔聲安慰道：「妳只是自我防衛。」

在一片喧鬧混亂的打鬥聲中，凱特琳就像是一個溫暖的存有，她呼吸與摟抱的熱度縈繞不散，帶給我一種恍惚而美好的感覺。我倆視線交會，忽然，一股莫名的燥熱在我體內流竄。

我握住她的手，電流般的悸動傳來，某種原始的本能不斷撩撥著我，讓我產生了想要立刻將她扳倒，然後用力親吻她的衝動。

一聲轟隆作響的砲火讓我從恍惚中回神。

「停止！」法哈德命令，剩餘的殘兵停下動作。

等凱特琳攙扶著我起身，我發現尼可拉斯、賽門和李歐已經迅速集結起來，回到我們身旁，同樣看著一個方向。

「怎麼了？」我順著男孩們的視線看去，是潔絲敏和阿娣麗娜……

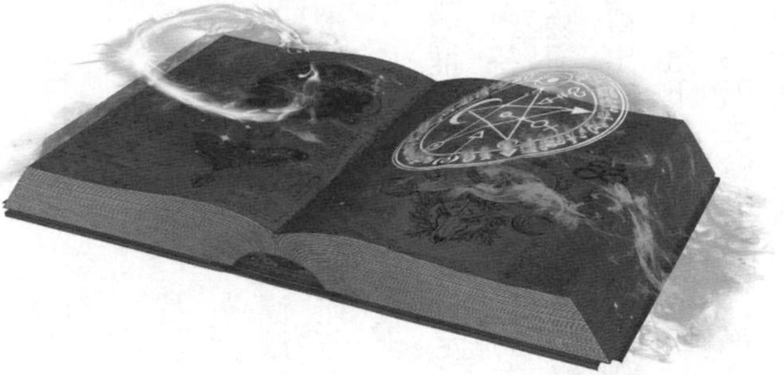

紫草魔法香囊

【目的】撫平爭執帶來寧靜

【時間】接近滿月時採取紫草，滿月後施法

【配方】裝有木炭的防火盤1個、打火機、乳香1茶匙、肉桂1茶匙、15~20公分藍色蠟燭1支、乾燥桉樹葉2片、丁香2個、紫草的根、葉和花1把、7.5公分邊長的絨布袋1個、60公分繩子1段

【作法】點燃木炭，灑入乳香和肉桂，點燃藍色蠟燭，唸道：「讓和平存在你我之間，現在直到永遠。」將桉樹葉和丁香放入木炭中，唸道：「讓關係在你我之間痊癒，現在直到永遠。」把紫草個根、葉和花放入絨布袋中，提繩將開口束緊，把紫草袋穿越煙霧，至少唸頌8次：「平息爭執、撫平傷痛，所有人的心再次完整。」最後將紫草袋懸掛於家中重要的地方。

第十一章

歐洲　黑海中央

「如果不想要兩個漂漂亮亮的女孩兒被子彈打成蜂窩，就立刻住手！」

潔絲敏和阿娣麗娜宛若被隨手棄置的布娃娃似地拋了過來，賽門和尼可拉斯在第一時間趕赴身邊，接著，我們七人在士兵的驅趕中擠成一堆，像是被牧羊犬驅趕的羊群，士兵將潔絲敏和阿娣麗娜推到我們之間，料定了我們會優先關心女孩們的安危，而非趁隙予以反擊。

凱特琳以左肩抵著我的右臂，像是要給我支撐下去的力量。潔絲敏緊緊依偎賽門，原本就白皙的臉龐此時顯得更加蒼白沒有血色。阿娣麗娜站得直挺挺的，堅毅的表情中流露出只有熟人才察覺得出的恐懼。至於男孩們，全都一副視死如歸的模樣。

「這下子通通都到齊啦，歡迎光臨神力女超人號，剛剛只是想試試你們的能耐。」穆薩愉快地說：「巴比倫王國因為有像馬爾杜克這樣的神祇而顯得更加偉大，即便是像現在這樣嶄新的時代，人民依然少不了信仰。建立一個了不起的王國，若有了莉莉斯的七名後人和神聖法器的支撐，則稱霸世界的計畫就變得合情合理。從前的人們無法蓋起巴別塔，現在我們卻有了重建伊甸

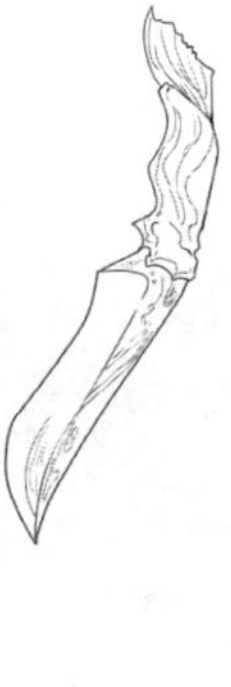

園的能力，各位想想，當世界上的國家再也沒有強弱之分，不是很美好嗎？」

「呸！」我說。

「我們才不會幫你，就算偷走法器也沒用，法器是會認主人的，除非家族成員，否則根本不可能駕馭得了那樣的聖物。」阿娣麗娜說。

「我非常贊同你的見解。」穆薩用力鼓掌，繼而說道：「這就是為什麼我向父親大人建議應該把你們留下，當做至高無上的貴客般好好養著，然後和我們的人生兒育女，將兩種民族珍貴的血脈合而為一。」

「誰敢動女孩們一根汗毛，我就把他的骨頭拆了再重新組合！」賽門勃然大怒。

「這點我可以保證！」李歐氣得渾身顫抖。

法哈德興味盎然地踱至我面前，道：「聽說妳是人魚的後代？穆薩告訴我，匕首可以讓妳的雙腳化為魚尾、變身為人魚，從澳洲游經太平洋，一路游到加拿大去。」

「我看你們捲煙抽到腦袋壞掉了，世界上沒有人可以泳渡太平洋。」我譏諷道。

「人類當然不行，美人魚可就另當別論了，這可是有記錄的喔！」穆薩聞言輕笑，眼裡卻毫無笑意。「妳先別急著否認，我的線人可是花了許多力氣詳細描述妳的母親呢，她還告訴我其他秘密喔……包括妳母親的死！」

「你說什麼？」我抬起頭，直視他的雙眼。

「是啊，我知道妳的母親希妲和尼可拉斯的父親朱利安的浪漫韻事，妳不曉得嗎？看來我知道的還比妳多很多哩。」穆薩說。

我一怔，「你亂講！」

我知道自己的母親擁有許多情人，但是尼可拉斯的父親？不可能。

「我有可靠的消息來源，一個坐牢的女人為了讓獄中生活好過很多，願意提供的情報可是超乎妳的想像。希妲和朱利安廝混了好幾年，朱利安離婚也是拜她所賜。」穆薩微笑。

「夠了，別再說了！」尼可拉斯厲聲道。

「怕什麼？難道你們打算瞞這位小姑娘一輩子？希妲深愛朱利安，甚至受到他的鼓動，謀殺賽門的母親和潔絲敏的父母兄弟以及凱特琳的姊妹，不然為什麼七原罪會反目成仇？內鬨也得有人起頭哇。」穆薩的口音雖然濃重，但他說的每個字我都聽得一清二楚。

這番話重擊我的胸口，讓我震驚地好一會兒說不出話來。霎時間記憶湧現，諾福克監獄中，伊莎貝嗤之以鼻的模樣浮現眼前。「妳們家族才是所有罪孽的始作俑者！」她是這麼說的。

「他說的是真的嗎？」我轉頭問大家。

「當然不是，我們不認識妳的母親，也不曉得她是怎麼過世的。」凱特琳信誓旦旦地說。

「他故意想離間我們，別把那些謊言放在心上。」賽門柔聲哄著我。

「妳怎麼不問問阿娣麗娜，她家傳和銀笛搭配的琴譜在哪裡？」穆薩不懷好意地說。

「琴譜在哪兒？」我立刻追問。

「被燒掉了。」阿娣麗娜勉強地說。

「要不要再問問她，是誰導致那場大火呢？」穆薩雙眼發亮，興奮地說。

我繞著我的朋友們走，視線一一掠過他們的臉龐，凱特琳正經八百地嚴詞否認，李歐拼命搖頭，阿娣麗娜則神情焦慮。他們的反應都很不正常，賽門溫柔誠摯地過了頭，而潔絲敏眼底竟毫無妒意，只是浮現一層薄霧般的淡淡哀傷。

事實昭然若揭，卻荒唐得讓我無法置信。

「妳們通通不要說話。」我轉向唯一一個尚未表態的人，命令道：「尼可拉斯，我知道你最痛恨欺騙，你說。」

尼可拉斯面有難色，他考慮良久，終於啞著嗓子道：「其實——」

「尼可！」阿娣麗娜高聲喝止。

尼可拉斯嘆了口氣，垂眼說道：「我不清楚。」

「怎麼連你也這樣？」我苦澀一笑。

我懂了，他們全都知道，卻聯合起來不告訴我……

也許是我高估了自己，他們何必要接受我？我來就只是身無分文的賤民。我是我母親的孩子，跟她一樣血液中流淌的是原罪肉慾，方才使用法器殺人之後，莫名產生的邪念就已經證明了這一點。

「這就是你們討厭我的原因？所以在香港的時候，你們看我的眼神……彷彿我是罪人……」

我感到泫然欲泣。

「親愛的，沒有人討厭妳。」阿娣麗娜急忙否認。

「麻煩精？玫兒？」凱特琳紅了眼眶。

穆薩哈哈大笑。他的笑聲宛如鞭子抽痛我的心。

我再也說不出話，好像有什麼噎住喉頭，喔，對了，是欲蓋彌彰的謊言。

自加入他們其他人以後，我就像在羅織一場夢境、一場找到歸屬的美夢，我將渴望的一切織進夢中，包括友誼的交流、親情的支持以及自我價值的建立。七原罪的關係讓我彷彿在一夜之間獲得了完整的家庭，他們每個人的存在都具有意義，李歐是這個家庭的大家長，女孩兒們待我如同親姊妹，而和我拌嘴打鬧的男生們則像是我的兄弟。

可是如今夢碎了，尼可拉斯是我母親情人的孩子，潔絲敏、凱特琳和賽門的親屬命喪我母親之手，這些人是受害者。造成她們傷痛的原因，正是我的原罪、我的母親甚至我自己。

我抬起頭，努力不讓淚水滑落。刺眼的光線像是隔著一層布幕，我在布幕裡頭、世界則在外頭。如果可以的話，我會把眼睛和耳朵通通關起來，對鬼魅般閃動的朦朧光影和喃喃低語全都置之不理……

我累了，想要休息……

「好啦，你們誰要先來示範？」穆薩搓搓手掌。

「少做夢了，我寧願死，也不可能交出祖傳法器。」賽門恨恨地從齒縫擠出話來。

「又是你？這個大個子還真是不識時務，父親大人，就讓他稱心如意好了？」穆薩畢恭畢敬地問道。

「好。」法哈德熄捻菸蒂。「讓我看看這些年來，你跟在我身邊究竟學了多少。」

「是，父親大人。」穆薩向法哈德欠了欠身，立即轉身對我們說道：「你們知道這片海域裡有什麼嗎？是鯊魚！每當我想讓某人從世界上消失，就會拿他來餵鯊魚。怎麼樣嘛？到底誰要先示範？」

「回答之前先想清楚，萬一回答得不好，就得下海去當點心。」哈里希嘴角泛起冷笑。

「我去。」尼可拉斯往前挪動了一小步。

「樵夫？」穆薩摸摸漂亮的山羊鬍，道：「不行不行，只能派女人出來。」

李歐、賽門和尼可拉斯迅速擋至我們面前，形成一堵堅實的人牆。

莫非這就是七原罪的結局？

十五年。十五年的孤單，十五年的等候，十五年的謊言。也許，是該我贖罪的時候了。

穆薩拔出藍波刀，刀鋒一晃，穆薩反手一揮，銳利的藍波刀便直接插入凱特琳的左腳小腿，凱特琳腿一軟便跪了下來。半截刀尖沒入凱特琳的腿裡，她努力以剩下的一條腿支撐重心，淋漓鮮血汩汩流出，瞬間將褲管染出一片腥紅。

「好啦，這下子鯊魚知道美味的大餐在哪裡了。」穆薩滿意地說。

「不，就算少一隻腳，我照樣能打贏。」凱特琳的額頭冒出冷汗。

恍惚之間，我彷彿看見穆薩奪走了凱特琳的魔鏡，更差譴士兵將凱特琳橫向抬起往船緣走去，有人在我附近尖叫著她的名字。

凱特琳頻頻回頭，絕望的眼神像是在道別……

噗通一聲，凱特琳自眼前消失。撕心裂肺的叫喊不絕於耳。

不，我不能眼睜睜地看著她死。

「凱特琳！」我聽見自己高亢的聲音。

接著，雙腳引領我朝水面縱身一躍。

水能孕育生命。就算在最極端的氣候裡，水依然能培養出獨特的生態系統，現在，我感覺黑海的海水洗滌了我的靈魂。

克麗奧曾說過，我的未來一片空白，即便戰死，我也不能讓凱特琳在水中喪命，這個清晰的意念竄出腦中的一片糾結，我決定無論戰場在哪裡，我就得在哪裡。

我默數著凱特琳落水的時間，以最快的動作掙脫身上的衣物，外套、褲子、靴子襪子和液態防彈衣，只留下內衣內褲。過多的衣物只會成為瘋狂吸收水份的一堆布料，成為我的負擔、拖累我的速度。

18秒。海水比想像中的還要寒冷，我雙腳一蹬，浮出水面後並沒有看見凱特琳，接著我想起她還戴著手銬，所以無法靠自己的力量游泳。於是我再度潛入海底。

30秒。我雙腳拍打著海水轉過身去，發現凱特琳在右前方十公尺處，她的雙腳拼命踢水，少了兩手的輔助，凱特琳只是不停地在原位翻滾。

47秒。鹹鹹的海水沖進嘴裡，在齒間與刀面間相互衝撞，我在指尖碰觸到她的皮膚時毫不猶豫地抓住她的腰，奮力向水面划動手臂。

52秒。凱特琳的頭倚著我的頸項，水珠滑下她優美的側臉，她大口咳嗽、大口呼吸。死亡的黯影短暫地閃過她的藍眼，現在，那些陰影則由天空中的雲朵取代。我終於鬆了口氣。

什麼聲音？遠處彷彿傳來驚恐的叫喊聲，是不是有人不斷嚷著我和凱特琳的名字？

我回頭張望，赫然發現眾人緊張地又叫又跳，尤其是潔絲敏，我從沒見過冷靜鎮定的潔絲敏如此驚慌失措，順著他們手指的方向看去，我瞬間明白了他們的意思。

在起伏的波濤間，有條鯊魚來了。

一頭長度約一公尺半的成年大白鯊來勢洶洶，聳立的魚鰭劃過水面，宛如高舉一柄招搖的旗幟。這條大海中的頭號殺手、食物鏈的最上層生物，距離我們只剩下幾公尺。

倘若是普通的鯊魚早就毫不猶豫地張口咬下了，只要牠張開大嘴，那些銳利的尖牙立刻能將我們倆加起來的體積截成兩段。可是這條大白鯊的態度略顯遲疑，牠繞著我們轉圈圈，很不尋常。

也許是因為我……我的氣味？或是我的魚尾匕首？

我想起身上的祖傳法器，卻不知道如何化作人魚。人魚公主的故事是怎麼說的？海裡的老女巫交代人魚公主，只要她將匕首刺入王子的心窩，再以鮮血塗抹於自己的雙腳，就會變回人魚、回到海裡的故鄉。

沒時間多加考慮了，我出匕首，深呼吸了兩次，然後瞄準自己的胸口，一刀刺入。

起初的確有些疼痛，當刀鋒割破皮肉時，身體被切開的痛楚瞬間消失。之後就沒有感覺了，魚尾匕首沉入我的皮膚內，彷彿成為我的某樣器官。

我像是穿了一條閃閃動人的長禮服，晶瑩的銀色鱗片遍佈我的胸口以下，自尾鰭向雙乳延伸。我毫不費力地游著，每一吋肌膚都十分享受海水的浸泡。當匕首與我融為一體，我終於感覺自己變得完整，我推擠凱特琳的雙手沒那麼痠了，現在我可以輕鬆地把她扛在背上，我有信心橫渡黑海。

沒想到，我才剛轉化為人魚，大白鯊就決定發動攻擊——

牠用力扭動身軀，像是魚雷般朝我們發射而來！我可以選擇放下凱特琳獨自逃命，也可以選擇和凱特琳同歸於盡，可是兩種選項我都不喜歡。

說時遲那時快，一隻虎鯨不曉得從哪兒冒出來，竟硬生生地橫擋在凱特琳和我面前。牠的黑色皮膚上有好幾道怵目驚心的傷痕，像是被一隻巨大又銳利的爪子給狠狠劃過，看起來非常熟悉。

露西？

虎鯨拍打著胸鰭，側過身子朝我搖了搖尾巴，彷彿回應我心裡的疑問。是露西沒錯。

露西回過身子，虎鯨與大白鯊相互對峙，不知為何，我覺得自己可以清楚感受雙方的敵意，也明白露西是在保護我們。

可是這種情況撐不了太久，歷史紀錄中的確有幾起大白鯊和虎鯨打架的案例，通常都是虎鯨落敗，經歷一連串的衝撞和撕咬，最後淪為鯊魚利齒下的肉塊。我不能讓露西為我喪命。

水面上一陣咕嚕咕嚕的聲音傳來，我扛在背上的人類抖了一下。

「凱特琳？」我浮出海面。

「麻煩精？妳好冷。」凱特琳虛弱地說。

「我知道，我變成人魚了，魚是變溫動物。」我像對小孩子說話般對她說道：「乖，妳先憋氣等我一下，我解決了那隻鯊魚後，就回來帶你上岸。」

她點點頭，於是我鬆開手，魚尾一甩，衝向大白鯊。

凱特琳再度沒入水裡，她的手臂則像是開了一朵朵紅色的的罌粟花。而我給自己一分鐘的時間，普通人最多能憋氣一分鐘。

露西，替我照顧凱特琳。我在心裡默唸，露西隨即搖搖擺擺地游至凱特琳身邊。

凱特琳現在大量失血，若是我沒能在一分鐘內撂倒那隻大白鯊，凱特琳就會失血過多或是滅頂。幸好我知道怎麼催眠鯊魚。

我迅速游向大白鯊，牠的鼻孔大張，對凱特琳顯露出濃厚的興趣，而且還是沒有向我發動攻擊的打算，大概是將我視為某種海洋生物。只要沒有負傷流血，鯊魚通常不會主動襲擊。

我鼓起勇氣游至牠的上方，再出其不意地緊緊環抱牠的身軀，然後奮力擺動肢體，摟著牠翻轉一百八十度，猶如情人之間激烈的纏綿。大白鯊只在開始的一秒鐘試圖反抗，緊接著便失去了意識。

真是好險，好在外公的教導我都有認真吸收，外公說過，在海中遇到鯊魚時，只要將牠翻轉成腹部朝上，鯊魚腦中就會分泌物質，令牠陷入意識恍惚。這是所謂的『強直靜止』。

我趕在六十秒內回到凱特琳身邊，她的臉色更加蒼白了，生命隨著血液點滴流逝，必須儘快就醫。最快的登陸方式就是回到船上，可是那就成了自投羅網，當然我也可以帶著她游至岸邊，但是陸地還有幾十海里遠。

這時，一股急促而明顯的水流朝我們衝來，我及時避開，發現那是一顆子彈。子彈宛若流星般墜落，我判別流向與流速，轉頭查看後發現是名跳進水裡朝我開槍的士兵。穆薩真的想置我於死地，看來船上是回不去了，必須另想辦法。

我請露西幫我托著凱特琳，隨即以普通人類肉眼難察的速度游向士兵，猛力拽住他的雙腳後將他拖往幽暗的深海。我狠下心，一口氣下潛了至少二十公尺，來回只花了十秒鐘，打算讓潛水伕病好好地招待他。

我不會這樣乖乖就範，就算贏不了，也得把他的船隻搞得天翻地覆才行。露西的出現激發了我的靈感，或許，人魚可以做的不只是搖著尾巴游來游去。

海洋深不可知，海水下的能見度通常可延展至三十公尺，在我們平常看不到的地方，總是有些體型比較大的朋友，希望牠們也和露西一樣，聽得懂來自我心裡的指令。

我在心中呼喚著幾乎沒有天敵的海中掠食者——巨人章魚。這種生活在北太平洋的巨大章魚可以生長為長達三十公尺的龐然大物，雖然北太平洋很遠，但畢竟露西都有辦法遠道而來，說不定黑海也住有巨人章魚的親戚。

海底深處傳來騷動，清澈的海水如同被翻攪的湯鍋般變得混濁，從水流的波動可以判斷，趕來赴宴的是個大朋友。

果不其然，兩隻目測約有二十幾公尺長的巨型章魚逐漸朝我們逼近，牠的每條觸手都比李歐還要粗壯，吸盤則比方向盤還要大，真是個好傢伙。

攻擊——我下達命令。

我召喚了幾條皇帶魚和大王酸漿魷，令牠們攻擊敵艦。從海裡浮現的龐然大物嚇壞了那些身經百戰的士兵，牠們是討海人口耳相傳的恐怖傳說，是每一艘船隻的惡夢。

穆薩的士兵像是從未見過如此恐怖的怪物，一時之間慌了手腳，不知該如何反擊，他們要嘛就是被迫落入水裡，要嘛就是跳進海中逃逸。沒關係，為了避免他們感到無聊，我又召來了電鰻和魟魚，讓傳說中的生物成為我的海洋大軍。

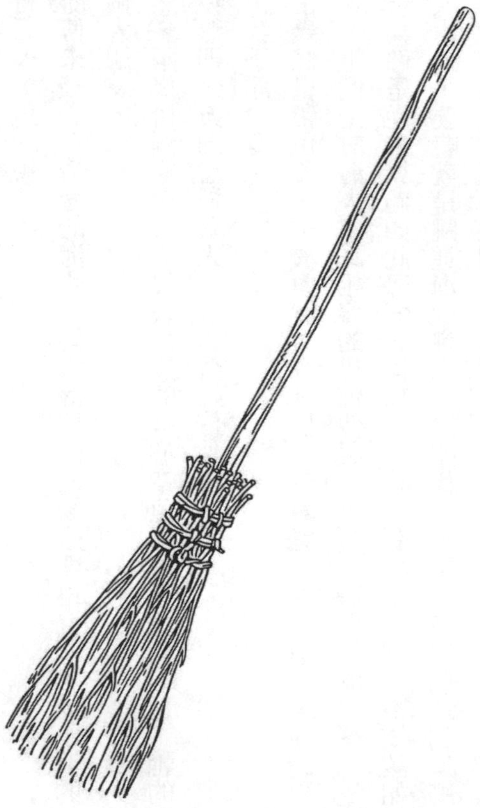

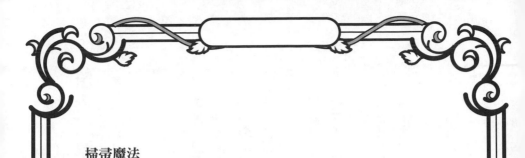

掃帚魔法

【目的】生意興隆

【時間】週三晚上施法

【配方】裝有木炭的防火盤1個、打火機、安息香粒1茶匙、切碎的羅勒1茶匙、15~20公分綠色蠟燭1支、15~20公分黃色蠟燭1支、掃把1支、迷迭香1束、長麻繩2捆、30公分結有杜松莓的乾燥藤蔓1條、薄荷精油6滴

【作法】點燃木炭，灑入安息香與羅勒。點燃綠色蠟燭，唸道：「土，請見證我的魔法。」點燃黃色蠟燭，唸道：「氣，請傳送魔法力量。」將迷迭香圍繞著掃把的與掃帚的連接處、以麻繩纏繞，唸道：「自土而生、隨氣而走，財富漸增、運行自若。」綁緊麻繩後，再將杜松莓藤蔓也以相同方式纏繞其上。把薄荷精油塗抹於掃把，再將掃把來回穿越煙霧3次，唸道：「第一次賦予生命，第二次留下印記，第三次賜予庇佑。」最後將掃把放在生意場所門口。

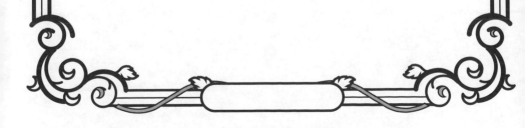

第十二章

歐洲　黑海中央

「快上來！」潔絲敏向我揮手。

驚濤駭浪之間，阿娣麗娜的笛聲像是指引方向的燈塔，讓我得以在一片混亂之中重返神力女超人號。在露西的幫忙下，我把凱特琳和自己推進潔絲敏卸下的救生艇，然後再一起被拉回巡洋艦上。

潔絲敏糾結的眉頭隨著救生艇的緩緩上升而逐漸鬆開，當我們四目交接時，她眼中的擔憂幾乎令我泫然欲泣，但我馬上又繃緊了神經，因為她旁邊多了個身穿迷彩服的陌生人。

「士兵……」我緊握拳頭。

「安東不是士兵，他是守門人。」潔絲敏幫忙將小艇固定好。

「你就是在香港和當地流氓起衝突的老先生！」我認出他來。

「對，我們已經見過了。」守門人朝我點了點頭。

「妳還記得我們在君主號上的時候嗎？凱特琳說有個小男孩幫她逃脫，那個小男孩就是安東

的弟子尚恩。」潔絲敏脫下一旁昏迷士兵的襯衫，遞給我道：「快穿上吧。」

我這才注意到，當我的魚尾一離開海水，鱗片便從尾鰭慢慢向上延伸變回皮膚，銀色魚鱗像泡沫般消失在空氣中，露出下方的白皙肌膚。現在我的腳趾頭已經恢復原狀，小腿和膝蓋也逐漸有了身為人類的知覺。

我趕緊穿上襯衫，當我扣好最後一顆釦子，我的雙腿也變回了原本的模樣。我把過大的迷彩服當做長上衣穿在內衣褲外面，四處摸索找尋我的法器。

「匕首在妳頭上。活像躲在珊瑚群裡的小丑魚。」潔絲敏幫我取下糾纏於捲曲紅髮間的匕首。

「謝謝。」我嘟噥著，將匕首的繫帶纏回大腿上。「守門人和弟子是吧？難怪經常出現在我們附近，我不能明白的是，既然你能夠掌握我們的行蹤，又混上了這艘船，那剛剛凱特琳被扔下大海時，怎麼不出手幫忙呢？」

「守門人的責任是保護好書，不是出手干預傳人們的生活。」安東一把抱起凱特琳，起身後回頭交代：「別忘了我的法杖。」

潔絲敏拾起安東口中的法杖，深褐色的杖身一節節的，握柄則是雕飾華美的圓形木珠，頂端還嵌有一葉栩栩如生的葉片金箔。原來香港地痞垂涎的精美拐杖不是拐杖，而是索亞之書守門人的法杖，這會兒守門人不僅腰椎挺直了，連力氣都好似大上許多，這老頭兒的演技還真好。

「走吧，我們把凱特琳帶到船艙內，我來醫治她。」潔絲敏說。

我四肢並用地小心爬出救生艇，讓腳底重新適應移動的重心，再度使用雙腳走路，讓我有種笨拙而奇妙的感受。
「哇，妳們把神力女超人號怎麼了？」我四下張望。
「我幫法哈德改了些裝潢。」潔絲敏舉起魔豆項鍊搖晃。
空蕩蕩的停機坪正中央，一叢粗壯的荊棘自甲板底下鑽出，將金屬地板撐開一個大洞。荊棘四處蔓延，綠色的帶刺枝葉攀上雷達和砲台，神力女超人號像是酣睡海底的古沉船，蒙塵於植物和歲月之間，而偌大的巡洋艦甲板恍然成為一座移動的叢林，濕滑又危險的雨林。
不遠處的駕駛艙附近，阿娣麗娜仍在吹奏銀笛，她的姿態優雅而坦然，棕髮隨著狂風亂舞，面對拍擊甲板的浪濤毫無懼色。笛聲在狂風驟雨沒有間斷，和著甲板下方隱約傳來的沉悶槍響和雷殛，令她宛若戰爭女神雅典娜。
「妳們幹得不錯嘛！」我說。
「李歐用尋人石制服了靠近的幾個士兵，讓安東和我有機會放下救生艇，可惜我父母留給我的書被人丟進海裡了。」潔絲敏十分惋惜地說。
「什麼？賽門說那是妳父母留下的遺物耶，我去替妳撿！」我作勢要往海裡跳。
「不用啦！玫兒。」潔絲敏拉住我的手腕。「太危險了，反正我已經把書裡的故事都記在腦子裡了。」
「好。」我感激地說。她居然在替我的安危擔心，而且還喊了我的小名。
安東領著我們走入一間艙室，我們把凱特琳扶至一間乾淨的房間，讓潔絲敏醫治她。

「凱特琳失血過多，必須趕快止血和恢復體溫，妳們去幫忙其他人吧，我知道怎麼處理她的傷勢。」潔絲敏讓凱特琳躺在她的腿上。

「對，我們不能在這裡偷懶，尚恩還在參戰呢！」安東說著便抓起法杖，同時轉動脖子與肩膀的肌肉。

「你讓小男孩自己一個人在外面？」我愕然。

「放心，守門人就是要從小訓練。」安東率先離開艙內。

我們衝上甲板，正好看見一名持長刀的士兵逐步接近阿娣麗娜。安東揮動手中的法杖迅速向前，士兵轉而攻擊安東，卻被安東迎面一杖擊斃。安東用衣服將法杖上的血漬擦拭乾淨，之後繼續向前。

「我守著她，妳去幫其他人！」安東對我喊道。

「好！」我奔向船首。

我繞過幾具砲管，在雷達附近找到被兩名士兵圍攻的尼可拉斯，他揮舞著雙斧，壓低身形閃過一名士兵瞄準的槍口，金斧削鐵如泥，將步槍一分為二，尼可拉斯接著全身半圈，一腳掃過另名士兵的下盤。

尼可拉斯再度示範了樵夫法器的不可思議，銳利的斧口輕鬆斬去半截槍管，彷彿敵方的的武器只是泥塑的兒童玩具。

尼可拉斯的動作極為靈活，每一步都能巧妙避開甲板上突起的雜亂荊棘，同時運用金斧和銀斧的動作熟稔精準，彷彿是名沉潛於世的武術大師。

士兵摔倒在帶刺的荊棘上，他慘叫著從甲板上爬起，袖子和褲子上零星浮現紅點。兩名士兵見尼可拉斯的金銀斧居然連步槍都能砍斷，立刻拔腿跑向船緣、躍入海中。可見在他們眼中，尼可拉斯簡直是神話等級的對手，就連波濤洶湧的大海都比和他面對面安全得多。

一陣突如其來的機槍掃射，令尼可拉斯和我立即蹲低尋找掩護，我在轉身的一瞬間瞥見安東將阿娣麗娜撲倒在地，兩人滾至一座砲台後方躲藏，笛聲嘎然而止。

「麻煩精，妳待在這兒，我去解決那個傢伙。」尼可拉斯指向高處的機槍座。

趁著尼可拉斯潛行至機槍座附近，我故意高聲吹了個響亮的口哨，讓機關槍手四處尋找伏擊來源。

下一秒，尼可拉斯以迅雷不及掩耳的速度扔出銀斧，劈開空氣的銀光形成一道銳利的拋物線，最後直挺挺的嵌入槍座，不僅整齊截斷機槍手的半隻手掌，還讓機關槍座當場開花，一路砍向盡頭。

哀號的槍手身後，頃刻間冒出哈里希那張陰鬱的臉孔。他一臉暴戾之氣，像是個自殺炸彈客般身上纏滿武器，腳步在甲板上喀登作響，彷彿在喊著：「殺戮！殺戮！」

「尼可拉斯！」我尖叫。

「麻煩精，去吧，去幫凱特琳找回她的法器，我和哈里希有事情要談。」尼可拉斯起身，高舉金斧迎向挑戰。

我點點頭，賦予尼可拉斯全然的信任，將甲板上的戰場交付給樵夫之子。

我邁開步伐衝進狹窄的走道，在艙室之間尋找其他夥伴。

廊間有許多倒臥於血泊中的士兵，大部分人身上都有多處彈孔，貌似此地剛結束一場激戰。我小心跨過遍地屍體，只要看見類似穆薩的身形，就將軀體翻正了檢查，可惜自始至終都沒找到穆薩，魔鏡依然不知所蹤，看來那混蛋還活得好好的。

我行經會議室，發現厚重的艙門後方似乎有些動靜，忽地一聲砰然巨響，應是有什麼東西被砸到門板上，希望是穆薩或法哈德的腦袋瓜。

我認為我聽見了賽門的狂吼，不然就是獅子的叫嚷。於是我猛地推開艙門，赫見賽門正在狂揍穆薩。

賽門見我進門，便衝著我咧嘴笑道：「麻煩精？怎麼這麼晚來？妳差點錯過整段精采好戲！」

「門的隔音太好了。」我聳聳肩。

這根本不是一場對等的競賽，西點軍校的生活讓賽門鍛鍊出虎背熊腰的體魄，穆薩根本不是他的對手！

「喂，剛剛你是不是用這把刀割傷了我的朋友？」賽門將藍波刀在兩手之間拋擲耍弄。

賽門和穆薩在會議桌兩端各執一方，後者像是極力掙脫獅爪的兔子般驚恐地大口喘息，身上有幾處明顯的撞傷，迷彩服也撕裂了幾處。眼見毫無勝算，他乾脆轉頭朝我衝來，幸好我早有準備，料定向來欺善怕惡的穆薩會有此一招，於是我翻身躲至桌下，滾了幾圈後從賽門身旁鑽出桌子，朝穆薩扮了個鬼臉。

「抓不到！抓不到！」我高聲嘲弄他，對賽門說道：「聽說死亡之吻可以讓人長眠不醒？」

「沒錯，想不想見識？」賽門將藍波刀用力拍在桌面上，做了幾個伸展動作，關節拉開時喀喀作響。

穆薩的臉孔頓失血色，他向後倒退兩步，說道：「等到我的士兵們找來這裡，你們就玩完了！」

「喔？你是說躺在外面地板上的那些嗎？」我雙手抱胸。

「什麼？」穆薩急促地說了幾句方言，又結巴地說：「哈里希，哈里希不會放過你們！」

「我剛剛散步經過甲板的時候，正好看見我兄弟尼可拉斯拿他的法器對付你那忠誠的僕人呢。樵夫的傳人你知道吧？無堅不摧的金銀銅斧？」我大笑。

「饒了我，求求你，我只是想討我父親大人的歡心。」穆薩可憐兮兮地說，邊繞著桌子走，打算跑給賽門追。

「又不是三歲小孩，成天叨唸著你的父親大人？」賽門不齒地呸了一聲，剎那間翻上桌子、滑過桌面，漂亮落地。

穆薩的求生本能讓他跪地爬進桌子底下，再從另一端爬出來。

「孬種！」賽門不屑地說。

穆薩不理他，逕自緊抓桌面，兩方僵持不下。

突然，穆薩衝過來一把拉住我的頭髮，將我整個人向後扯，另一手捏住我的喉嚨。

「麻煩精？」賽門一怔。

「再靠近一步，我就扭斷她的脖子！」穆薩施加力道，讓我忍不住用力咳嗽起來。

我躍至半空中，雙腿沿著桌邊向後一蹬，把穆薩當作墊背，兩人同時往後倒向牆邊的陳列櫃，玻璃應聲碎裂。我的後腦杓上撞上穆薩的下巴，造成一陣暈眩，忍不住嘶聲呻吟。

一陣騷動傳來，我感覺到自己的背後抵著某種硬質物品，形狀像是……槍？

穆薩伸手摸索藏於胸前的槍，我更用力地頂著他，拚命阻止他掏出槍來。

「麻煩精，可以起來啦，別玩了！」賽門意興闌珊地說。

我沒空理賽門，仍舊傾全力以體重壓制穆薩，忽然間，我的眼尾餘光瞄到碎玻璃之間七零八落的貝殼，原來展示櫃裡擺的是貝殼。

我順手抄起一個蠍螺，感覺它的椎型螺層服貼於我的掌心，六隻宛若利爪的帶瘤足部與我的五指緊緊相扣。雖然我依然昏昏沉沉，但是根據手中的觸感判斷，這個蠍螺大小適中，成熟度也十分契合——恰好能夠當作一只手指虎。

我將雙手捧在胸前，左手掌包覆右手拇指根部，翻身便以全部重量將蠍螺往穆薩不安份的手上扎去——

「啊啊啊啊！」穆薩慘叫著抖掉手裡的槍。

「魔鏡呢？」我凶惡地問。

「不在我這兒。」穆薩喘著氣說。

「在哪裡？」我將蠍螺插得更深。

「在父親大人那裡！」穆薩哭喊。

蠍螺尖銳的足部埋進穆薩的皮膚裡，周圍冒出圈圈紅色血跡，像是幾枚惡毒的唇印，貝殼的親吻讓他痛得直冒冷汗。

「我來替他搜身。」賽門將我自地板上拉起，然後把他從頭到腳搜查一遍。「魔鏡真的不在他身上。」

「那你可以獻上死亡之吻了。」我對賽門道。

賽門舉起右拳，睡美人的紡錘瞄準穆薩的瞳孔，一吋一吋逼近。

「別殺我，求求你，我保證帶你們去找我父親要回魔鏡。」他受傷的手不住顫抖。

賽門與我對看一眼，他緩緩放下右手，隨即卻舉起左手，給了穆薩結結實實的一計直拳。

「我們把穆薩抓去他父親大人那裡，用來換魔鏡。」我瞟他一眼，讓蠍螺繼續留在他的手背上。

我們在顛簸的廊道中繼續走向船艙深處，賽門將死亡之吻貼近穆薩的頸側，將他當做人肉盾牌擋在前方。

這時，前方幾十公尺處傳來一陣槍響。

「一定是李歐，尼可拉斯和哈里希在直升機平台那裡。」我告訴賽門。

「好，我們得去找李歐。法哈德不好應付，照我看來，穆薩還不是最麻煩的，他只是最招搖而已。」賽門使力推了人質一把，道：「小子，別想趁機求救，只要你敢發出聲音，哪怕只是稍微唉一聲，我都可以讓你沉睡不起。」

穆薩下意識地想轉身避開賽門的法器，卻又被逮了回來，只好以完整的手護住傷手，害怕地猛點頭。

接著又是幾十聲槍響，再來就是靴子在金屬地板上奔跑的摩擦聲，一組腳步聲追逐著另一組腳步，突然間轟的一響，某道金屬艙門被人猛力撞開，廊道間的足音便消失了。

「跟上去！」賽門拽著穆薩往前走。

我們循聲向前，從另一道階梯登上甲板，這才發現外面的天候已是雷雨交加，厚雲在空中翻騰，迎光面宛若鑲上一層金邊，背光面則呈現強烈對比的墨色。烏雲籠罩之下，浪花彼此竊竊私語，深邃而不可知。

倘若是一般的漁船，根本禁不起怒濤的這般折騰，早就被海水的力量拆解的支離破碎。可是神力女超人號依然屹立不搖，頂多只是隨著波濤被高高拋起，再重重落下。方才在狹窄的走廊上還能緩慢前進，頂多就是被不停摔向兩旁的壁面，此刻在甲板上的每一步都滯礙難行。

我們十指緊抓護欄，將自己固定在巡洋艦上，從這個位置看不見安東和阿娣麗娜，只能依稀以笛音判斷她們仍在附近。

機槍座旁的尼可拉斯仍和哈里希纏鬥不休，尼可拉斯開始向個陀螺似的不停轉圈，彷彿跳著土耳其的蘇菲旋轉舞。他無懼於洶湧的波濤，以自身為軸心，金斧則在雙手之間以八字形快速轉換，銳利的斧口總能出其不意地劈向哈里希，金光宛若一道縮時攝影的星軌。

李歐追趕著法哈德登上炮塔平台，一路朝目標瘋狂擊發尋人石，有如掌心雷的黑色小石子將法哈德打得體無完膚，全身衣服破爛滲血，法哈德狼狽地彎腰鑽過長長的炮管，卻在下一波大浪襲來時閃避不及，直接攔腰撞上。

法哈德痛苦哀號，李歐卻還沒打算給他的了斷，我懷疑李歐根本只是逗著他玩。

「法哈德，你兒子在我們手上！把魔鏡還來，我們就把穆薩還你！」我喊道。

「無所謂，我還有十一個兒子。」法哈德冷冷地撇下這句話，爬上一道梯子。李歐緊緊追在後方。

又一道滔天巨浪襲來，海水潑灑在我的臉上，當視線恢復清晰時，我忽然意識到他的目的。

「小心！」

伴隨著槍響，高處的天線驟然斷裂，宛若魚叉般的天線向下墜落，尼可拉斯矮身閃開，頗有年紀的哈里希卻反應不及，尖銳的金屬筆直插入他的胸口，法哈德的老臣應聲倒地。

又一聲槍響，這次射中的是繩車。

眾人猛然回頭，驚見李歐被浪水沖離幾公尺遠。另一方面，法哈德已經攀過護欄，整個人便自船緣落入迅速下降的救生艇，不過一個心跳的時間，就脫離了神力女超人號。

「父親大人？」穆薩頹然失聲。

我霍地起身，往另外一艘救生艇的方向奔跑。轉眼間跳過砲管、登上平台，腳步急促有如沒命奔逃的羚羊，只不過我不是逃跑，而是獵殺。

抵達高處後，我揚起手對阿娣麗娜吼道：「給我一道浪！」

「別去，打雷了，現在下海太危險！」阿娣麗娜將手圍成喇叭狀，朝我大喊。

要是我會聽她的，那我就不叫作麻煩精了，魔鏡我是非要回來不可。

魚尾匕首再度沒入我的心口，墜落海中的轉瞬之間，我重回人魚狀態，在碰觸海水的那一秒奮力甩動魚尾，朝法哈德的救生艇全速游去。

不到幾秒的光景，我便扯著橡膠小艇的邊緣，試圖將法哈德拉進海中。

「把魔鏡還來！」我對他嘶吼。

「滾開！」法哈德掏出藏在衣內的槍，朝我連續射擊。

我潛入水裡，又從另一端浮出水面。

法哈德瘋狂地朝小艇四周胡亂發射，殊不知我正躲在小艇的正下方，正等著他子彈用罄的時候來臨。我無所謂，當我還是人類的時候，可以在水裡連續憋氣十分鐘，要比耐心，我多的是。

救生艇載浮載沉，我以相同的把戲逗弄法哈德，很快地讓他身上彈盡援絕，最後我做好心理準備，擺動魚尾潛入海水深處，然後轉了個方向，愈游愈快、愈游愈快，接著衝出水面——

我像是海豚般破水而出，在法哈德猝不及防時直接落入救生艇，反客為主。而法哈德則被反作用力彈起，半邊身體掉進水中，另外半邊則緊緊攀附著小艇。

我靜候片刻變身，繼而拔出匕首。「說嗨！」

「玫芮笛絲，妳知道嗎？我特別針對妳做過功課。」法哈德咬牙說道：「我想我們可以打個商量。」

「我只要魔鏡。」

「我可以給妳的不只是魔鏡，金錢、權力，甚至是整套七件法器，通通可以歸妳所有！有了匕首和魔鏡，妳就可以長生不老，和妳母親想要的一樣。」

「我母親？」

「希妲和朱利安渴望永生，只有人身和魚身交替才能延緩老化，也只有魔鏡能妙手回春。」

我經常告訴自己不要因母親的作為而感到難堪，可是，他的話宛如一把利刃插入我的胸口。

「但我不是我母親。」我悶悶地說。

「喔，妳當然不是。妳是被她扔在門廊上的嬰兒、一年只回家探望一次的孩子。怎麼，初經來的時候卻沒有人可依賴，妳是不是很恨她？」

這番話瞬間觸怒了我，我認清法哈德的真面目，不過是個連親生兒子都能犧牲的渾球，我忽然為穆薩那小子感到可憐。

我吼道：「你休想像操控穆薩那樣操控我！雖然我母親不是模範媽媽，但是她全心全意為愛付出，你知道什麼是愛嗎？」

我伸手在法哈德身上亂摸一通，果然在他外套的暗袋內搜出魔鏡。過程中他只能恨恨地瞪著我，只要他稍微鬆手，就會被大海吞噬。

我將魔鏡的鏡面從布袋中翻出，再三確認這和女巫們交還的是一模一樣的物品。在偶然一瞥中，我在魔鏡中看見母親溫暖的綠眼，頓時心頭一凜，再次定睛一看，驚覺那原來是我自己的眼睛！

我以自己的基因為傲，而且欣喜若狂。

雷電交加之際，吹笛人的後裔讓美妙的樂音流轉於風雨之間，端看海浪的氣勢，便知道阿娣麗娜選曲選得很好，原本就惡劣的海象在剎那間更是逼近沸點，像一鍋煮滾了的粥般翻騰不已。海水退去、襲來、退去、襲來，激烈的碰撞慢慢轉變為漫長的喘息，我知道那只是長浪來臨前的片刻寧靜。

我一定要好好讚美她一番，如果我們還能活著見到彼此的話。

我匍匐於救生艇上，雙手不停地向前划行，同時以意念驅使所有能夠動員的海洋生物提供協助。

長浪，湧浪，俗稱瘋狗浪。

這是一道高達十公尺的瘋狗浪，我翻身而起，輕鬆駕馭著被當作衝浪板的救生小艇，努力維持平衡，在浪頭上起乘。

浪頭逐漸接近巡洋艦，彼端傳來熟悉的洪鐘吶喊：「麻煩精！停下來，太危險了！」

我看見阿娣麗娜、李歐、賽門和尼可拉斯又蹦又跳地朝我揮手，還看見潔絲敏摟著虛弱的凱特琳，以及緊抿雙唇的安東。就在最接近的錯身而過的那一刻，我朝半空中大力扔出魔鏡、將之丟還給我的夥伴——

「大海是莉莉斯的屠宰場哪！」法哈德像隻虱子般奮力攀附於救生艇邊緣，他近乎瘋狂地慘叫道：「妳根本是莉莉斯的劊子手！」

「不，害死你的不是我也不是大海，是你自己的權力慾望。」我告訴他。

海水和雨水同時擊打我的臉，我撐開眼皮，感覺視線前所未有的清晰，瘋狗浪結束於成千上萬的水花綻放。世界上下顛倒，隨後於眼前消逝。

我在恍惚中看見母親的笑臉。

塔福魔法蛋糕

【目的】占卜來年運勢

【時間】通常於篝火之夜（Bonfire Night－11月5日）

【配方】15~20公分黑色蠟燭、打火機、奶油115公克、低筋麵粉115公克、砂糖50公克、五香粉1茶匙、切碎的蘋果50公克、每人茶碟和小碗各1個（占卜用）

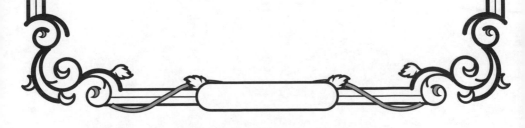

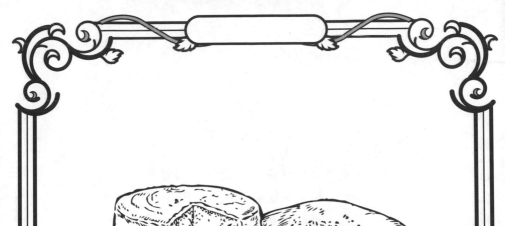

【作法】將所有材料混合，最後放入蘋果，然後分別倒進杯子蛋糕紙模，以攝氏350度烘烤約40分鐘，直到結實熟透。點燃黑色蠟燭，唸道：「為蛋糕歡呼、為廚師歡呼、為新年歡呼。」將蛋糕吃下一半，剩下的弄碎，每人捏下一角丟進小碗，再將蛋糕屑倒回一點到小碟子裡，解讀蛋糕屑。

【解讀方法】

集中邊緣：為生活而工作

集中中央：生活不虞匱乏

集中左邊：運氣離去

集中右邊：好運將至

集中上方：成功度過逆境

集中下方：保衛健康

螺旋、曲線、圓：債務還清

直線或角度：穩定收入

馬蹄形：旅行會帶來好運

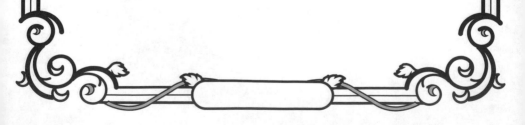

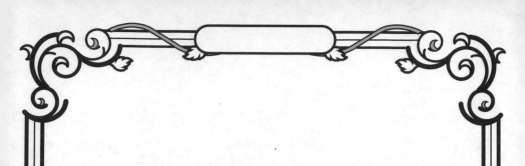

尾聲

澳洲　黃金海岸前往春溪的路上

猶如灌了過多熱香料酒，紅色巴士搖搖晃晃地向前，距離飛機降落時看見的藍色海岸線也愈來愈遠。伴隨著隆隆怒吼，巴士衝上長坡時引擎噴出青煙，如一道拖曳著長尾巴的紅色彗星竄入阡陌縱橫的田野。

從美西輾轉來到澳洲是一段不輕鬆的旅程，尤其是恐怖份子朝地中海試射飛彈的謠言四散之後，驚駭如同快速蔓延的瘟疫，一夕之間席捲了七大洲五大洋，直到滴水不漏的滲透進世界各地的角落，讓所有人無不聞之膽寒。

凱特琳懷抱戒慎恐懼的心情搭機抵達黃金海岸，之後再轉乘灰狗巴士。時值聖誕節前夕卻感覺不到任何過節的氣息，百貨公司裡沒有興奮採購禮物的顧客，機場也不見歡欣鼓舞擁抱的家人朋友，什麼都沒有，世界正在為地中海外海發生的不幸船難降半旗哀悼。

載客巴士持續向前，柏油路在豔陽下如冒煙的烤盤，巴士上的乘客則如融化的軟糖般渾身黏膩、頻頻拭汗。凱特琳只感覺到燥熱、酷熱和炎熱。

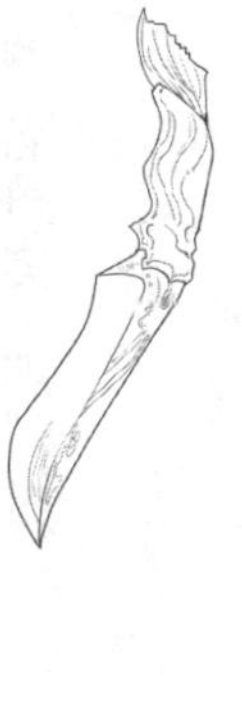

司機是個戴眼鏡的老爹，他有圓鼓鼓的紅潤雙頰和一撮白色鬍鬚，只差紅色圍裙和臉上的招牌笑容，就會神似推銷炸雞的肯德基爺爺。可惜他一臉肅穆，眉頭之間像是掛著一副沉重的鎖頭，下垂而糾結。

其實不只是司機老爹，幾乎所有車上的乘客都板著臉孔，靠近門邊坐了一個抱著嬰孩的年輕女人，司機後方則坐著一位滿臉皺紋的老先生，中段的座位還有一個提著菜籃的老太太。

隱約的敵意形成一道道防護罩，凱特琳臉上掛著禮貌的微笑，她朝走道隔壁的老太太點點頭，老太太卻只是狐疑地瞪她一眼，然後將懷裡的包袱抱得更緊。

已經過了三十分鐘，目的地近在眼前，車內抑鬱的氣氛依然濃得化不開。凱特琳將右腳伸向走道，露出包覆整個腳丫和小腿的石膏。鄰座的老奶奶謹慎地往她的腿部瞥了一眼，彷彿懷疑石膏下藏了炸藥。看來，即便凱特琳手上捧了一束白色波斯菊，也沒有令她看起來比較和藹可親。

凱特琳想了想，決定做個改變。她將花束擱在椅子上，不知從哪兒掏出了一塊化妝鏡，轉瞬間，原本座椅上的成年女人竟搖身一變為紮了辮子的小女孩。

老太太於轉彎時再度瞥向鄰座，驀地瞪大雙眼。

「妳……」老太太賣力揉眼。

「天氣很好，對吧？我第一次在南半球過聖誕節。」小女孩露出燦如豔陽的甜笑，那副笑容彷彿能融化冰山。

「是……不錯。」老太太歪著頭瞪視女孩腳上的石膏。

小女孩自顧自地說：「我從小就特別喜歡『平安夜』這首曲子，女士，您會唱『平安夜』嗎？」

「呃，會啊。」老太太不甚確定地回答。

「那我們一起唱！」小女孩興高采烈地說，她清了清喉嚨，以稚嫩純淨的嗓音唱道：「平安夜，聖善夜；萬暗中，光華射……」

小女孩毫不在意旁人的異樣眼光，她持續發自內心地歌唱，讓情感豐沛的歌聲充滿整輛巴士。這時，坐在司機後方的老先生也跟著唱起歌來，他以低沈沙啞的嗓音和著拍子，每一句歌詞都牽動著皺紋，彷彿每條皺紋都在吟唱屬於自己的故事。

「大家一起唱！讓我們歡慶聖誕節！」老先生挪動身子轉向其他乘客，如指揮家般高舉雙手，鼓動每個人加入合唱。

母親摟緊懷中的嬰孩，在他額頭印上濕濕一吻，隨即邊搖晃著孩子邊輕聲唱起歌來，接著，巴士司機甚至是走道隔壁的老太太，每個人都加入了合唱。

在這一首曲子的光景裡，『平安夜』的曲聲打破車內冷冰的氣氛，彷彿也驅走了人們心裡幽暗的陰影。

小女孩在春溪附近的郊區下車，臨走前她向每位乘客祝賀聖誕快樂，也得到每個人的笑臉回應與祝福。望著巴士揚長而去的背影，小女孩再度變回成年的凱特琳。

凱特琳踏上最後一段小路，腳上的石膏讓她的前進速度十分緩慢，所幸四周風景秀麗，還有綠樹成蔭可供歇息。果然是個適合長眠的地方。

前方的小丘上矗立著一棵大樹，樹叢之下，一塊單薄的墓碑倚著樹幹，深深插進土裡。凱特琳吃力地拖著石膏往樹的方向走，草枝橫七豎八地倒向四周，沿著草地被踩出了一條蜿蜒而上的小路。

「聖誕節？」她苦笑著自言自語。

汗水在她的頸子凝聚成滴。凱特琳一步一喘息，當墳塚終於近在眼前，她便不再敦促自己的雙腿，呼吸也逐漸平復。

這塊墓碑是以海中的珊瑚礁石雕琢而成，貌似年歲尚輕，強而有力的字跡尚未遭受風蝕，目測是個頂多不超過兩年的新墓。也有可能是經常受到擦拭與整理，所以青苔還沒有機會攀上石碑。

摯愛的女兒與母親——希妲之墓。

「初次見面，請多多指教。」凱特琳拍拍墓碑，像是招呼一個認識多年的老朋友。

她在樹蔭底下席地而坐，以墓碑的視角遙望前方不遠處的房舍，在小丘上逗留了好一會兒。微風來了又去，樹葉沙沙作響後再度無聲無息，幾片凋零的枯葉落下，在這生命交錯的片刻，凱特琳覺得某些痛苦記憶似乎也不復存在了。

臨走之前，凱特琳從白色波斯菊的花束中取下一朵，其餘則置於墓前。

玫芮迪絲半坐臥於床，一頭紅色捲髮凌亂地披在肩上，百般聊賴地把玩著手中的雪球，她將雪球翻轉兩次，看著片片雪花降落在紅色的屋瓦上。每年的這個時間點，玫芮迪絲都會趴在雙邊豎耳傾聽，等候門廊上響起的蹬音。不過從去年開始，她就不再特別期待聖誕節了。

當她還是個小女孩的時候得到了這個玻璃球，那時的她還不曉得，自己有朝一日會動身前往某個在十二月下雪的國度，那番景致竟和雪球裡的一模一樣。

「玫兒，妳有客人。」一派崔克朝臥室大喊。

「什麼客人？」她懶洋洋地問外公：「如果又是吉姆，就說預約排到明年了。」

不等玫芮迪絲反應過來，金髮碧眼的美麗女子便探頭進房。「嗨，公車真不好等，我該先抽號碼牌嗎？」

玫芮迪絲不敢置信地眨了眨晶燦的綠眼，她迅速抓梳頭髮。「藝高膽大的頂尖駭客凱特琳搭公車來探望我？」

「沒辦法。」凱特琳伸出打上石膏的右腳。「不能踩油門，也不能打檔。」

意外的訪客幫著玫芮迪絲把枕頭墊高，調整成舒適的坐姿。「謝了。」

「妳能逃過一劫絕對是莉莉斯顯靈，當我們發現妳和法哈德都在小艇上，妳不省人事而法哈德肚子上插著匕首時，真的快嚇死了。」凱特琳吁了口氣。

「法哈德不是我殺的。」玫芮迪絲說。

「啊？」

「小艇衝撞船艦之後，迷迷糊糊之間，我好像看到一個穿了一身紅的人，也許真的是莉莉斯顯靈吧。」玫芮迪絲聳肩。

「真詭異，算了不說這個了，妳們這兒的聖誕節居然不是白雪皚皚的冬天。南半球的居民真可憐。」凱特琳扳起手指數著。「雪人，沒有。聖誕樹，沒有。因為我們在地中海大鬧了一場，所以整個地球都決定不要有馬槽和聖誕燈，真是太悲慘了。」

「歡迎來到赤道以南。」玫芮迪絲說。

「有火雞嗎？」凱特琳笑問。

「很抱歉，廚房裡倒是有些魚雜湯。」玫芮迪絲笑了起來。

「嘿，我幫大家帶來要送妳的禮物。」凱特琳說著便從背包裡拿出一個紙袋，又將紙袋裡的物品全數倒在玫芮迪絲的床上。「知道妳不喜歡鞋子首飾和漂亮衣服，所以我請每個人送妳一顆貝殼，當作是聖誕禮物。妳看，每個小盒子底下都有署名。」

「謝謝，不過為什麼選擇貝殼？」玫芮迪絲問。

「這些貝殼可是從世界各地的海灘撿來的喔，代表我們曾經一起走過許多國家。這是尼可拉斯送妳的……金斧鳳凰螺。」凱特琳遞給玫芮迪絲一個沙包大小的貝殼，黃褐底色上綴有白色斑點與波紋。

「金斧耶，他真的很用心。」玫芮迪絲接著拆開一個包裝精美的盒子，裡頭美麗的白色貝殼彎起的尖角宛若飛揚的裙擺。

「好漂亮的大葉芭蕉螺。等等，上面怎麼有標價？阿娣麗娜這傢伙居然從eBay上買。」凱特琳又好氣又好笑地說。

「賽門送我小狐狸筆螺耶，一語雙關？他才是狐狸精呢！」玫芮迪絲拾起一個黃白相間，看起來像是蓬鬆狐狸尾巴的貝殼，掩嘴罵道：「這個很稀有，八成是走私品吧。」

「還有，妳看看這個。」凱特琳將一支長約十公分、細長的完美螺旋形貝殼放在掌心。「椎螺，潔絲敏說是要當作妳插進穆薩太陽穴裡那個貝殼的代替品。」

「還是潔絲敏最懂我的心。」玫芮迪絲噗哧一笑。

「最後這個是我挑的，心型雞心蛤。」凱特琳指指玫芮迪絲膝上的最後一片貝殼。彷若兩瓣心心相印的愛心型貝殼相互擁抱，組合成一個完整的雞心蛤。玫芮迪絲不甚確定地看了凱特琳一眼，當她迎上凱特琳坦率的笑容時，瞬間羞赧地別開臉。

「謝謝，我家的休閒小屋位在郊區，會不會很難找？」玫芮迪絲將貝殼們小心翼翼地放回紙袋中，顧左右而言他。

「一點都不，李歐幫了大忙。」凱特琳說。

「說到大叔，他送我的禮物在哪兒？」玫芮迪絲伸出手來討。

「說到李歐，他居然弄來一個特大號的鸚鵡螺，當然他是一番好意，畢竟潛水艇的設計概念就是來自鸚鵡螺，他希望妳能永遠記得海神號。但是那個玩意兒足足有三十公分長！妳看看我，連行動都有問題了，是要怎麼扛著那個鸚鵡螺走來走去？所以我請他下次親自送來。」凱特琳無奈地搖搖頭。

玫芮迪絲頓時笑彎了腰。

「有一件事情我非得當面告訴妳，克麗奧和潔絲敏一直保持聯絡，我們的女巫盟友說話算話，始終沒忘記找出破解血月儀式的承諾。最後克麗奧翻遍了所有祖傳的魔法書，終於找到她們施加在我們身上那個血月儀式的初稿。」凱特琳興奮地說道。

「然後？」

她的語氣愈來愈高亢：「真是歪打正著，那個血月儀式是洗淨儀式，藉由剝奪靈力的片段，成為遠超越肉體的懲罰。克麗奧說，她們的祖先八成是為了女巫之間的彼此競爭，才創造出血月洗淨儀式來削減其他女巫的天賦與能力。」

「意思是說藉由魔法儀式，可以降低原罪帶來的影響？」

「沒錯。」

「呼，有救了！雖然沒辦法將原罪天性斬草除根，起碼是個控制的辦法。」

「是啊，還有，我多帶了一件禮物。」凱特琳從背包中取出一朵白色波斯菊，波斯菊的花瓣掉得七零八落，莖葉也軟綿無力，看起來像是沒能挺過午後的暴雨，模樣十分淒慘。「抱歉，沒想到它這麼脆弱。」凱特琳將花朵放在床頭。

「妳送我花？」玫芮迪絲差點咬到舌頭。

「不盡然是，花是潔絲敏建議的。」凱特琳靦腆地將落在額際的金色髮絲勾於耳後。

「所以妳肯定也不知道花語的意思囉？」玫芮迪絲問。

凱特琳無辜地眨了眨湛藍色的大眼。「怎麼了嗎？」

「沒事，花很漂亮，謝謝。」玫芮迪絲嘟嘴，語氣難掩失落。

凱特琳不禁莞爾，她愛憐地順了順玫芮迪絲凌亂的紅髮，上一段旅程讓女孩學會骨子裡的禮貌，卻還沒學會皮肉上的客套，可凱特琳就是喜歡她這樣。

「這個才是我為妳準備的。」凱特琳小心翼翼地從背包中取出另外一種植物，是一串槲寄生。

那是一串玫芮迪絲這輩子見過最美麗的槲寄生，以貝殼和鐵絲串起。

「我想，全世界的聖誕節傳統應該都大同小異吧？聖誕快樂！」凱特琳將紅色漿果高舉至兩人之間頭頂上方的位置。

「這是在向我表白嗎？」玫芮迪絲揚起下巴。

凱特琳笑而不語，忐忑地等候對方的回應。

「過來。」於是，玫芮迪絲伸出手臂，將她勾向自己。

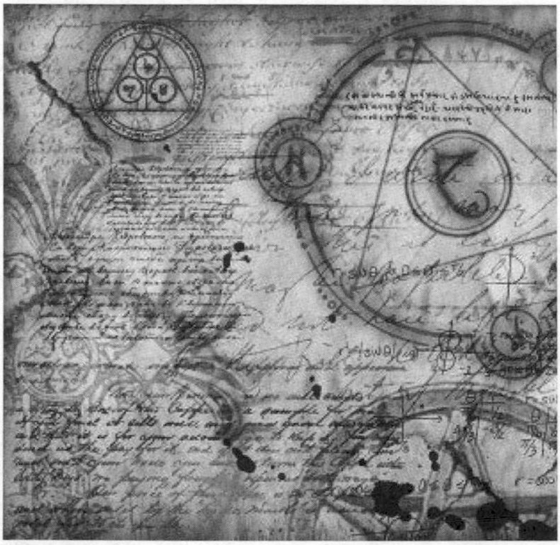

索亞之書（Book of Soyga）

作者不可考，內容包括魔法和煉金術等神秘學知識。

十六世紀時，伊莉莎白女王一世的顧問約翰．迪伊曾嘗試解讀索亞之書，他是知名的數學家和天文學家，還擁有英國最大的圖書館。約翰．迪伊在宗教媒介的幫助下召喚了天使長烏列爾，烏列爾表示該書曾為伊甸園的亞當所有，只有天使長米迦爾了解其義。

約翰．迪伊終其一生未能破解索亞之書的祕密，他過世後，手中的索亞之書副本更一度失蹤了五百年，直到一九九四年，才有兩份手稿分別在大英圖書館和牛津大學圖書館被發現，然而仍然沒有人成功解碼。

【下集預告】

聖騎士，是專門貫徹教廷意志的地下組織，繼承了『天使』的名號，分別持有教宗御賜的聖器，誓言剷除與『上帝之善』所不相容的惡行。

此次教宗召回了多個教團的大教長，又重新啟用了聖騎士，這些動作與四十九名神父謀殺案有關嗎？梵蒂岡打算嚴懲的兇手、還是計畫掀起新的一波獵巫行動，派出聖騎士們將原罪傳人一舉殲滅？

終於聚首的七人培養了團隊共識，然而，李歐卻顯得不太對勁……

童話傳人（七原罪）和教廷的最後聖戰，即將爆發……！

【後記】

終於，原訂的三部曲寫完，心繫七個童話傳人的讀者可以稍稍喘口氣了。

集數愈是後面，創作就愈是困難，必須發展出不同的套路，免得讓閱讀經驗少了新鮮感，說起來，寫作真的是非常燒腦的一門學問。所幸這一路上我不寂寞，非常感謝總是陪伴在側的家人與朋友，第二集已經致謝過了，這裡就不要太過囉嗦一一唱名（幫忙省點紙）。

這陣子以來，有些與我素未謀面的讀者朋友開始與我交流，對於那些善意和支持，對於願意陪著「海德薇」共同成長的大家，我無法形容自己有多高興，謝謝，你們讓世界變得更美好。

我要再次感謝我的編輯齊安。我擁有一位認真又熱血的責編，在茫然時指引方向、挫折時加油打氣、盲目時一針見血，一路從無到有、慢慢耕耘，這是任何一個作者夢寐以求的好運。

眼尖的朋友一定會發覺，故事似乎還沒結束。沒錯，其實前三集著重於人物描寫和角色之間的情感發展，所以在教廷和七原罪的恩怨方面並沒有過多著墨，因此決定新開一本第四集，第四集將會是比較『大人』味道的故事，和三部曲既連貫又獨立，重心擺在天主教獵巫，藉此解決讀者們對於教廷的期待和懸念。

根據我之前的創作經驗，每次至少要讀十本書做功課，而禁獵4目前搜羅了三十本相關讀物，是個很硬的挑戰。此外，在第三集我已經得罪了恐怖份子，第四集打算來招惹梵蒂岡啦，祝我好運吧（苦笑）……

感謝各位，感謝命運，感謝宇宙。

海德薇

釀奇幻13　PG1675

禁獵童話Ⅲ：七法器守護者

作　　者	海德薇
插　　畫	幽　零
責任編輯	喬齊安
圖文排版	周妤靜
封面設計	蔡瑋筠

出版策劃	釀出版
製作發行	秀威資訊科技股份有限公司 114 台北市內湖區瑞光路76巷65號1樓 電話：+886-2-2796-3638　傳真：+886-2-2796-1377 服務信箱：service@showwe.com.tw http://www.showwe.com.tw
郵政劃撥	19563868　戶名：秀威資訊科技股份有限公司
展售門市	國家書店【松江門市】 104 台北市中山區松江路209號1樓 電話：+886-2-2518-0207　傳真：+886-2-2518-0778
網路訂購	秀威網路書店：http://www.bodbooks.com.tw 國家網路書店：http://www.govbooks.com.tw
法律顧問	毛國樑　律師
總 經 銷	聯合發行股份有限公司 231新北市新店區寶橋路235巷6弄6號4F 電話：+886-2-2917-8022　傳真：+886-2-2915-6275

出版日期	2017年12月　BOD一版
定　　價	300元

國家圖書館出版品預行編目

禁獵童話. III : 七法器守護者 / 海德薇著. -- 一版. -- 臺北市 : 釀出版, 2017.12
面 ; 公分. -- (釀奇幻 ; 13)
BOD版
ISBN 978-986-445-230-9(平裝)

857.7 106020548

讀者回函卡

感謝您購買本書，為提升服務品質，請填妥以下資料，將讀者回函卡直接寄回或傳真本公司，收到您的寶貴意見後，我們會收藏記錄及檢討，謝謝！如您需要了解本公司最新出版書目、購書優惠或企劃活動，歡迎您上網查詢或下載相關資料：http:// www.showwe.com.tw

您購買的書名：________________________________

出生日期：________年________月________日

學歷：□高中（含）以下　□大專　□研究所（含）以上

職業：□製造業　□金融業　□資訊業　□軍警　□傳播業　□自由業

□服務業　□公務員　□教職　□學生　□家管　□其它_____

購書地點：□網路書店　□實體書店　□書展　□郵購　□贈閱　□其他

您從何得知本書的消息？

□網路書店　□實體書店　□網路搜尋　□電子報　□書訊　□雜誌

□傳播媒體　□親友推薦　□網站推薦　□部落格　□其他__________

您對本書的評價：（請填代號　1.非常滿意　2.滿意　3.尚可　4.再改進）

封面設計____　版面編排____　內容____　文／譯筆____　價格____

讀完書後您覺得：

□很有收穫　□有收穫　□收穫不多　□沒收穫

對我們的建議：________________________________

____

____

____

請貼
郵票

11466
台北市內湖區瑞光路 76 巷 65 號 1 樓
秀威資訊科技股份有限公司 收
BOD 數位出版事業部

(請沿線對折寄回，謝謝！)

姓　　名：________________　年齡：________　性別：□女　□男

郵遞區號：□□□□□

地　　址：________________________________

聯絡電話：(日) ________________ (夜) ________________

E-mail：________________________________